冷酷な救国の騎士さまが溺愛パパになりました！

栢野すばる

SUBARU KAYANO

NB
ノーチェ文庫

登場人物紹介

リーナ
ロドン王国の王女。
国王夫妻の第一子として生まれ、
責任感が強く慈悲深い。
十九歳で母に。
ガーヴィス
特殊部隊『粛清騎士団』の
一員であり、国の英雄。
常に無表情で、
最初は妻にも冷たいが……
ユアン
リーナ夫妻の第一子で、
顔立ちはガーヴィスと瓜二つ。
冷酷な父と祖父を易々と
陥落する魅惑の王子様。

エルソン
フィオナの父。
商業都市マグダレイを
代表する
名門商家の当主。
フィオナ
行儀見習いとして
リーナ宅の侍女に。
本当は淑女教育よりも、
家業を手伝いたい。
ニコライ
ガーヴィスの騎士仲間。
優男風の見た目だが、
能力はずば抜けている。
笑顔で残忍なことをする。
ハルバート一世
ロドン王国の国王。リーナの父。
傲慢で近寄りがたい存在だったが、
孫の誕生によりキャラが激変。

目次

冷酷な救国の騎士さまが溺愛パパになりました！

プロローグ

「貴女は俺を救世主だとでも思ったのですか?」

赤く透《す》き通った瞳が、リーナを射貫くように見据えた。異国から嫁《とつ》いできた母譲りだという黒褐色《こっかっしょく》の髪は、夜そのものを切り取ったようだ。

ロドン王国の王宮の中庭は、いまだに王女リーナと、救国の騎士ガーヴィス・アルトラン卿の婚礼祝いで沸き立っている。

だが、祝福されているはずの新婚夫婦は、薄暗い寝室で、冷めた顔で見つめ合っていた。

「はい。ガーヴィス様はロドン軍の勇者です。その事実に間違いはございません」

俯《うつむ》くと同時に、長い金の髪が視界の端で揺れた。侍女以外に、髪を結わない姿を見せるのは初めてだ。異性の前で寝間着でいることも。

目の前の美しい男は、今日からリーナの夫になるのだ。それなのに……

「では『夫婦』とやらになる前に、はっきりお断りしておきましょう。俺は救世主でも勇者でもない。王女殿下との結婚も望んでいなかった。どうかそれだけはお忘れなきよう」

「ええ、わかっています……」

リーナはそれ以上何も言えずに唇を噛んだ。

先月起きたメルバ河の決戦の時。

尋常でないほどの大雨で、ロドン王国軍の大半が本国との補給線を断たれた。

その機を逃《のが》すまいと、敵国サンバリスの将は、渾身《こんしん》の夜襲を仕掛けてきたのだ。もちろん捨て身である。伸ばした自分の手すらも見えないほどの大雨の中、軍馬を一団に固め、『おそらくここが本陣であろう』という場所に特攻してきたのだ。

ロドン王国軍は、防備を固めるための再整列中だったのが災いし、サンバリスの特攻に浮き足だった。本国と切り離されているという不安が、軍の混乱に拍車を掛けた。

その窮地を救ったのが、ガーヴィスだ。

彼は『粛清《しゅくせい》騎士団』と呼ばれる、特殊部隊の一員だった。

粛清騎士は、騎士たちの中から特に武力と知力に優《すぐ》れ、躊躇《ちゅうちょ》なく敵を屠《ほふ》れる人間が選ばれる。

彼らは、王国軍の頂点である将軍から直接命令を受けて動く。

卓越した戦闘力と、一般には存在を明らかにされない特殊武器を用いて、敵を殲滅《せんめつ》するのだ。

「俺でなくても、手練れの粛清騎士が対応していれば、同じ結果になったことでしょう」

ガーヴィスが感情のない声で淡々と告げる。

その言葉が謙遜《けんそん》なのか真実なのか、リーナには判断できなかった。

ガーヴィスが崩壊しかけた前線から飛び出し、敵陣に切り込んで敵将を討ち取ったのは事実だ。メルバ河の決戦に参加した数多くの兵が、自分の目で見たと証言しているのだから。

しかし、ガーヴィスはその手柄を一度も誇ろうとしなかった。

国王に褒め称《たた》えられたガーヴィスが口にしたのは『私のことはこれからも捨て置いてほしい。今のまま、同じように粛清騎士として働きたい』という言葉だった。

王女の降嫁《こうか》という桁外《けたはず》れの褒賞を拒んだガーヴィスの態度を、皆がいぶかしんだ。笑い飛ばしたのはリーナの父、ロドン国王くらいのものだ。

『ガーヴィス・アルトラン。私は、「救世主」を野放しにはしない』

そう口にした時、父王の目は氷のようだった。

英雄と呼ばれる騎士を褒め称《たた》え、ねぎらう目ではなかった。

『お前の名前は国中に知れ渡り、人々はお前を勇者だと称《たた》えている。望むと望まざるとにかかわらず、お前はこの国の「救世主」になったのだ。王家以上に人望を集める存在は、消すか、味方として取り込むかのどちらかしかない。どちらがいい？　不慮の事故で死ぬか、私の長女リーナを娶《めと》り、王族の一員になるか。ここで選べ』

ガーヴィスは、父の言葉にすら『どちらでもいい』と答えた。

父とガーヴィスの会話に割って入ったのは、ガーヴィスの上司に当たる将軍だった。

『陛下、有能な粛清騎士一人を育て上げるのに、どれだけの金と手間がかかるとお思いか。ここは選択肢を与えるのではなく、リーナ様とのご婚姻を命令なさってくださいませ』

笑いながら頷いた父に、将軍はここぞとばかりに追従を言った。

『わからず屋のガーヴィスめも、リカーラの姫君と呼ばれるリーナ様を妻に迎えれば、いずれ心もほぐれましょう』

リカーラというのは、ロドン王国の国花の名だ。

リーナの母は、数多くの貴族の令嬢の中から、抜きん出た美貌を理由に選ばれた妃だった。

子供が生まれにくいロドン王家は、統計的に出生率を下げるとされる近親婚を避け、外部の美しい貴族の息女を迎え入れてきた。

父方の祖母も、その先代の王妃も、皆、目もくらむような美女揃いだったと聞く。

『王家の娘は、美しくて当然なのだ。そのように血を重ねてきたのだからな』

七つの時、ドレスで着飾らせてもらったリーナを見て、父はそう吐き捨てた。

あの時、リーナは自分が父王の道具だとはっきり理解した。王妃である母は『リーナ、貴女はとても可愛いのよ』と褒めてくれたが、心の棘《とげ》は抜けないままだ。

――お父様は最後まで、この結婚に関して私の意思なんて確認なさらなかった。形式的な問いかけすらなかったわ。

追憶に浸っていたリーナは、ガーヴィスの声で我に返る。

「俺は貴女を愛しません。そのような感情は、生まれようがありませんから」

冷たい言葉に、リーナは唇を噛んだ。だが、勇者ガーヴィスを王家につなぎ止めるのは、王女であるリーナの仕事なのだ。

リーナは『いざという時は王太子の代理を務められるだけの教養を身につけろ』と、普通の貴族の姫君とは比べものにならないほど、厳しく勉学を叩き込まれて育った。

それだけではない。『王族としての覚悟を持て』と、普通の年端《としは》もいかない少女は免除されるべき、犯罪の裁判や、処刑の場にも立ち会わされてきた。

『これが王の決定の結果だ。取り返しは付かぬ。心に刻んでおけ』

刑場で、ガタガタ震えながらも涙をこぼさないリーナに、父は無表情にそう告げた。

リーナは戦功を立てた兵の弔《とむら》いの席で、最後に祝福の花を棺《ひつぎ》に入れる役目を、何度も担った。遺族に、『夫を、息子を返せ』と責められたことも何度もある。

だが、父は『受け止めるのが王族の義務だ』としか言わなかった。

父王には、子供が二人しかいない。

十八歳のリーナと、十三歳の王太子マリスだけ。

同時に『女性』であるリーナは、王太子とは違う義務も負わされている。

王家の血を引く子をできるだけ多く産み、弟にもしものことがあれば、我が子を王位につけられるよう、幼少時から教育する、という義務だ。

――ロドン王家は、男系の子供が生まれにくい家系。お父様も、何人側女を迎えても駄目で、私とマリス以外恵まれなかった。お父様の弟も一緒で、結局生まれたのは息子が一人。男系の血を引く子が本当に生まれない。だから、私は一人でも多くの子を……

思いつめたリーナは、冷ややかな顔で腕組みをしているガーヴィスに言った。

「わかりました。愛さなくていいです」

リーナの答えに、ガーヴィスが口の端をつり上げた。皮肉なものだと思う。

『夫』の笑顔を初めて見たのが、こんな会話の直後だなんて。

——私らしいわ。けれど、心がないお人形のように扱われるのには慣れていてよ……

物心ついてからずっと、リーナは『優《すぐ》れた人形』だった。感情などいらない。有能であればいい、王家を支える強靱《きょうじん》な柱であればいいのだ。

——私はロドン王国のための道具。わかっています。

リーナは俯《うつむ》いて唇を噛んだ。

「では、俺は失礼いたします。……男はお好きなように引っ張り込んで結構ですよ。リーナ様が何をなさろうと、貴女の『夫役』は投げ出しませんので。どうぞご安心を」

「え……っ……？」

一瞬何を言われたのかわからず、リーナは立ちすくんだ。

——男を……引っ張り……込む……ですって……？

理解するにつれて血の気が引いていく。

そもそも、この婚姻はガーヴィスにとって不本意で、苦痛で、屈辱《くつじょく》ですらあることは、痛いほどわかっている。

だからといって……

——男を引き込む……？　王女の私が、そのような……恥《は》ずべきことをするとでも……

足が震えだした。リーナは生まれてこのかた、王女という名の道具として育てられて、年相応の少女として振る舞うことは許されてこなかった。

常に王宮の人々の厳しい目にさらされていて、感情を顔に出すことすらできなかったのだ。

厳しい父や、病《やまい》がちの母に甘えることもできず、弟にとっての『王族のお手本』となれるよう、我慢を重ねて生きてきた。

だが、夫はその努力すら軽々と踏みにじり、リーナをせせら笑ったのだ。不本意な婚姻を強《し》いられた彼の怒りはわかるけれど、それでも、あんまりだ。リーナにも感情くらいあるのに。

「お待ちなさい」

リーナは、部屋を出ていこうとするガーヴィスを鋭く呼び止めた。

ガーヴィスが驚いたように振り返る。大人しく、決して誰にも抗《あらが》わないはずの王女が、突如見せた怒りに違和感を覚えたに違いない。

「私に触れていいのは、夫の貴方だけです。今の侮辱《ぶじょく》を取り消してください」

結婚を命令されてこのかた、リーナの中には諦《あきら》めの感情しかない。ガーヴィスと同じ。相手への愛などないのだ。だが、譲歩し、よい関係を構築していきたいと思っていたのに……

「お断りします。リーナ様と他人でいたいというのは、俺の本心ですので」

ガーヴィスがリーナから目を背けた。

——こんなに私を拒絶している相手が……夫なんて……

屈辱《くつじょく》と悲しみを堪え、リーナは歯を食いしばる。

ガーヴィスの赤い目を睨《にら》み付け、リーナは絞り出すような声で命じた。

「わ、私を……抱かずに、出ていったら、お父様に、ガーヴィス・アルトラン卿が裏切ったと報告いたします。それが嫌なら、私を……抱いてください……」

リーナはどんな時も泣かない。王女は有能で気丈でなければならないからだ。

それに、彼とは子供ができるまで、何度も肉体関係を持たねばならない。マリスが成人し妃を迎えるまでに、リーナは一人でも多くの王家の子を産まなければ。

「生娘《きむすめ》のままのほうが、貴女の新しい男も喜ぶのでは？」

冷たいガーヴィスの声に、目がくらむほどの怒りを覚える。

「無礼者」

リーナは思わず手を上げ、精悍《せいかん》な頬に己の手を叩きつけていた。

「あ……」

生まれて初めて人を殴った。我に返ってリーナは立ちすくむ。

鍛え上げた身体のガーヴィスはよろめきもせず、リーナを冷たい目で見据えている。

「女の平手など、もう痛くもなんともありませんよ」

――も、もう……って……どういうこと……？　まるで昔、女性に殴られたことがあるような。

震えるリーナの顔を、ガーヴィスが覗《のぞ》き込む。

背中を悪寒が走り抜ける。この男が怖い、力では絶対に勝てないと本能が訴えかけてきた。

蒼白のリーナをからかうように、ガーヴィスが目を細めた。

「身体で俺を落とすおつもりですか？」

「い、いいえ……」

「俺に、王家の犬として忠誠を誓ってほしい、今の従順さが見えない俺では、いつ貴女や陛下を裏切るかわからない。そういうことですね、リーナ様」

ガーヴィスがほんの半歩、リーナに歩み寄る。リーナは、恐怖を感じて後ずさった。

「ち、違います……私は……」

「俺と寝たら、一夜で虜《とりこ》にできるとは。なるほど、たいした自信だ」

リーナの手首を大きな手が握りしめる。痛いくらいの力だ。その指先からは、ガーヴィスの発する冷たい怒りが伝わってきた。

「ご、ごめんなさい……私、ひどいことを……叩いたりして……」

震えるリーナの身体が乱暴に引き寄せられた。

「怒ってなどおりませんよ」

ガーヴィスは、リーナを引きずるようにして寝台に歩み寄り、彼女の身体を投げ出した。

逞《たくま》しい身体にのし掛かられ、リーナはひたすら身体を硬くする。ガーヴィスの美しい顔がすぐ側にあり、身動きもできなかった。

「それでは王女殿下、俺の『忠誠の証《あかし》』をお受け取りください」

言葉と同時に、半身を起こしていたリーナは、寝台に押し倒された。のし掛かったガーヴィスが、リーナの纏《まと》っていた薄い寝間着を一気に引き裂く。

「な……！」

あまりの乱暴さに、抗議の言葉さえ口にできなかった。ガーヴィスは顔色一つ変えずにリーナの寝間着の前を開き、肌をさらさせた。胸から膝まで縦に並んだボタンをすべて外されて、薄い下着だけを纏《まと》った身体が露《あら》わになる。

裸同然の格好を見られて、リーナはかすかに赤面した。

「お美しいですね、さすがはリカーラの姫君と呼ばれるだけはあります」

「……そんなのは……お世辞です……」

「お世辞ではありません、『英雄への褒賞』にふさわしい美しさだ」

ガーヴィスはリーナの腰をまたぎ、前を開いた寝間着を膝で踏みつけた。寝間着から腕を抜くことができず、逃げられない。このまま何をされても最後まで逃げられないのだ。

――これほどまでに、私との結婚が嫌だったのね……この関係を無理強いしているのは、私、そして、ロドン王家なのだから……

初夜に対する不安も、ガーヴィスへの苛立ちも、すうっと消えていった。代わりに圧倒的な悲しみが込み上げてくる。

ガーヴィスは犠牲者なのだ。王家という怪物に人生を食い尽くされた、哀《あわ》れな犠牲者。

――お人形を娶《めと》らされるのだもの。悲しいに決まってる……

リーナの目には、ガーヴィスが檻に閉じ込められ、怒りに吼《ほ》え猛《たけ》る獣のように見える。

リーナは覚悟を決め、口を開いた。

「私のことは、嫌いになっていいわ、軽蔑してもいい。けれど、貴方の妻になることが私にくだされた王命なのです。自由なんて、私にはありません。だから、許し……」

刹那《せつな》、ガーヴィスの顔がかすかに歪んだ。

泣きそうに見えたのはリーナの錯覚だろうか。いや、錯覚のはずだ。

ガーヴィスは何も言わず、リーナの身体を無言で組み敷く。

脚の間に大きな身体が割り込んできて、リーナはすくんでしまった。

下腹部を覆《おお》っていた下着を足から抜き取られ、服も下着も全部脱がされた。

一糸纏《まと》わぬ姿になったリーナにのし掛かったまま、ガーヴィスは己の纏《まと》っていた衣装をすべて脱いで、床に苛立たしげに投げ捨てる。

ガーヴィスは長い手を伸ばして、枕元に置かれていた瓶を手に取った。無表情で中身を掌《てのひら》にのせ、もう片方の指ですくい取る。

「これは、催淫剤入りの潤滑油のようです。処女を苦しませないための用意でしょう」

感情のない声で言うと、ガーヴィスはリーナの脚に手を掛けた。

——い、いや……っ……！

裸なのも耐えがたいのに、脚まで開かれるなんて。

リーナは歯を食いしばり、反射的に膝を合わせようとした。だが無慈悲な手は、リーナの痩せた脚を強引に開かせる。

何をされるのか考えたくないし、見たくもない。リーナは目を閉じ、唇を噛んだ。だが、声を抑えようとするも、努力は虚しく霧散《むさん》する。

「あ……！」

脚の間の秘められた場所にガーヴィスの指が触れた。リーナの全身が、薬液で濡らされた指の感触に驚き、震えだす。

「あ、い、いや……あっ……」

自分で許したはずの行為なのに、羞恥《しゅうち》と恐怖で、反射的に腰が逃げそうになる。だが、ガーヴィスは片手でリーナの腕を押さえつけたまま、不躾《ぶしつけ》にも、隘路《あいろ》に指を押し込んだ。

「……っ……」

もうやめて、という情けない泣き言をリーナは必死で呑み込む。長い指がゆっくりと無垢な身体を暴いていく。

「力を抜いて、もっと脚を開けますか」

ガーヴィスが形の良い唇をリーナの耳に寄せ、囁《ささや》きかけてきた。脚を閉じたい、見ないでほしい、そう思いながらも、リーナは懸命に彼の言葉に従おうとする。

「誰でもしていることだ。たいして怖くはありません。薬もあるから……きっと痛くもない、すぐに終わりますよ」

冷ややかに告げられ、リーナは無我夢中で何度も頷いた。

「今は痛みますか？」

尋ねられ、リーナは首を横に振った。

「ここまで入れても？」

「ひ……っ……」

指がさらに奥に入ってくる。それを拒もうとして、リーナの腰が揺れた。

「痛くはないのですね。濡れてきた。よく効く薬だ」

そう言って、ガーヴィスがわざとらしく、ゆっくりと指を前後させた。

「あ、い、嫌、これ……嫌……っ……」

ぬるついた音が聞こえて、リーナの身体中が恥《は》じらいに燃え上がる。

「な、なに、これ、私、なんだか、お腹が……あぁ……」

「薬の効果です。気持ちいいんですか」

「違うわ、気持ちよくなんか、違うの、ん……っ」

だが、抗《あらが》っているはずのリーナの喉から紡がれたのは、甘ったるい声だった。

ガーヴィスの指に塗られた薬が、じわじわと下腹部の奥へ染みこんでくるのがわかる。

どうしようもなく熱いからだ。

「薬を塗った部分と、このあたりが熱くなるはずですね」

ガーヴィスの低い声が耳元で聞こえる。突然軽く耳たぶを咥《くわ》えられて、リーナの身体が跳ねた。

「ええ、間違いない、耳も焼けるようにお熱いようです」

「……っ……あ……」

彼の声は、今までに感じたことのない、蠱惑的《こわくてき》な響きを纏《まと》っていた。その声を聞いた刹那《せつな》、リーナの身体はますます熱くなり、抵抗する力が失せる。

――どうして、今までまともに会話もしてこなかった男性に、魅力を感じてしまうの？　これもお薬のせいなの？　そうよね……誰か、そうだと言って……

指は処女の隘路《あいろ》を慣らすように、繰り返し行き来した。そのたびにくちゅくちゅと淫《みだ》らな音が聞こえて、襞《ひだ》がひくひくと震え、熱い雫《しずく》を溢《あふ》れさせる。

――ああ、駄目、おかしな声が出そう。

漏れそうになる声を、リーナは必死に呑み込んだ。最初はあんなに嫌だった指の感触に、リーナの身体が従順に応《こた》え始めた。

リーナの目に、薄く涙が滲《にじ》む。身体の奥がどろどろにほぐされ、下肢に力が入らなくなる。

「そろそろいいでしょう」

言葉と同時に指が抜け落ちる。粘膜を擦られたとたん、リーナのお腹の奥に、見知らぬ快楽の種が植え付けられる。

リーナは、押さえ込まれていないほうの手で、枕の端をぎゅっと握った。

「……胸も脚も、完璧な形をしていらっしゃる」

しみじみとした口調で、ガーヴィスが言った。リーナに聞かせるための言葉ではなく、独《ひと》り言なのだろう。言葉が終わると共に、リーナの脚がひょいと持ち上げられた。

ガーヴィスは、押さえつけていたリーナの片手首を離して、もう片方の脚も担いだ。

両脚を肩に担ぎ上げ、身を乗り出した。

膝を大きく曲げられ、秘部をさらす体位になる。身体が折りたたまれてしまったかのようだ。

薬でぼんやりした頭に、一瞬だけ痺《しび》れるほどの羞恥心《しゅうちしん》が走った。

「あ、あっ……駄目……っ……」

抑えていたはずの抵抗の言葉が唇からこぼれる。だが、ガーヴィスは止まらなかった。

「すぐに終わります」

彼の声は今までにない切迫感を帯《お》びていた。

まるでリーナの抵抗など斟酌《しんしゃく》できないとばかりの口調だ。リーナを覗《のぞ》き込むガーヴィスの美しい顔には、やはり何の感情も浮かんでいない。

リーナは天井を見上げたまま、小さく息を呑んだ。

——ガーヴィス様も、身体は温かいのね。

触れあう肌から何もかも溶けていくような温もりが伝わってくる。怖いはずなのに、ふたたび頭がぼうっとし始める。息が熱くなって、羞恥心《しゅうちしん》さえも薄れていく。

直接肌に触れるガーヴィスの身体にも、頭に靄《もや》が掛かって何の嫌悪感も感じない。薬を使ってもらえて良かった。冷静なままだったら、きっと、もうやめてと、みっともなく騒いでしまったに違いない。

——私たちの間には、人並みの感情の交流などないのよ……

ふと、そんな思いが脳裏をよぎった。なぜ思ってしまったのかはわからない。脳裏で、愛されないまま身体を開かれた悲しみが明滅し、すうっと溶けていった。

熱く潤《うる》んだ泉に、何かが押し当てられる。

「では、リーナ様のお望みどおりに」

寝台の軋《きし》む音が聞こえ、リーナの身体が熱い杭で押し開かれた。

——泣きたくない……！

リーナは身体に力を込めて衝撃を待ち構える。

濡れそぼった秘裂をこじ開けるようにして、『夫』が入ってきた。

「う……」

怪しげな薬でほぐされたそこは、リーナの身体に余る大きなものをゆっくりと呑み込んでいく。

――熱い……駄目……

リーナは息を乱しながら歯を食いしばった。ぐずぐずに潤《うる》んだ蜜窟を、肉杭が容赦《ようしゃ》なく貫く。ずぶずぶと沈み込んでいくごとに、下腹部が侵入者を拒むように痙攣《けいれん》した。

まるで鉄の棒を入れられたようだと思った時、ガーヴィスがかすかに笑った。

「痛みますか」

リーナは蕩《とろ》けた思考でゆっくりと首を横に振る。ガーヴィスはため息を吐き、唇だけを動かして言った。

「では、動きます」

機械的な口調に、リーナはぼんやりと頷いた。

――何をされても……いいわ……私は、どうしても王家の血を引く子供を……

だが、次の瞬間、得体の知れない刺激が駆け抜ける。中に呑み込んだ肉槍が動いたからだ。

「あ……!」

リーナの蜜襞が、ぎゅっと収縮した。ずくん、ずくん、とつながり合った場所が脈打ち始める。

「あ、あ、嫌……あぁ……っ……」

ずぶずぶといやらしい音を立てて肉杭が前後する。身体が揺すられ、嬌声《きょうせい》がこぼれる。

「ひ、あ、あぁっ、あ……！」

あえぎ声が媚《こ》びを含むのがわかった。感じ続けていた熱さが、身体を内側から灼《や》くようなものに変わっていく。リーナは息を弾ませ、枕を握る手に力を込めた。

中を穿《うが》つガーヴィスの身体も熱くなる。無表情にリーナを見下ろす赤い目に、獣じみた光が浮かんでいた。

身体を屈曲させられ、蹂躙《じゅうりん》に抗《あらが》えないまま、リーナはいつしか無意識に腰を揺すっていた。

どうしようもない高まりは薬のせいなのだ。わかっていても腹の奥の疼《うず》きが治まらない。

「あぁ……っ」

不意に強く奥を突き上げられて、リーナの背がのけぞった。もがくリーナの脚を肩から下ろし、ガーヴィスが覆《おお》い被さってくる。

「貴女は何も悪くありません。……こんな男に犯されて、お可哀相に」

ガーヴィスは掠《かす》れた声で呟き、リーナの身体を抱きすくめた。

――こんな……男……？

彼の言葉の意味がわからない。自分は、可哀相な女などではない。

――い、いや、私、お腹が、びくびく……って……

肌と肌がこれまで以上に密着し、ガーヴィスの激しい鼓動が伝わってきた。

「ん、や、あぅ……っ……」

リーナは剛直に突き上げられながら弱々しく敷布を蹴った。だが、いましめは解かれない。肉槍の抜き差しが繰り返されるごとに、接合部から熱いものが溢《あふ》れ出すのがわかった。

「あっ……あ……あぁぁっ……」

目の前がくらくらするほどの『快感』がリーナの身体の中を走り抜ける。

「いや、こんな、あぁ……っ……」

意味をなさない嬌声《きょうせい》を上げた時、奥を貫く熱杭が硬くなった。

「お嫌だったでしょうが、もう、終わりです」

強引に溶かされほころびたリーナの身体に、ガーヴィスの腰が叩きつけられる。気がつけば、リーナは枕から手を離してガーヴィスの背中にしがみついていた。

「ん……あ……」

開かされた脚が、わなわなと震える。未知の官能がリーナの身体をもみくちゃにした。こんな風に乱れてしまうのは薬のせいだとわかっていても、リーナは目もくらむ愉悦《ゆえつ》に呑み込まれる。

ガーヴィスが、これまでとは別人のような力でリーナをかき抱いた。

出陣前に妻や恋人を抱擁する兵士を、出兵式で何度も見た。ガーヴィスは彼らと同じようにリーナを抱きしめたまま、掠《かす》れた声を漏らした。

「お許しを」

ため息のような声と共に、身体を犯す肉杭が強く脈打った。

一番奥に多量の欲が注《そそ》がれる。リーナの目尻に、もうひとしずく涙が伝い落ちた。

――願ったとおりにしてくださったじゃない。何が悲しいの。

かすんだ視界にガーヴィスの悲しそうな顔が映った気がしたが、薬に酔ったのか、目を開けているのが困難で、よく見えない。

――私は、王家の血を引く子供を産むための道具……

どうしようもない悲しさと共に、リーナは目を閉じた。

熱に浮かされたような初夜があけ、ガーヴィスは二度とリーナの寝所を訪れなかった。

――よくわかったわ……ガーヴィス様のお気持ちは……

リーナの心に、諦《あきら》めが枝を広げ、未来への希望を覆《おお》い尽くしていく。今までも夢なんてなかったけれど、これからもずっと変わらない。人生に明るい光が差す日は来ないのだ。

婚礼の式から半月後、ガーヴィスは、単身で新領地、マグダレイの街へと旅立っていった。

王女とその夫に任されたマグダレイ領は、敵国サンバリスとの国境にほど近い街だ。

国境地方では一番大きな都市で、ロドン王国でも指折りの貿易都市でもある。

マグダレイは、貿易港や、大陸を貫通する交易路、『白の街道』の関所《せきしょ》を有している。

戦乱の後遺症で治安はあまり良くないが、終戦が近づくと共に、商人たちが戻り始めた。ここ数年でふたたび活況を取り戻し、莫大な額の取引がなされている土地なのだ。

父王は、マグダレイの守備に『英雄』を据え、戦火にさらされ不満を高めるマグダレイ商人たちをなだめようと考えている。

マグダレイは王家が重きを置く土地だ。

重視する証拠に『誰よりも大切な娘夫婦』を赴かせる。今後も王家への忠誠と貢納《こうのう》を怠《おこた》らないでほしい。父は、そのように意思表示するつもりなのだろう。

マグダレイの旧領主は、七十過ぎの病人だ。

十年前に一度息子にあとを継がせたが、その息子は国境防衛戦で亡くなり、その後は老いた彼が、病をおして息子の代理を務めていた。

疲弊しきったマグダレイ旧領主は、国王から出された『領主権を王家に返上すれば、代わりに莫大な年金を与える』という条件を喜んで呑み、ガーヴィスにすべてを譲り渡したのだ。

ガーヴィスがリーナに言い残したのは、素っ気ないひと言だった。

『マグダレイの治安が落ち着いたら迎えに上がりますので』

そんな言葉は嘘だとわかった。別居したいというのが、ガーヴィスの望みなのだと……

――いいのよ……私は私で、王家の人間としての務めを果たし続けるわ。お父様から命令があれば、どんなに危険でもマグダレイに赴くし、そうでなければ、ここで王女の義務を果たす。

心など持たない『お人形』として生きていけばいい。

リーナはそう思いながら、心を閉ざした。

……だが、そんな風に引きこもっていられたのも、わずかな時間だけだった。

こんなに最低な関係なのに、リーナはガーヴィスの子を身ごもってしまったのだ。

第一章

眠ると定期的に、同じ悪夢を見る。

今夜ガーヴィスの眠りを侵したのも、父や弟妹が死んだ日の光景だ。あれは、ガーヴィスが、八つになった夜のことだった。

『お前が呼んだ災厄のせいで、お父様とあの子たちは死んだのよ！　お前は私の家族を妬《ねた》んでいた、穢《けが》らわしいお前を育ててやったのに、逆恨《さかうら》みして不幸を願っていた、そうだろう、人もどき！』

ガーヴィスは、母が嫁《とつ》いでくる直前に孕《はら》んだ、不義の子だ。

母は男遊びが大好きで、名門アルトラン伯爵家に嫁《とつ》ぐ機会を得たくせに、最後の淫蕩《いんとう》の夜に、他の男の種を宿してしまったのだ。

生まれたガーヴィスの容姿を目にした父は、母の素行を調べた。父に問い詰められた母は、嫁《とつ》ぐ前夜に不貞を働いたと自白した。絶世の美女だった母を、父は許した。

この話をガーヴィスに教えてくれたのは、去年死んだ母の侍女。母が実家から連れてきた腹心だった。実際は、その侍女は母のことを大層嫌っていたようだが……

彼女のお陰で、ガーヴィスは実の父の名前を知った。実の父が母の実家を解雇されて野垂れ死んだことも知ることができたのだ。

育ての父は名門の当主らしい品行方正な人だった。

明らかに他人の子であるガーヴィスに暴力はふるわなかった。

『罪人』である母にどんどん子供を産ませて逃げられない身体にし、ガーヴィスに対する暴力は、母にふるわせていた。

だからガーヴィスは、父に手を上げられたことはない。父が削ったのは憎きガーヴィスの心だ。

何か不幸があった時だけ、父はガーヴィスのところにやってきた。

『今日、おじさんが亡くなったよ、お前のせいだ』

『近所で馬車の事故があって罪のない人が亡くなった。お前のせいだね』

『家畜の病気が流行ってたくさんの鶏が処分された。お前のせいなんだよ』

『戦争でマグダレイの街に大きな被害が出たそうだ。お前がいなければ死者の数は半分だっただろうに』

そして、最後に必ず問うてきた。

『お前のせいなのに、どうして平気な顔をしているんだ、ガーヴィス。お前には自分が災厄を招いている自覚はないのか。命に代えてもわびたいという殊勝《しゅしょう》な気持ちは？』

父の声を聞くたびに、身体が固まって動けなくなったものだ。

……その日、屋敷の中は嘆きに満ちていた。騒がしく、泣き声がひっきりなしに聞こえてくる。悲しいことが起きた様子なのに、父はガーヴィスを罵《のの》しりに来なかった。

――何があったの？

その答えは、すぐにわかった。

屋敷に嘆きが満ちていた理由は、父と弟妹たちが船の事故で亡くなったからだった。

その夜、ふらふらになった母がガーヴィスの暮らす屋根裏に上がってきた。

『お父様とあの子たちを返せ、化け物』

首輪でつながれ、一日ろくに『餌《えさ》』を与えられずにいたガーヴィスは、朦朧《もうろう》としたまま母の顔を見上げた。

『母……様……』

『お前のせいだ！　お前のせいでお父様が！　私の可愛いあの子たちが！』

母の言葉は意味不明の絶叫で途切れた。

――僕をつないでいることを周囲に知られたくないんじゃないの……？　そんなに大

声で喚《わめ》いたら、外に聞こえてしまうよ……

母は『我が家は四人の子供に恵まれた幸せな家庭だ』と周囲に自慢するため、常に細心の注意を払っていた。

ガーヴィスを殴る時は見えない場所を殴った。

餌《えさ》は死なない程度に与えてくれた。

アルトラン伯爵家の長男が痩せこけていたら、他人に不審を抱かれるからだ。

教養もきちんと仕込んでくれた。来客に話しかけられた時、言語の発達が遅れていると見られたら困るからだろう。

そして母は『病弱だから』と偽《いつわ》って、ガーヴィスを決して学校には通わせなかった。閉じ込めて、鬱屈《うっくつ》のはけ口としていたぶり続けたのだ。

父も弟妹も、ガーヴィスを存在しないものとして扱う。

それがアルトラン伯爵家の決まりだった。

——お父様は、僕がお母様に殴られ、蹴られ、罵《ののし》られているのを見ている時、いつも笑っていた……。わかっている、お父様は、お母様が自分の顔色をうかがって、僕を傷つける様子を、心から楽しんでいたんだ。

この家は、ずっといびつな家だった。

弟妹たちはまだ物心ついていなかったけれど、それでも、あのまま大きくなっていたら、いびつな大人になっていただろうなと思える。

父はとても優しい声で、弟妹たちに『ガーヴィスお兄様は人もどきだから、ああやってつないでおかないと危険なんだ』と言い聞かせていた。

――弟妹たちが……死んじゃった……

何も感じない鈍った心に、ずしん、と何かがのし掛かる。父がいなくなったと聞いてもなんともないのに、時折いたずらに来た小さな弟妹のことを思った刹那《せつな》、心に、潰《つぶ》れるような痛みを覚えた。

――あの子たちは、まだ子供なのに……小さいのに……どうしてこんなことに……

弟妹は、六歳、四歳、三歳の幼い子たちだ。

ガーヴィスと違って両親に愛され、鎖につながれることなく大切に育てられていた。

父はあの子たちだけはまともに、父親として可愛がっていて、いつも色々なところに連れていっていたものだ。

弟妹は幼く、まだものをよくわかっていないから、父母に叱《しか》られてもちょこちょことガーヴィスのところにやってきて、菓子をくれたりした。

――嘘……でしょう……

胸の痛みは悲しみなのだと、じわじわと自覚し始める。

ガーヴィスは髪をかきむしり呪詛《じゅそ》を吐き散らす母を、ぼんやりと見つめた。

その時、階下から『奥様』と叫ぶ声がした。

『奥様、どうか最後のお付き添いを……』

階段の軋《きし》む音がして、侍女が姿を現す。彼女はガーヴィスを見ないように母に歩み寄ると、ぐしゃぐしゃの髪をした母を助け起こした。

『ああ、嘘だと言ってメアリ』

『……明日には、ご親戚の皆様もおいでになります。さあ……死者を守る灯火の番を……お嬢様やお坊ちゃまも、お母様が……お側にいらしてくださったほうが、安らかに……っ……』

そう言って、侍女が嗚咽《おえつ》を漏らし始めた。母は夢遊病者のようにふらりと立ち上がり、危うい足取りで屋根裏を出ていく。

侍女はひとしきり涙を拭ったあと、平然とした顔でガーヴィスを振り返って言った。

『神様っているんですね』

呆然としたガーヴィスの前で、侍女は口の端をつり上げてみせる。

『ろくでなしの売春婦に、ちゃあんと罰《ばち》が当たったんですから。ご自慢の旦那様もお子様たちも、一瞬で水底に』

彼女の目には涙などまったく浮かんでいない。嘲笑《ちょうしょう》のような表情を浮かべ、彼女は続けた。

『私は、お給金をはずんでくださるのであれば、今後もきちんとお務めいたします。首輪を外して差し上げますね』

侍女は薄笑いしながら、ガーヴィスの拘束を解いてくれた。

震えて動けないガーヴィスに、侍女はせいせいした、とばかりの表情で言った。

『ああ、明日から葬儀で忙しくなりそうですわ。ガーヴィス様も適当にお客様にご挨拶《あいさつ》なさってくださいませね』

……そして、翌日の朝、母は屋敷の屋上から身を投げた。

どすん、という異様な音に驚いたガーヴィスが窓から身を乗り出すと、血だまりの中で母が事切れているのが見えた。

母の遺書には『ガーヴィスを産んでから私の人生は滅茶苦茶になりました。ガーヴィスは災厄を招く呪いの子です』と書いてあった。

――災厄を招く呪いの子……

生みの母の最期の言葉が、ガーヴィスの胸に刻み込まれた。

確かにガーヴィスは、家族をずっと憎んでいた。何もわかっていない無邪気な弟妹すら憎んでいた。

無邪気で何の罪もなかった弟妹も、母に虐待を強いて愉悦《ゆえつ》に満ちた笑みを浮かべていた父も、ガーヴィスの恨みが招いた災厄のせいで、溺れ死んだのかもしれない。

父の言葉が蘇《よみがえ》る。

『お前のせいで不幸になったんだよ、なぜ平気な顔をしている』

『あの死も、この死も、全部お前のせいなのに』

『自分が災厄を呼んでいる自覚はないのか？　生きていて申し訳ないという気持ちは？』

――本当に、僕がやったのかも……？　お父様や、弟妹にまで、不幸を呼んでしまったのかも。お母様が仰《おっしゃ》ることは、正しいのかも……

恐怖で震えが止まらなくなった。

――お父様とお母様が言うとおり、僕は……僕は……災厄を……

それが真実であろうが、父の虐待のために発したでためであろうが母の病んだ思い込みであろうが、どうでもいい。

生みの母の最期の言葉は、決定的にガーヴィスの心を刺した。

そして、抜けない棘《とげ》になってガーヴィスの心をさいなみ続けている。

『血がつながっていない子には継がせられない』と叔父夫婦に伯爵家を追われたあと、ガーヴィスは、見習い騎士となって寄宿舎付きの学校に入れられた。

粛清騎士に選抜され、度を超した激しい訓練を受けている間、ずっと自分は『これも報いなのだ』と受け入れ続けた。

過酷な訓練や、命の危険を伴う任務はすべて、呪われた自分への罰なのだと。

そのお陰で恐怖心は麻痺し、傷の痛みや身体の辛さには鈍くなり、心にどんよりと靄《もや》が掛かった大人になれたのだ。

目を開けると真っ暗な天井が見える。

ここは着任したマグダレイの領主館だ。ガーヴィスは汗だくのまま起き上がり、月明かりを頼りに寝台の傍《かたわ》らの引き出しを開ける。

そこには小さい髪留めが入っていた。白い花をかたどった、高価そうな品だ。

戦に駆り出されている間、ずっと懐《ふところ》に持ち続けていた、ガーヴィスの『お守り』である。

粛清騎士には抜き打ちで所持品検査が行《おこな》われる。

この髪留めを隠しているのを見つかったこともあった。

だがガーヴィスは、母の形見だと嘘を吐いて、この髪留めを手放さなかった。

――リーナ様は、四年前に俺に会ったことなど覚えておられまい。

四年前、ガーヴィスは、密通者のあぶり出しの最中に重傷を負った。

指示に背き、作戦外の行動をしたせいだ。

背いた理由は、どこぞの裏社会に売られる予定の子供たちを屋敷から逃がそうとしたからだ。まさか戦中の混乱に乗じて、堂々と人身売買まで行《おこな》う気だったとは。

密通者は逃がそうとする子供たちにも容赦《ようしゃ》なく刃を向けた。

子供を助けようとしなければ、ガーヴィス一人で、無傷のまま全員始末できたはずだった。

だが、どうしてもできなかったのだ。

弟妹の顔がちらついて、また子供にまた死なれるのは嫌だと思ってしまった。粛清騎士が情で動けば、即、死につながると理解していたにもかかわらず……だ。

ガーヴィスはしくじって、深手を負った。歯を食いしばって仕事を『終えた』時には、刃に仕込まれた毒で動けなくなっていた。

そして、運び込まれた病院で、慰問《いもん》に来たリーナに会ったのだ。

猛毒の副作用で起きた発作で、光に苦しみのたうち回る間、ずっと母が足元にいた。

母はくりぬかれた真っ黒な眼でガーヴィスを見据え、ずっと同じ言葉を繰り返していた。

『早く地獄に来て、早く地獄に来て、お前を踏み台にして私だけ天国に行くのだから』

その声を振り払ってくれたのは、澄み切った少女の声だった。

『大丈夫ですか、お願い、頑張って』

誰が自分のために祈っているのかわからなかった。

粛清騎士とはいえ、まだ正騎士に取り立てられたばかりのガーヴィスは、それほど重要な存在ではなかったはず。

ガーヴィスの命を惜しんでくれる人間などいないと、このまま母の呪詛《じゅそ》に食い尽くされ、共に地獄に沈み込むのだと思っていたのに……。

『大丈夫、死神なんてこのお部屋にはいません。私が付いていますから』

真っ暗な病室でガーヴィスの手を握りしめ、一晩中励ましてくれたのは、あろうことか、ロドン王国の王女殿下だったのだ。

母が『お前のせいで』『お前のせいで私は』と繰り返しながら、ガーヴィスを闇の底へと引きずり込もうとする。だが、そのたびにリーナの優しい手が、ガーヴィスを生者の世界に引っ張り上げてくれた。

まるで、リーナには、息子を地獄に引きずり込もうとする母の姿が見えているかのようだった。

――なぜ、彼女は、わざわざ、俺を……

十四歳の王女殿下が、慰問《いもん》活動で傷病兵を看護して回っていることは知っていた。この病院にも、王女殿下は頻繁《ひんぱん》に顔を見せるとも聞いた。

だが、まさか、意識をなくした『粛清騎士』に付き添ってくださるとは。

ガーヴィスが目を覚ましたのは明け方で、なぜ王女殿下が病室にいるのか理解できなかった。

光が目に入るだけで頭が割れるように痛い。

激しい頭痛を覚えつつ、生き延びたことに驚いた。そして、ガーヴィスを母の手から繰り返し助けてくれたのは、間違いなくリーナだと気づく。

だが、リーナに優しくされても、どんな顔をしていいのかわからなかった……

『……俺には、付き添わなくていいです』

包帯の隙間から見えた顔は小さく美しく、リカーラの姫君と呼ばれるにふさわしい、花のような可憐さだった。

看護してもらったお礼を言えば良かったのに、ようやくしゃべれるようになって口にできたのは、そんな言葉だったなんてお笑いだ。

リーナは嫌な顔一つせず、微笑んで首を横に振ってくれた。

『あまりにうなされていたので、どうしても心配だったのです。大丈夫よ。護衛隊長もお部屋の外で一緒に待っていてくれましたから』

何も答えないガーヴィスに、リーナは優しい声で言った。

『小さな子供たちを守ってくださった、勇敢な貴方を尊敬します』

違う。自分は、災厄を呼び、何の罪もない弟妹を殺してしまった男なのだ。だから、罪滅ぼしにもならないとわかっていて、子供を助けてしまっただけ。礼を言う必要などないというのに。

『どうも、ありがとうございます』

感情のこもらないガーヴィスの返礼に、リーナが笑みを含んだ声で言った。

『貴方はあの子たちの恩人よ。捜索願が出されている子供たちは、全員、親のところへ帰すことができました。孤児は、王都の孤児院で大切に養育します』

リカーラの姫君の声は、とても優しかった。

それが、リーナとまともにかわした最初で最後の言葉だった。夜明けと共にすぐに迎えの者が来て、リーナとその護衛を連れていってしまったからだ。

光に苦しむガーヴィスは、顔の上半分を包帯で巻かれていたから、人相などわからなかったはず。さらに言うなら、突入作戦に備え、髪を王都では一般的な薄い茶色に染めていた。

だから、リーナはあの患者をガーヴィスだとは思っていないだろう。

——覚えているのは俺だけだ。

白い花の髪留めは、あの時、リーナが病室に落としていった品物だ。

彼女はこの髪留めを探しに来なかった。

忙しくて、探しに来ることができなかったのか。もしくは捜索に人手を割くことを遠慮して、なくしたと言い出せなかったのか。

ガーヴィスは、それを拾ったまま、ずっと持っていた。

——返さないなんて最低だな。窃盗犯と変わらない。

そう思いながら、ガーヴィスは指先で髪留めの縁をなぞった。丁寧に仕上げられた金細工は、どこもかしこも滑らかに磨き込んである。白の釉薬《ゆうやく》も艶やかで美しい。

まさに王国の花、誇り高きリカーラの姫君にふさわしい品物だった。

ガーヴィスは引き出しに髪留めを放り込み、今度は一枚の書状を取り出す。

そこにはこう書かれていた。

『もうすぐ子供が生まれます。一度、王都にお戻りください。お産で私に何かあった時、子供をよろしくお願いします。リーナ』

ガーヴィスの理性に、黒い炎が点《つ》く。その炎はめらめらと燃えながら、ガーヴィスが作り上げてきた人間の仮面を崩壊させてゆく。

――一夜肌をかわしただけなのに……子供ができるなんて……

リーナから、なりふり構わず自分を抱けと命じられ、彼女を押し倒したのはガーヴィスだ。

なぜ神は、呪われたガーヴィスに、尊い王家の子を授けたのか。

母の残した言葉はいまだに棘《とげ》のように心に突き刺さっている。

『災厄を招く呪いの子』

呪いとは何なのだろう。

父が自分に対して向けた気持ちが呪いなのだろうか。

自分が家族を憎んでいたことこそが、呪いだったのか。

母が命をかけてガーヴィスに向けた憎悪こそが、呪いなのではないだろうか。

――なんにせよ、俺には、呪いしかない。だから、戦争であんなにたくさんの人間を殺せたんだ。任務という大義名分を振りかざして、俺は、どれだけの災厄を……

あらゆるものが、どろりとした闇に呑み込まれていくような気がする。

こんな人間に関わって、まともでいられるはずがない。

リーナと子供にも近づきたくない。

この人生は呪いにまみれすぎている。

母は、家族の不幸はすべてガーヴィスのせいだと、命を振り絞って息子に呪詛《じゅそ》を刻み込んだ。

――俺が恨んだせいで、父だけでなく罪のない弟妹までもが……。きっとそうなんだ。

いや、わからない……俺には、事実を正しく把握《はあく》する能力がないのだろう。だから。

『だから、あんなに、殺せたのよ。お前は呪われた子。皆に災厄をもたらす子だから』

母の声と共に、目の前に大雨の夜の光景が浮かんだ。

メルバ河流域の決戦の光景だ。

ガーヴィスは粛清騎士に支給された複数の特殊薬品を懐《ふところ》に、強化された連射型の弩《いしゆみ》と、刃が厚く鋸刃《のこば》になった殺傷用の剣を握りしめ、全力で敵陣の奥を目指していた。

――閃光弾で浮き足立たせれば、敵将のところまで走れる。

もう、何もかもが滅茶苦茶だった。突然の鉄砲水で双方の陣は無秩序に分断され、ロドン側もサンバリス側も指揮系統が混乱していた。

誰が誰なのかわからず、訓練不足の兵の一部は逃げ惑い始めている。

――見ろ、見るんだ、准将ならば肩の飾りが雨で濡れて光るはず……

斬りかかってきた男を一刀のもとに斬り捨て、ガーヴィスは走った。次に襲ってきた男も、わずかな躊躇《ちゅうちょ》もなく切り捨てる。

鋸刃《のこば》の剣は力がなければ肉に刃が食い込み、抜けずに命取りになる。その分、確実に敵を無力化できるのだ。

渾身《こんしん》の力で刃を振るい終えたガーヴィスは、懐《ふところ》に手を入れた。

瓶に入った二剤の発火剤を、封を破って混ぜ合わせ、勢いよく投げた。瓶は混乱の中で踏みつけられ、水と反応した発火剤がどん、と音を立てて火柱を上げた。

人々の混乱が激しくなる。ガーヴィスは炎を避《よ》けて空いた道にためらいもなく駆け込み、次の『道具』を取り出した。去年開発されたばかりの閃光弾だ。今日が初めてのお披露目になる。

――ちゃんと光ってくれよ。

そう思いながら、ガーヴィスは密栓を抜いて、閃光弾を敵陣のあるはずの場所に投げつけた。

一瞬後に、まばゆい光が、降り注《そそ》ぐ雨と濡れそぼった人々の姿を照らし出した。

閃光弾の威力に、あちこちで悲鳴が上がる。暗闇に慣れ始めた目は、しばらくの間、潰《つぶ》れてしまうだろう。

『また、災厄をもたらすんだな、お前さえいなければ、死なずに済んだのになァ』

雨の中を駆け抜けるガーヴィスの頭の中に、声が聞こえた。

『お前がいなければ、きっと皆、死なずに済んだんだろうに』

それは、母の声であり、父の声でもあった。

——ああ、そうだ、俺がいなければ殺されずに済んだのにな！

ガーヴィスは斬りかかってきた将官と斬り結ぶ。敵将を守っているだけあり、かなりの腕だ。だが鉄砲水で泥を被ったせいか、相手は柄《つか》を握る手をわずかに滑らせた。

容赦《ようしゃ》なく敵の剣を払いのけたガーヴィスは、獣のような咆哮《ほうこう》と共に異形の剣を振り下ろす。頭を割られた男の身体を蹴り飛ばし、敵将のいる天幕に最後の道具を投げつける。

鋭い臭気が立ち上《のぼ》り、中から数名の人間が転がり出してきた。肩に飾りをつけた男を見つけた。

獣じみた絶叫と共に、ガーヴィスは目を見開く男に飛びかかる。

真っ赤な血が飛び散り、雨に溶けて流れていく。ガーヴィスは頽《くずお》れる身体から階級章をむしり取り、最後の力を振り絞って、声を張り上げた。

『サンバリス軍准将を討ち取った！』

あの瞬間、ガーヴィスは『勇者』になってしまったのだ。血まみれの悪鬼となって殺し続け、呪われた自分を許容しながら生きる人生は断たれてしまった。

——どうして……俺は……こんなことに……

ガーヴィスは、口内に広がる血の味で我に返った。

荒ぶる鼓動が緩やかに鎮まっていく。

ガーヴィスを焼く狂乱の炎は鎮まってきたようだ。

——俺には仕事がある。明日も、朝が早い……。去年壊されたままの砦《とりで》の修復計画を練らねば。一度現地を訪問しないとな。

大きく息を吸い、ガーヴィスは寝台に身を投げ出す。

人生で、赤の他人から向けられた数少ない善意を……リーナの手を思い出す。

血まみれの自分が、誰かにあんな風に気にかけられる日が来るとは思っていなかった。

ガーヴィスが信用できるのは、粛清騎士団の仲間だけ。同じように血まみれになり、正義という大義名分を盾に刃を振るう『同類』だけだと思っていたのに。

——リーナ様は俺のことなど覚えていない。俺は、リーナ様にとっては、たまたま見舞った負傷兵の一人に過ぎなかったのだから。呪いで汚れた人間は切り離して、王家の姫君として、子供と二人で幸せになってほしい。

自分に犯され、身体をこわばらせるリーナを思い出したら、鋭い痛みが胸を刺した。

なぜあんな真似をしたのかわからない。考えたくない。今後は永遠に一人でいい。これ以上、災厄を呼びたくない。そう思った。

◆

顔を叩かれリーナは我に返った。気を失っていたようだ。どのくらいの時間が経ったのだろう。医者がリーナの顔を覗《のぞ》き込み、まぶたを引っ張って何かを観察しているのが見えた。

「意識を回復されたようです」

「良かった……リーナ様に何かあったら……」

医者の声や侍女たちの声が聞こえる。だが、身動きすらできなかった。

――私……生きてる……もう赤ちゃんも私ももたないって言われたけど……産めたんだ……

リーナは、あの冷たい一夜で授かった子を、二日がかりで産み落とした。

赤ん坊の産声を聞いたあと、産婆《さんば》の声が聞こえる。

「リーナ様、どうかお気を確かに!」

夫の冷たさを恨み、ひどい体調不良に苦しみ、王女として弱音を吐くことも許されず、まったく余裕がないまま十月十日《とつきとおか》を過ごした。

極めつけに難産で疲れ切り、今はもう目を開ける元気もない。

ただひたすら、産んだら終わりだから、産めば王女の義務を果たせるからと、なんとか堪えて乗り越えたのだ。

それらの苦痛もようやく終わった。あの世に行きかけていたが、戻って生き延びたようだ。

——赤ちゃんは無事かしら、元気に泣いているけれど……

そう思った刹那《せつな》、にわかに産室が騒がしくなった。

「男孫が生まれたか！」

——お父様……？

どかどかと踏み込んでくる足音と、か細い赤ん坊の泣き声、それから産婆《さんば》や侍女たちの押しとどめる声が聞こえる。

「おお、これでロドン王家の血筋もやや安泰だ。弟のところも息子が一人しかおらず心細かったのだ」

跡継ぎの心配しかしていない父の声に、死にかけていたリーナはわずかに身じろぎした。

——何なの、ガーヴィス様もお父様も、殿方って皆最低ではなくて……？

「どうして父様はそんなことしか言えないの？　姉上が大変な思いをなさったのに！」

弟の泣き声が聞こえたので、心の中で今の発言を訂正した。

——ごめんなさい、マリス。貴方はまともな優しい男性よね。

その時、赤ん坊のか細い泣き声が聞こえ、失望と疲弊の果てで死にかけていたリーナはカッと目を開けた。

——何事……？

「陛下ッ！　新生児をそのように抱かれてはなりませんっ！　落ちてしまいます！」

「うるさい、ちゃんと抱いているだろうが」

落とすという言葉に、失血の悪寒とは違う鳥肌が立つ。

リーナは、渾身《こんしん》の力で目を開き、顔を上げた。

「ひ、姫様、急に動いてはいけません、今お助けしますわ」

付き添っていた侍女が、慌てたように手を添えてくれた。

頷き返すと、弟のマリスが飛びついてきた。

「姉上！　大丈夫ですか！　姉上……心配しました……」

泣いているマリスの様子に胸が痛んだ。案じてくれていた人々の存在が、ようやくはっきりと認識できる。

声を出す元気もないが、父王から赤子を取り返さなくては。

──私はこのまま死ねない。お父様が、赤ちゃんを勝手にいじくり回して、うっかり死なせてしまうかもしれないもの。

そう思ったら、さらに気力が蘇《よみがえ》った。

夫の愛が皆無なこと、父が無理解であること、加えて、難産で完全に心が折れてしまっていたが、むくむくと怒りが湧き上がってくる。

怒れるほど元気になったのも何ヶ月ぶりだろうか。

ワガママな父から我が子を守ろう。リーナはその一心で、周囲の者に支えられ半身を起こした。

「ん？　起きたのか？」

──本当に私のことなど興味がおありでないわね……

だが慣れた。父は自分の興味を優先する人間なのだ。

父は危なっかしい手つきで、赤子を『持って』いた。二児の父とは思えない下手くそな抱き方である。赤子は苦しそうに泣いている。

周囲の者は父王に逆らえず、いつでも赤ん坊を抱き留められるよう身構えているだけだ。

「赤ちゃんを……こちらに……」

リーナはようやく、掠《かす》れた声を絞り出すことができた。

「おお、抱いてみるか」

——私が死ぬ思いで産んだのです。当然ではありませんか。

心の中でそう答え、リーナは震える腕で赤子を抱き取った。

——もうお父様には抱かせたくない。侍女たちはお父様に逆らえないもの。ずっと私が抱いていなければ危ないわ。ああ、赤ちゃん、どんな顔なの？　母様にお顔を見せて。

小さな身体を胸に抱いた刹那《せつな》、泣きそうなほどの多幸感が湧き上がる。

「え……っ……」

しかし、初めて我が子の顔を見たリーナは、絶句した。

腕の中の赤ちゃんは、ガーヴィスに生き写しだったからだ。

生後間もないまん丸くしゃくしゃの顔なのに、はっきりと同じ顔だとわかる。まさに、『遺伝の不思議』としか言いようがない。

——怖いくらい……同じ顔……大人と赤ちゃんなのに、こんなにそっくりになるものなの？

茶色の髪に緑の目は、金髪緑目のリーナから継いだ部分だろう。

だが顔立ちは、こんなに小さいにもかかわらず、父親にそっくりだった。リーナに似ている要素がまるでない。

この子の精神も、もしかして彼にそっくりなのだろうか。

リーナの脳裏に、悪夢の一夜の記憶がよぎる。

この子が、夫のようなあんな冷酷な人間になってしまったらどうしよう、と、息を呑んだリーナの腕の中で、赤ん坊が赤い顔で唸《うな》り、ほぎゃほぎゃと泣き出した。

リーナの顔に、笑みが浮かんだ。

なんと可愛らしくて、庇護欲《ひごよく》を掻き立てる泣き声だろう。

リーナは震える手で、そっと赤ん坊の身体を揺らした。

——ああ、なんて小さくて可愛いの……

我が子がガーヴィスに性格まで似ているかもしれない、などという懸念は吹っ飛んだ。

手も顔も身体も小さくて、とても……可愛い。お腹にいる頃は、愛せるかどうかもわからなかったのに。

身体の痛みも忘れて、リーナは笑顔になった。

「姫様、ようございました。少しご気分が回復されましたか」

産婆《さんば》が笑顔でやってきて、赤ん坊を抱かせ直してくれた。

「ほら、このように丸く抱いて差し上げると、小さな赤ちゃんは安心するのですよ。お母様のお腹の中と同じ姿勢ですからね」

リーナは頷き、もう一度赤ん坊の顔を覗《のぞ》き込む。産婆《さんば》の言うとおり、赤ちゃんは安心しきった表情になる。

静謐《せいひつ》な甘い幸福感が胸に満ちてきた。

顔立ちこそ夫によく似ているけれど、この子は別の人間なのだ。

――可愛い……な……

「おい、リーナ、もう一度抱かせてくれ」

父の無神経な声に、全身の毛が逆立つ思いがした。

――あっちに行ってくださらないかしら……！

また父の気まぐれとワガママが始まった。自分の子供には一切興味がないくせに、孫をこんなに構いたがるなんて。一体、どうしたというのだろう。

「お父様、少し休ませてくださいませ」

か細い声でそう抗《あらが》うと、父が心底驚いた顔をした。父はどんなに傍若無人《ぼうじゃくぶじん》に振る舞っても、娘や妃から諌《いさ》められたことなどなかったからだ。

「そんなに疲れているのか？」

不機嫌な声音にも負けず、リーナははっきりと頷いた。赤ちゃんを危ない目に遭わせるなら、たとえ偉大で恐ろしい父王であっても敵だとはっきり思えた。

「はい、とても」

しっかりと目を見据えたまま言い返すと、父はますます当惑した顔になった。

大人しいはずの娘が、なぜ自分に反抗するのか、と言わんばかりの表情だ。

リーナの言葉を補うように、遠慮がちに歩み寄ってきた侍女頭が穏やかな口調で言った。

「産婦は、お産のあともしばらく出血があったり、安全な容態ではございません。若君の診察も必要でございます。医師の処置が終わりました折りに、改めて陛下にご報告に上がります」

「……ふん」

父はつまらなそうに鼻を鳴らし、くるりとリーナに背を向けた。

「マリス、行くぞ。リーナはきちんと身体を回復させるように！」

父は弟を呼びつけ、入ってきた時と同じようにどかどかと出ていく。マリスは何度も不安そうにリーナを振り返りながら、足早に父王のあとを追って出ていった。

——珍しいわ。ワガママが通らないのに、さっさと引き上げてくださるなんて。

いつ王が怒り出すかと緊張しきっていた産室の空気が、一気に緩む。リーナは背中を支えられたまま、ほっと息を吐いた。

——『子供なんて、本当は欲しくなかった』なんて思ってしまってごめんね。

リーナは切ない気持ちで、腕の中の我が子を見つめた。お腹にいる時に愛着を感じてあげられなくて、本当に申し訳なかったと感じる。

自分の義務は産んだら終わり。誰か良い乳母《うば》が付いて、赤子を育ててくれる。ぼんやりと頭の中にあった計画が、あっさりと崩れ去っていくようだ。

——この子は、私の手元から離さずに育てたいわ。私も弟も乳母《うば》に育てられたし、王家の人間は、我が子を乳母《うば》に任せきりにするのが常識なのだけど……

リーナはこれまで、父王や周囲の言うとおりにして生きてきた。王女として振る舞うのが義務なのだ。そう自己暗示を掛けて理不尽を呑み込んできたのだ。

だけどリーナだって、命があるうちに、一度くらい、やりたいようにやってもいいはずだ。

——死にかけて、怖いものがなくなったみたい。あんなに傲慢で厳しかったお父様のことも怖くないの。どうしてかしら、不思議だわ。

そう思いながら、リーナはそっと赤ん坊の茶色い髪を撫《な》でた。

――ガーヴィス様からは、お返事の一つさえもいただけないままだけれど、この子が生まれたことを知らせなければ……でも……

彼はこの子を我が子として受け入れてくれるだろうか。何の罪もないこの子が父親に冷たくされると思うと可哀相だ。

リーナの父は自己中心的で他者への思いやりが皆無だが、一応娘を己の子と認識はしている。

それに『お父様に優しくしてほしい』と期待するから腹が立つのであって、父のすべてが最低最悪というわけではない。

父は傲慢で冷徹で自己中心的で、他人の欲しがっているものを見抜く力が誰よりも優《すぐ》れている。国王としては理想の人格と能力を持っているのだ。

だがガーヴィスは違う。ただ淡々と己の任務をこなすだけ。粛清騎士として『怪物的』な強さを誇るらしいが、それを誇示することもない。名誉も褒賞も欲しないのだ。リーナに対しても、人並みの情さえないらしい。

手紙一つ寄越さない彼は、多分、一生リーナと息子を愛さないだろう。

──赤ちゃんは、私一人で守ってあげよう。この子は、傷つけたくないもの……

小さな我が子を抱きしめ、リーナは心の中でそう決めた。


命がけで男の子を産んで、半月ほどが過ぎた。

幸いにして息子は元気いっぱいで、リーナ自《みずか》らが与える乳もよく飲んでくれる。

難産だったリーナの回復は緩やかだが、最近は起きて笑っていられる時間が増えた。

ユアンと名付けた我が子は、リーナの希望だった。

リーナの居室は、侍女たちのさざ波のような笑い声で満たされている。

誰もがユアンを可愛がり、無垢な一挙一動を微笑ましく見守ってくれるからだ。昔は侍女同士の私語すらもほとんどなく、静まりかえった部屋だったのに。

──今まで、女主人の私が硬すぎたから、皆もこんな風に明るくできなかったんだわ。

私は、自分が王女の義務を果たすだけの機械だと思い込んでいた。必要以上に自分の感情を見せないようにって。……だけど、そんな態度は皆にも息苦しい思いをさせていたのね。ユアンがいるだけで空気がこんなにも明るくなるなんて……

リーナはユアンにゆっくりと乳を飲ませ終え、侍女頭に習ったとおりに縦に抱いて、背中をとんとんと叩いてあげる。

「まあ、ユアン様、いっぱい上手にお飲みになりましたこと」

侍女頭が満面の笑みでユアンを褒め、口の周りを優しく拭ってくれた。その時だった。

「おい、リーナ！　ユアンは起きているか！」

――お父様……。

リーナは侍女頭に目配せし、ユアンを抱いたまま長椅子から立ち上がった。

「ユアンを見に来たぞ」

父の大声で、ユアンがびっくりしたように泣き出す。

「ユアンを心配してきてくださったのですね。ありがとうございます」

リーナは努めて無表情に父に告げた。

父は逆上しやすいので、怒りを見せては駄目だ。余計に刺激する。侍女たちにも父が興奮しそうな時は一切物申さないよう、あらかじめ言い聞かせてある。

「ユアンは元気にしているか」

信じられないことに、父はユアンが可愛くて仕方がないようだ。

――お父様が孫に興味を持つなんて、天変地異が起きてもおかしくないわ。

そう思いつつ、リーナは静かに笑みを浮かべるに留めた。

「ははっ、よく太ってきたな」

父はご機嫌で、ユアンの頬をつつき始めた。

――三十八歳になられて、ようやく人の話を多少聞けるようになったのね……遅すぎるけれど……

「そういえばお前も丸かったような気がするが。ふん、忙しかったから覚えておらん」

父が、ユアンのもちもちした頬をつつきながらぼそりと呟いた。

リーナは目を伏せ、父の言葉を咀嚼《そしゃく》した。

――お父様は、二十歳になる前に私の父になって、その頃お祖父様も亡くなられて、一人でロドン王国を背負い、戦争に勝利するために力を尽くされてきた……。お辛さは、私やマリスの比ではなかったのでしょうね。子供なんて、可愛がる余裕もなかったはず……

ずっと父を恨み、恐れ嫌ってきたけれど……今は少しだけ違う気持ちになる。

父は苛烈な性格で、リーナやマリスにも『王家の人間』としての自覚を徹底的に求めるが、暴力だけは決して振るわなかった。

国民から『世継ぎを一刻も早く』『ロドン王国に勝利を!』『まともな生活を保障してくれ』と突き上げをくらい続け、何回も暗殺されかけて、唯一愛していた王妃を三年前に亡くし……

それは、どれほど苦しい人生だったのだろう。

――私がお父様の立場に置かれたら、同じように強靱《きょうじん》な精神を保てたかしら……

そう思った時、父が明るい声で言った。

「そうだ。ガーヴィスに一時帰還命令を出したからな。今日あたり帰ってくる」

「はい……？　えっ、なんですの？　今日……とは……？」

リーナはユアンの背中をさすりながら首をかしげた。

「お前はユアンを見るので忙しいのだろう？　手紙を書くのもだるかろうから、生まれたその日に呼びつけてやったわ！　うむ、今思い出した。良かったなユアン、お父様にやっと会えるなぁ、おじいちゃまのお陰だぞ。そろそろ抱かせろ」

父が機嫌良く言い、リーナに手を差し出す。

リーナは慎重に、じっとしているユアンを父の腕に抱かせた。

父は、なかなか上手にユアンを抱っこしている。

『子持ちのくせに抱っこが下手くそ』と思われるのが我慢ならず、枕で練習していたと侍従長にこっそり聞いたが、触れずにおこう。

「おお、笑った、笑った。ユアンにはおじいちゃまが素晴らしい王だとわかるのだな？」

――どこから出しているのです、そのお声……侍女たちが絶句しておりましてよ……

リーナは呆《あき》れ果てて、悟られないようため息を吐いた。

それより、たった今、大問題が持ち上がった。

――ガーヴィス様を呼び戻された？　どうして……？　なぜそんな余計なことを？

当惑するリーナの視界の端で、お触れの声が聞こえた。

「ガーヴィス・アルトラン卿がお見えになりました」

「お！　いいぞ、入れ」

部屋の主であるリーナを無視して、父王が機嫌の良い声で許可を出す。

入ってきた背の高い男の姿を見て、リーナは身体を強ばらせた。自分を手ひどく抱き、拒絶し尽くした夫の顔を、ほぼ十ヶ月ぶりに見た気がする。

ガーヴィスは、リーナの私室に父王がいるとは思っていなかったのだろう。一瞬立ちすくんだが、直《ただ》ちに敬礼をした。

「陛下、ガーヴィス・アルトラン、ただいま帰還いたしました」

ガーヴィスには、もう二度と心を許さないと決めたリーナですら見惚れるほどの見事な挙措《きょそ》だった。精悍《せいかん》で美しい彼の顔には、何の表情も浮かんでいない。

「おお、待っておったぞガーヴィス。ほら、見ろ、可愛い男の子だ。ユアンという。名前はリーナが付けた」

父はご機嫌そのものの表情で身体を捻《ひね》り、抱いていたユアンの顔を、ガーヴィスのほうに向けようとする。

だが、ガーヴィスは何も答えない。ユアンの顔も頑《かたく》なに見ようとしない。

「どうした、元気がないようだが。ほれ、見よ」

「……いえ……私は……」

ガーヴィスは膝を突き、うなだれたままだ。

「船にでも酔ったのか?」

父が不審げな表情になる。

「へ、陛下……私はリーナ様にお話が……どうか二人きりに……」

リーナは、ガーヴィスの様子に眉をひそめた。とてつもなく苦しそうだ。額《ひたい》には脂汗が浮いていて、気の毒になってしまう。

——どう……なさったの……胸でも痛むのかしら……?

不安になってリーナは拳を握った。だが、体調が悪いのならそう言うはずだ。なぜ人払いを頼むのかと、ますます不安が込み上げる。

「……わかった。お前らにも積もる話があろう」

どうやら、リーナの手紙に一度も返事をせず、顔を見せすらしなかったガーヴィスの態度に、父も何かを感じているようだ。

「では、親子三人で仲良くな」

父はリーナにユアンを返し『うまくこの場をおさめろ』と合図して出ていった。二の腕を二度叩くのは『この場はお前が仕切れ』という命令だ。

――妻として、ガーヴィス様をうまくつなぎ止めよ、ということね……

リーナは唇を噛みしめる。

ガーヴィスは、父が退出したあとも、かなり長い間黙っていた。リーナが沈黙の重さに唇を噛んだ時、ガーヴィスが絞り出すような声で告げた。

「どうか俺と離縁してください。俺の不貞の証拠を捻出してもいい。今はまだないが、適当な未亡人あたりに頼み、浮名を流して参ります」

「え……なあに？　離婚って……？」

リーナは言葉の意味がわからず、首をかしげた。

話が唐突すぎるし、論理的にも破綻していたからだ。

この結婚は政権安定のためのもので、ガーヴィスが浮気をしたからどうこうできるわけがない。彼もそれはわかっていたはずなのに。

「それがいい。そのほうが貴女は幸せになる。俺はすぐにでも離縁を受け入れ、この地を去ります。王家を裏切りはしない。地位を取り上げられても粛清騎士の仕事に励みます。ですからどうか離縁をお願いいたします」

「それは……できないわ……何を仰《おつしや》っているの？」

リーナの答えに、ガーヴィスは押し黙ってしまった。

ふたたび重い沈黙が蟠《わだかま》る。

その時、リーナの腕の中にいたユアンが、か細い可愛い声で泣き出した。

「どうしたの？　知らない人の声が聞こえてびっくりしたかしら。お父様よ、ユアン」

リーナはユアンをあやしながら、長椅子に腰を下ろす。

夫からの愛がまったくないことを改めて思い知らされ、やや心が沈んだ。

もしかして、マグダレイに愛人がいるのだろうか。

だが、リーナはもう生娘《きむすめ》ではない。夫の愛がなくても母親なのだ。だから、夫の理不尽な言い分に負けるわけにはいかない。

「別れたい……と？」

「はい。貴女ともその子とも他人に……なれれば……幸いです……」

ガーヴィスの声は苦渋に満ちている。

リーナが怒ったら、彼をなだめるのはますます難しくなるだろう。父の命令は『この場をうまくまとめること、ガーヴィスを王家の婿としてつなぎ止めること』だ。つまり、リーナがすべきことは、説得および懐柔《かいじゅう》なのである。

悟られないようため息を吐き、リーナは優しく尋ねた。

「ユアンは、ガーヴィス様の御子《おこ》ですのよ。他人になりたいなどと気軽に仰《おっしゃ》らないで」

ガーヴィスは、唇を噛んでうなだれてしまった。

思いつめた様子に、かすかな不安を覚える。

もしかして離婚に応じないリーナに対して、苛立っているのかもしれない。愛人に離婚をせっつかれ、追い詰められている可能性もある。

やはり彼を責め立てるのは得策ではなさそうだ。

そう思いつつ、リーナはとっておきの『儚げで、悲しげな』声を出してみた。

父が怒り狂っている時、家臣を庇《かば》うために出す声なのだが……。

「ガーヴィス様、私にどのような文句がおありでも構いません。憎もうと恨もうとご自由になさってくださいませ。……ですがユアンは、このようにまだ赤ちゃんです。好きで生まれてきたわけではなく、何の罪もないのです。ですからどうか、この子だけは可愛がって差し上げて」

離れた場所に立ち尽くしていたガーヴィスが、その場で顔を覆《おお》った。

悲しげな仕草に、リーナは違和感を覚えつつ、やや警戒を緩めた。

――まあ、どういうことかしら。お怒りになるかと思ったけれど……そうではないみたいね。

リーナは勇気を出して、ガーヴィスに声を掛けた。

「こちらにいらして、ユアンに指を握らせてあげてくださいませ」

ガーヴィスが顔から手を離し、ふらふらと歩み寄ってくる。そして、リーナのすぐ側に跪《ひざまず》いて、ユアンのほうにそっと手を差し出した。

リーナはユアンの小さな手を取って、ガーヴィスの人差し指を握らせる。

「ほら、とても可愛いでしょう？　ガーヴィス様にそっくりなのです。私、すっかり親馬鹿になってしまいました」

ガーヴィスは何も答えず、握られた指を凝視している。

「わ、若君に……触ってもよろしいのでしょうか……俺のような人間が……」

青ざめたガーヴィスが、怯えた声でリーナに尋ねた。

――ご自分を汚れ物のように感じているのかしら？　どうして？

だが、様子のおかしい彼を刺激できない。リーナは笑みを湛《たた》えたまま、頷いて答えた。

「もちろんでございます。ですが生まれたばかりですので、小鳥に触れるくらいそっと、でお願いいたしますね」

ガーヴィスは父よりも逞《たくま》しい。彼が力を入れたら、生まれたばかりの赤ちゃんなど、ぷちりと潰《つぶ》れてしまいそうだ。

ガーヴィスがユアンの顔を覗《のぞ》き込み、相好《そうごう》を崩す。

「ああ……なんということだ……俺に子供ができるなんて、思っていなかった」

──身体を重ねればできる可能性はございますわ。

と思ったが、言える雰囲気ではない。

長い長い沈黙のあと、ガーヴィスが絞り出すように呟く。

「とても可愛いです……子供は……好きなのです……とても……」

リーナは微笑みつつ、心の中に巨大な疑問符を浮かべた。

──えっ、あの、予想外のお言葉なのですけど。子供が好き？　離婚の話はどこへ？

何から説得すればよろしくて？

だがやはり、何かが変なので刺激は避けたい。リーナは、様子をうかがうことにした。

しなやかな指でユアンの丸い頬を撫《な》でながら、ガーヴィスが絞り出すような声で言った。

「リーナ様にずっと黙っていたことがあります。じつは、俺は……」

深刻そのものの声音に、リーナは身構えた。

『貴女の他に愛している人がいる』とでも言われるのだろうか。

リーナはガーヴィスの言葉を受け止めようと、小さな手をぎゅっと握り、身体を強ばらせる。

だが彼の口から出てきたのは、予想を遙かに上回る……いや、予想とはまるで違うひと言だった。

「俺は、呪われているのです……」

——呪われ……？　えっ、何？

リーナは、耳を疑いつつ思わず部屋の扉の場所を確認した。

反射的に『危なかったらユアンを抱えて逃げよう』と思ったからだ。だが、ガーヴィスが襲いかかってくる気配はない。ひたすら悲しそうなだけだ。

リーナは気を取り直し、余裕の笑みを浮かべてガーヴィスに尋ねた。

「まあ、不思議なことを。それはどういう意味ですの？」

「言葉どおり、俺は呪われているのです。黙っていて申し訳ありませんでした」

ガーヴィスは赤い目でユアンを凝視しながらそう言った。

──これは……良くないわ……

リーナの背中に、なんとも表現しがたい汗が伝った。

口にしている言葉は狂気そのものだが、ユアンを撫《な》でる仕草はとても優しい。言動のちぐはぐさに、夫がおかしいのだという事実がくっきりと浮き上がってくる。

──どうしよう……懸念すべき事項が一気に溢《あふ》れてきて、何から対処すれば……

救国の騎士と呼ばれ、国民の尊崇《そんすう》を一身に集めるガーヴィスが、こんな訳のわからないことを外でしゃべりまくっていたらどうしよう。

それに、『俺は呪われているのでリーナとは離婚したい』なんて父王に報告に行ったら大変なことになる。

おそらく短気な父は『訳のわからんことを言って、私を愚弄《ぐろう》するつもりか』と激怒するだろう。

離縁の話題が出たら、リーナの夫の地位を狙っていた若手貴族が、ガーヴィスの後釜を狙おうと、妙な陰謀を企み始めるかもしれない。

何より、生まれた時から父親が心の病だなんて、ユアンが可哀相すぎる。

「そうなんですの？　私、呪われている人を見るのは初めてで……」

とりあえず、とぼけた口調でリーナは尋ねた。

貴族階級での社交術を叩き込まれたリーナでさえ、夫に『俺は呪われている』と謝罪され、なんと返せばいいのかわからなかったからだ。

――驚いていない、私は驚いていない。

自分に暗示を掛けつつ、リーナはガーヴィスに微笑みかける。ガーヴィスは放心したまま、乾いた声で呟いた。

「母が……亡くなった時に、そう言い残して……」

小さな手に握られた指を見つめたまま、ガーヴィスが途切れ途切れに言った。

――母？　ガーヴィス様の母君は、アルトラン伯爵家の正妻でいらしたはず。急な病で亡くなられたとか。貴族の急な病は不名誉を隠すための口実に使われることも多いけれど。

そう思いつつ、リーナは、可能な限り穏やかな声で尋ねた。

「アルトラン伯爵夫人は、南のレジェ半島から嫁《とつ》いでこられたのですよね。ですからガーヴィス様の御髪《おぐし》はそのように綺麗《きれい》な黒なのだと聞きました」

レジェ半島はロドン王国の最南端にある領地だ。内海沿いのその地域に住む人々は、髪の色が濃く、さらに南方の国々の民族の血を継いでいるといわれている。

「母は、父に嫁《とつ》ぐ前夜に下男と過ちを犯し、その男の子供をアルトラン家の嫡子《ちゃくなん》として産んでしまったのです。金髪の父との間に、こんな真っ黒な髪の子が生まれるわけがない。俺は生粋《きっすい》のレジェ半島の人間です。父の血など引いておりません。廃嫡《はいちゃく》されたのも、叔父がそのことを知っていたからに他ならない」

予想外の言葉に、リーナはとっさに何も答えられなかった。

ガーヴィスは強く唇を噛み、ユアンの指をそっと離させて立ち上がった。

リーナは何も言えないまま、ガーヴィスの顔を見上げる。

「父と弟妹は船の事故で天に召されました。俺は、昔から呪われているのです。若君や貴女に……呪いが及んではなりません」

母の不義と、家族の事故。そこにガーヴィスの呪いがどう関係するのだろう。

「今の話ではよくわからないわ……貴方は何に呪われているの？」

「申し上げられない。詳しく語ると、貴女にも呪いが及ぶでしょうから」

ガーヴィスが虚《うつ》ろな目で頑《かたく》なに首を横に振った。

リーナは『ガーヴィスは戦争の後遺症で心を病みかけているのかもしれない』と思った。

戦場に出て命を危険にさらした人間は、心を病んでしまうことがあるのだ。

傷病兵の慰問《いもん》に向かうに当たり、侍医から詳しく習った。彼らは本気で己の幻覚を信じているので、決して馬鹿にしたり、軽く扱ってはならないと。

「そうなのですね、でも、ガーヴィス様は大丈夫ですよ、貴方は我が国の英雄なのですから」

「大丈夫ではありません！　この呪いの恐ろしさは俺自身が誰よりもよく知っております」

ガーヴィスが悲鳴のような声で、リーナの言葉を遮《さえぎ》った。

秀麗な額《ひたい》には汗が浮いていて、リーナは何も言えなくなってしまう。

これはまずい、と直感した。

「罪なき無垢なものにも、俺の呪いは及ぶのです。側にいるものに災いが起きるのです……。俺は離縁を希望いたします。どうか離縁を、リーナ様」

表情からして、彼は自分が口にしている言葉を心から信じているようだ。

本気で自分が呪われていると思い、子供に呪いが及ぶと怯えているのだろう。

――私と離婚するために、おかしくなったフリをなさっている可能性もあるけれど……

リーナは必死に考えを巡らせた。

夫婦関係が破綻していることは心得ている。

だが、リーナとガーヴィスの意思だけでは、離婚はできない。たとえ彼が離婚のために不貞を働こうと、父がもみ消してしまうだろう。

王よりも愛される英雄なんて、野放しにできない。敵対勢力にでも祭りあげられたら、洒落《しゃれ》にならないからだ。

——もし、呪いが口実だとしても……王家は私とガーヴィス様の離婚は認めない。貴方がどんなに望んでも、それは不可能なのよ。

リーナはかすかに震えるガーヴィスを見つめたまま、真剣に知恵を絞る。

たとえ『英雄』が壊れていようとも、王女の婿としてつなぎ止めるのがリーナの仕事だ。そうそう簡単に彼の手綱《たづな》を解くわけにはいかない。

リーナは少し考え、ガーヴィスに告げた。

「私は、王家の人間は、その正道を外れない限り、神の守護を得られるのだと聞きました」

リーナが口にしたのは『王権は絶対的で特別な存在、つまり神から与えられた、最強の権利である』という考え方だ。

ロドン王国や周辺諸国はこの論を採用し、国民を統治してきた。

もちろん突き詰めて考えれば、神の存在を証明できない分、あやふやな王権とも言える。

だが、王家の人間は、代々『選ばれた存在』として振る舞ってきた。

リーナが父王から叩き込まれたのも『選ばれた存在』としての振る舞いだ。

今回は、それに賭けてみよう。

「し、しかし、俺の呪いは本物なのです」

ガーヴィスが強くかぶりを振る。この場は押し切ろう。そう思いつつ、リーナは可能な限り声を張った。

「そうなのかもしれませんね。ガーヴィス様ほどの騎士がそう仰《おつしや》るのですから。ですが、王女である私も、その呪いに負けるのでしょうか？　私は神に特別な権利を与えられた、王家の娘なのですけれど」

「え……あ……」

ガーヴィスが言葉につまったように言いよどむ。

「もう一つ不思議に思うことがあります。呪いを受けたガーヴィス様との間に、どうして新しい命が与えられたのでしょうか？　私に与えられた祝福が、今はガーヴィス様の呪いに打ち勝っているということなのでは？」

傲慢な物言いで嫌だな、と心の中の『本当のリーナ』が呟いた。

だが、このくらい強い言葉を使わなければ、ガーヴィスの心には届かないと思った。

ガーヴィスは何も答えない。

駄目押しとばかりに、リーナは口を開いた。

「答えてください、騎士ガーヴィス。貴方の呪いは、神が王家へ与えた祝福を超えるほどの、強い力のある呪いなのでしょうか？」

「そ……それは……」

ガーヴィスが美しい顔を歪めて目を逸らした。

「私はこの子を産むまでに何度か死にかけましたが、生き延びました。ですから、おそらく貴方の呪いには負けないのです」

ロドン王家が彼をどんな目に遭わせるかわからない。

不本意であっても、逆賊《ぎゃくぞく》扱いされ始末されるより、王女の夫として生きているほうが良いと思ってくれないだろうか。

――それに、これは私のワガママだけれど、できればガーヴィス様にも、親としての責任を負ってほしい。そんな風にユアンを愛おしげに見つめてくれるなら、憎いわけではないのでしょう？

リーナは立ち上がり、目を逸らすガーヴィスに命じた。

「ユアンを抱いてみてください。この子は私の息子。貴方の呪いには負けないと思います。王家に対する反逆の意思がないのであれば、私の言うとおりに」

ガーヴィスは、何も答えなかった。

リーナはガーヴィスを長椅子に座らせ、ユアンをその逞《たくま》しい腕に抱かせる。ガーヴィスはユアンを凝視したまま、不器用に小さな身体を腕の中に包み込んだ。

ユアンはまだよく目は見えていないようだが、不思議そうな様子をしている。知らない匂いの人に抱っこされたからかもしれない。

彼の仕草を見守っていたリーナは、ハッと目を見開いた。

ガーヴィスの赤く輝く瞳に、うっすらと涙が浮いていたからだ。

「確かに……俺の呪いが王家の祝福に勝《まさ》るというのは、過ぎた言葉だったかもしれません、リーナ様。今、こうして若君を抱いていても、何かおかしなことが起きないかと、恐ろしくてたまらないのですが」

「大丈夫です。私の言葉を信じるように」

なるべく高慢に、王家の威光を信じ切っている『王女様』を演じながらリーナは言った。

「もし貴方の呪いが本物だと確信できたら、正式にお父様にお願いして離縁を願い出ます。それまでは、ユアンの父として振る舞っていただけませんか？」

重い沈黙が流れる。

ややして、ガーヴィスが腕の中のユアンをそっと縦に抱き起こした。小さなぷっくりした顔を覗《のぞ》き込み、淡い笑みを浮かべる。

「……かしこまりました。リーナ様の仰《おっしゃ》るとおりです。父が呪いの恐怖に心を乱している などと知れたら、若君の体面にも関わりましょうから、陛下へのご相談は控えます」

そう言って、ガーヴィスはユアンを器用に揺らしながら、はっきりと微笑みかけた。

ほっとするリーナの前でユアンをあやしながら、ガーヴィスが呟く。

「若君が一瞬お笑いになりました。知らない男に抱かれて、びっくりされたのでしょうか？」

リーナは静かに首を振り、穏やかな口調でガーヴィスに告げた。

「若君ではなく、ユアンと呼んであげてくださいませ」

ガーヴィスは頷き、改めて大きな手でユアンをしっかりと抱き直した。

「ユアン、君はずいぶん軽いんだな。綿《わた》をつめた袋のようだ。なのに、父様には、君がとても重たく感じる……」

ガーヴィスは歯を食いしばり、ユアンを抱いたまま目を瞑る。

リーナには理解できない、内心の痛みに耐えているような顔つきだった。

間違いなく彼はユアンを拒んではいない。小さな赤子を愛おしく思う気持ちは、彼の中にも確実にあるのだ。

――これでひとまずは良かったのよね……？　でも、呪いって、何……？

リーナは、悲しげにユアンを抱くガーヴィスを、言葉もなく見守った。

「ガーヴィスも我が子と対面してみてどうだった？　ユアンは格別に可愛いだろう？

何しろ私の孫だからな」

夜の会食の席で、父がご機嫌な顔で言う。

ガーヴィスはスヤスヤ眠っているユアンを抱いたまま、素直に頷いた。

「はい、可愛いです、とても」

ガーヴィスは、ユアンをあやし続けていて、何も飲み食いしていない。

歓迎の酒を一口含んだあとは『ユアンを抱いているので飲酒は控えたい』と以降の酒を断っていた。予想だにしなかった溺愛ぶりだ。

「領地の心配もあるだろうが、ユアンの顔を見に戻ってきて良かったのではないか？

やはりそうして腕に抱くと感慨もひとしおであろう」

父はさりげなく『領地の心配』と強調した。

周囲に立って会食を見守っている貴族たちに『ガーヴィスがリーナと離れていたのは、あくまで任務のため』と宣言したのだ。

「ええ、誠に……可愛くて」

ガーヴィスはそう言って、腕の中のユアンを見つめて微笑んだ。

リーナは、そっと夫と子供に目をやる。

ガーヴィスは、ユアンを離そうとしない。

父の機嫌を取るために抱っこして見せているわけではなく、ずっと抱きっぱなしだ。

返してくれるのはリーナが乳をやる時だけ。

おむつの替え方まで侍女に習おうとしていたほどだ。

ロドン王国の貴族の男性は、赤ん坊の養育にはあまり関わらず、妻と乳母《うば》、侍女、教師にすべてを任せるのが良いとされているのだが……

――ガーヴィス様は、とても子供がお好きみたい。意外だわ。

侍女頭も、ガーヴィスに『おむつの替え方を教えてほしい、いざという時のために父の私が覚えておかねば』と言われて驚いた顔をしていた。

――ガーヴィス様が信じ込んでいらっしゃる『呪い』とは一体何なのかしら。慌てて無理矢理聞き出して、心を傷つけてしまっては困る。けれど内容を把握《はあく》しなくては説得のしようもないわ。また、対応を考えなければ。

夫一人を領地に赴かせ、王都の別邸で暮らしている貴族の妻は何人もいる。

大概は、夫と不和で、お互いが愛人を抱えているような暮らしと聞く。その場合、領地で『領主夫人』の役割を果たすのは、美しく着飾った『公認愛人』であることが一般的だが……

リーナはじっとガーヴィスの端整な横顔を見つめた。

——私、口先で、ガーヴィス様を丸め込んでしまったわ。ガーヴィス様が、どのような苦しみを抱いて『呪い』とやらを信じておられるのか聞きもせず、ただ、王家の手駒《てごま》とするために。私のこういうところ、お父様にそっくりで嫌になる。

表情を翳《かげ》らせたリーナの耳に、ユアンのか細い泣き声が届いた。起きたようだ。

隣に座っているガーヴィスの手からユアンを受け取ろうとして、リーナは動きを止めた。

「ん？　どうしたユアン、横に寝るのに飽きたか？」

ガーヴィスが顔をほころばせ、真っ赤な顔で泣いているユアンを器用に抱き起こし、背中を撫《な》で始めた。

「ほう。ずいぶんと上手にあやすのだな」

満足げな父の褒め言葉に、ガーヴィスは別人のように優しい笑みを浮かべて答えた。

「この子は、寝起きに身体を起こしてやると機嫌がいいようです。こうして首を支え、少し丸くなるようにして……このように」

言葉どおり、ユアンがぴたりと泣き止む。

「なるほど、父のお前に良く懐いているようだ。いや、まだ誰に抱っこされているのかは、小さすぎてわからんかな？」

「どうなのでしょう。ですが私は、側にいる限りは、毎日あやしてやりたいと思います」

「ふん……そうか……お前は父として、ユアンと共に暮らすのが幸せなようだな」

父は杯《さかずき》に注《つ》がれた発酵酒を一口飲み、口元を拭って明るい声で言った。

「ではユアンが旅に耐えられるようになり次第、親子三人で領地で暮らせ。リーナには現地の監視統制および、マグダレイ商人たちとの交流、懐柔《かいじゅう》、情報収集を任す。王家の威光を保つため、慈善活動も今までどおり怠《おこた》るなよ。ガーヴィスを支えてよく励むように」

突然の父の命令に、リーナは目を丸くした。

――私たちが、夫婦として領地を治める……？

「何を驚く。貴族の夫婦の手本として振る舞ってまいれ。お前とガーヴィスはユアンを得て、心の底から愛情と信頼で結ばれているのだと示してこい」

「な、なぜ、いきなり……」

貴族たちの視線を気にしつつ、リーナは父に尋ねた。

「なぜもへったくれもない。ガーヴィスはお前との結婚に満足し、ユアンと共に幸せにやっているのだとマグダレイの民に知らせたいだけだ」

リーナは表情を消し、父の言葉の本当の意味を考える。

——私にマグダレイに赴けと仰《おっしゃ》っているんだわ。あの街が抱える諸々の問題を解決してこいと。これまでは妊娠中だったから、見逃《みのが》されていただけなのでしょう……

リーナは覚悟を決め、頷いた。

「かしこまりました。整い次第、ガーヴィス様と共にマグダレイに参ります」

リーナはそっとガーヴィスに視線を投げかける。彼は嫌そうな顔をしているのか、多少は愛想笑いを浮かべているのか確かめたかったからだ。

だがガーヴィスは、ひたすらに腕の中のユアンに微笑みかけているだけだ。

「ユアン、この姿勢でねんねしようか？　父様がこうやってずっと抱いているからね」

——私がいてもいなくても、どうでもいい、と言わんばかりね。

「ガーヴィス、そなたもユアンが可愛くてたまらんのだなぁ。私も同じだ。私の赤子の頃に似ていると侍従長が申しておったからな」

「誠に仰《おっしゃ》るとおりです。こんなに小さいのに、時折赤子とは思えぬような勇敢な表情をいたしますので、陛下の面影がございます」

ガーヴィスのお世辞に、父が機嫌の良い笑い声を立てた。

――人がいるところでは、きちんと受け答えをなさるのね。本当に何なのかしら？

ガーヴィス様が信じ込んでおられる『呪い』って。

湧き上がる疑問を呑み込み、リーナはガーヴィスに尋ねた。

「ガーヴィス様は、明日にはまたマグダレイに戻られるのですよね？」

リーナの質問に、ガーヴィスがユアンに視線を注《そそ》いだまま頷いた。

「ええ、ユアンと離れるのは寂しいのですが。任務が山積みのままですので」

ガーヴィスの答えに、父が機嫌良く言葉を補足した。

「リーナもなるべく早く、親子でマグダレイへ向かえ。こんなに子煩悩な父親を、息子と引き離しておくのは気の毒だ」

「かしこまりました。医師の許可が出次第、すぐにでもユアンと共に参ります」

リーナは素直に頷く。いかに危険な場所といえど、任地に赴くのは王家の娘の義務だから構わない。ただ、ユアンを危険にさらさぬよう、幾重《いくえ》にも気をつけよう。

――ガーヴィス様のことも気になるし、ユアンも私の責任で守り切らなければ。やり抜いてみせるわ。……困難を乗り切れない人間に、王女を名乗る資格はないもの。

そう覚悟を決め、リーナは背筋を正した。

◆

生まれたばかりの『我が子』ユアンの顔を見て、領地にとんぼ返りしたガーヴィスは、日々仕事に邁進《まいしん》していた。

——明日ようやくユアンに会えるのか。長かった、この四ヶ月ちょっとが……。なんだかんだ悩んだところで、俺にとってあの子は世界一の宝物だから。ずっと寂しかった。

今日は夜警の日だ。もちろん領主であるガーヴィスも参加する。

だが、マグダレイの街を守る『マグダレイ騎士団』の面子《メンツ》は、ガーヴィスと共に職務に当たることに、緊張の色を隠そうとしない。

もう一年以上共に夜警に回っているのに、いまだに彼らとガーヴィスの間には壁がある。

やはり、『元・粛清騎士』という肩書きは、人々に不気味な印象を与えるようだ。

「あの、ガーヴィス様！　お話ししてもよろしいでしょうかっ！」

マグダレイ騎士団の若者が、ガーヴィスのうしろを歩きながら恐る恐る問うてくる。

ガーヴィスは振り返って尋ねた。

「どうした」

質問をしてきた若者が、緊張しきった顔でごくり、と息を呑み込んだ。

——なぜそんなに赤い顔をしている？　その浅い呼吸は何だ？

領主になって一年経つが、いまだに怯えられている……というか、化け物じみた人間に思われているようだ。

実際は単なる王室仕えの騎士なのに。

王女リーナの夫に配されたのも、王家が立てた人心掌握《じんしんしょうあく》計画の一環に過ぎない。

なのに、ガーヴィスは実態以上に『人間離れしている』と評価されている嫌いがある。

昨日など、下げようとした皿を割り、ガーヴィスの服に肉汁をこぼしてしまった新人の侍女が『お許しください』とガタガタ震えて泣き出し、どうしようかと思った。

ガーヴィスは、別に怒っていないのに。

——皆を怯えさせるくらい、俺は浮いた存在なのだな。

やはり領主などは辞めて、粛清騎士団に戻らせてもらいたい。

国王は『王女の婿が一介の騎士では釣り合いが取れない』と頑《がん》として譲ってくれないのだが、ガーヴィスの適職は粛清騎士だ。同僚は皆、周囲に溶け込めないような人間ばかりだった。あの職場に帰りたい。

「奥方様がマグダレイに到着されるのは明日ですよね？　王都から、警護のために百名以上の騎士が派遣されると聞きましたが、その……」

若者の問いにガーヴィスははっと我に返り、質問を返した。

「マグダレイ通商理事会の反発が心配か？」

若者が無言で頷く。確かに王都から『軍事力』の増強があれば、マグダレイの大商人たちは弾圧を恐れて強硬に反発するだろう。

マグダレイの通商理事会は、商人たちによる自治権を求めている。自治を行《おこな》う代わりに税の一部を免除してくれと言っているのだ。

王家から派遣された騎士団が増員されれば、『なぜ王家からの干渉を強められねばならないのか』と苦情が出るはずだ。

だが、実際問題、マグダレイの治安は悪く、王家の助けなしで自治は難しそうだ。それを理由に、王家は自治権を認めていないのだ。

——自治権と税の免除を訴えるならば、自分たちの力で治安をどうにかしろ。

心の中で毒づきつつ、ガーヴィスは若者に振り返って答えた。

「リーナ様の警護騎士に関しては、職務範囲を明確にして、なるべく通商理事会を刺激しないように計らう。それで？　他にも質問があるか？」

ガーヴィスの言葉に、若者がはっとした顔になる。しばらく黙っていた彼は、覚悟を決めたように口を開いた。

「え、ええと、もう一つよろしいでしょうか？」

「ああ」

「メルバ河流域の決戦では、お一人で敵陣に斬り込まれたと聞きました。その、怖くはなかったのでしょうか？　周りが闇で、敵ばかりで、大雨で……とても不利な条件だったのに」

「怖くはなかった」

「そ、そうなのですかっ？」

「雨はすごかったな、確かに」

言い終えて、ガーヴィスは焦りを覚えた。相手からは『もっといっぱい話して！』という気配が伝わってくるのに、もう会話のネタが尽きてしまったからだ。

――どうしようか。そうだな、ええと……

「だが、殺《や》るしかないと覚悟を決めて、最後まで殺《や》った」

ガーヴィスはそっと目を閉ざす。本当にもう話題がない。話してやりたいのはやまやまだが、何も思いつかないのだ。

だが若者は、ガーヴィスの薄い話に、何やら感じ入る部分があったようだ。

「最後までやり遂げようという意思の力が、ロドン王国を救ったのですね！」

若者の喜びように驚きつつ、ガーヴィスは答える。

「意思の力というか……殺《や》らないとどうしようもないだろう、それが仕事だ」

「なるほど、それが仕事の極意なのですね、やらないとどうしようもない……。ありがとうございます！　そのような心がけで俺も頑張りますっ！」

「えっ？　ああ……役に立ったなら何よりだ」

何を頑張るのだろう。粛清騎士の真似などやめてほしい。ガーヴィスは予想外の答えに戸惑いつつも、目を輝かせている若者に釘を刺す。

「だが君は、俺たちのように、危険に立ち向かわなくていいからな。マグダレイ騎士団の上長の指示に従い、安全を第一に行動するように」

「かっ、かしこまりました」

若者は素直に頷く。ガーヴィスはほっと緊張を緩めた。

——一般人に余計な話をせずに済んだだろうか？

ガーヴィスには、善良な若者にできる助言などない。

危ないことは慣れた人間に任せろ、としか言えない。粛清騎士は、そのような仕事をこなすために選ばれた『規格外』の集まりだ。

――そういえば、将軍が『粛清騎士を同行させて、リーナ様の警護を手厚くする』と手紙をくださったな。派遣されてくるのは誰だろう？

月明かりに照らされた道を歩きながら、ガーヴィスは同僚たちに思いを馳《は》せる。

粛清騎士たちは、団を離れたらどうやって生きていけばいいのかわからない、強くて哀れな人間ばかりだった。

――誰が来ても、俺のように周囲とは相容れないのだろうな。

ガーヴィスはため息を吐く。

たくさんの部下を引き連れているはずなのに、一人で歩いているような気分だった。

翌日、王家の高速船がマグダレイ港に到着した。

たくさんの野次馬が港に殺到している。

数時間前から並ばされ、不審物は没収され、挙動のおかしい者は連行され、大混乱をきたしている。

それでもマグダレイの住人は、リーナの姿を一目見たいようだ。

リーナは、王都以外の土地を訪れたことはない。

絵姿も本人の意向であまり作られず、地方に住む人間はリーナの顔をほぼ知らないのだ。

『リカーラの姫君』の美貌を確かめてやろうと、皆ワクワクした顔で並んでいる。

「きっと、普通の女の子に違いないよ。王家の姫様だから大げさに褒められているだけさ」

「うちの親父が王都でお姿を見たけど、腰が抜けるほどの美人だと言ってたぞ?」

「お姫様、どんなドレス着てるんだろう? 早く船から下りてきて!」

「早起きして、列の一番前に並べて良かったわ」

好き勝手な噂だが、だいたい皆の興味はリーナに集まっているようだ。

「新しい領主様は、粛清騎士団の一員だったんだろう? あんなにお綺麗《きれい》な顔で、恐ろしいお方なんだな……」

——俺には注目しなくていい。

領主に着任して以降、ガーヴィスは何度となく『怖い』『恐ろしい』と囁《ささや》かれてきた。

粛清騎士はもともと『得体が知れない奴ら』と見做《みな》されがちだ。しかし、領主になった今も怖がられすぎである。ガーヴィスはそこまで怖い顔だろうか。地味なほうだと思う。いや、目が赤っぽいから怖いのかもしれない。

考え込みそうになり、ガーヴィスは余計な思考を打ち切る。

その時、好き勝手なことをしゃべっていた人々が、一斉に船のほうを向いた。

王立騎士団の一隊に守られ、リーナと連れの侍女たちがしずしずと隊列を組んでやってきたからだ。

――ユアンは元気か？　船旅で体調を崩しはしなかっただろうか？　大きくなったのかな。

先触れの騎士隊長の礼を受けながらも、ガーヴィスの視線は赤ん坊のユアンを探していた。落ち着かない。元気な顔を見なければ安心できない。

自分の呪いのせいで、リーナやユアンが何か大変な目に遭っていたら……と思うと、いても立ってもいられないのだ。だが、検閲を受けるリーナへの手紙に『俺の呪いが息子に云々』などと書いたら、話がややこしくなることは理解しているので書かなかった。

頭が冷静な時はちゃんとわかるのだ。呪いの話なんて自分の腹の中に隠しておけ……と。

やがて長い隊列が左右に開き、その中央から女性の一団がゆっくりと進んできた。

侍女たちが足を止め、中央にいたリーナが一人、気品溢《あふ》れる足取りでガーヴィスのほうに歩み寄ってくる。

そのうしろには、ユアンを抱いた侍女頭が付き従っている。ユアンは手をしきりに動かして、大きな声で泣いていた。

――ああ、元気そうだ、ユアン。良かった。首もちゃんと据わっている。

ガーヴィスは、思わず相好《そうごう》を崩す。子供は皆可愛いが、ユアンへの愛おしさは格別だ。本当に可愛くて、魂に刻み込まれた愛情なのだと思えるほどだ。

その瞬間、なぜか、周囲の驚きの目が自分に集まった気がした。

「お笑いになったわ」

「初めて見た……笑うんだ……」

「意外とアリじゃない？　男前だから」

女たちがガーヴィスの笑顔について猛烈に囁《ささや》きをかわし始める。

――ん？　俺の笑顔は何かがおかしいのか……？

首をかしげたガーヴィスの前に、リーナが足を止めた。

相変わらず、彼女は女神のようだった。そう思った瞬間心が軋《きし》んだ。

父親の命令で、自分を犯した男と暮らさねばならないなんて、リーナはどんな気持ちなのだろう。

ガーヴィスの背中に嫌な汗が滲《にじ》む。敵を前にしても心が揺らぐことはないが、今は怖い。リーナが側に来ると、心が乱れて抑えられなくなる。

歯を食いしばった瞬間、リーナの澄み切った声があたりに響いた。

「ガーヴィス様、ただいま到着いたしました。マグダレイへの着任が遅れ、誠に申し訳ありませんでした」

居並ぶ人々から、感嘆《かんたん》のため息が漏れる。

「あれがリーナ様か？」

「まあ、なんてお美しい……まさにリカーラの姫君ね……」

不覚にも『同感だ』とガーヴィスは思ってしまった。

リーナは黄金の髪を結い上げ、黒い石を嵌《は》めた黄金細工の髪留めで留めていた。落ち着いた目立たない意匠《いしょう》だが、さぞかし逸品なのだろう。

纏《まと》っているドレスは、重々しく威厳に溢《あふ》れる仕立てだ。緑の生地に縦方向に走る刺繍《ししゅう》は、胴から裾《すそ》へと色を変えていく金糸が用いられている。

王家の威容を体現したかのような素晴らしい姿だった。

彼女こそ『リカーラの姫君』の呼び名にふさわしいと心から思う。ガーヴィスは、慌てて胸の高鳴りを抑えた。

——動じるな、リーナ様は……他人だ。

ガーヴィスはリーナの動きを目で追ってしまう自分を戒《いまし》め、一瞬だけまぶたを閉じた。

ふたたび目を開け、彼女の足元だけに視線を注《そそ》ぐ。

決して、リーナに心惹《ひ》かれてはいけない。ガーヴィスに愛されても、リーナは迷惑を被るだけなのだから。

「ユアンもこのように、息災にございます」

リーナは侍女を振り返って、ユアンを抱き取る。大勢の人に囲まれて驚いたのか、ユアンは大きな声で泣いていた。

その姿を見た瞬間、心が喜びに沸き立ち、リーナへの後ろめたさが鳴りを潜《ひそ》める。

——ああ、ユアン！

ほんの四ヶ月ほどで、驚くほど丸々と大きく育ったこともわかる。

ガーヴィスは思わず手を差しのべ、ぎゃあぎゃあと泣き声を上げるユアンを抱き上げた。

「ユアン、久しぶりだな！　えらい、よく頑張って船に乗ったね。父様だよ、わかるかな」

優しく話しかけた瞬間、一斉に視線がガーヴィスに集まる。

——ん……？　何だ……？

皆『えっ？』という意外そうな顔でガーヴィスを見ていた。

ガーヴィスは、慌てて周囲を確認する。

――刺客や不審者の気配はない。俺に見えていない角度に何かある、とか……？　いや、それもないようだな。とりあえず、無視しよう。

ガーヴィスはユアンの抱き方を少しずつ変え、反応を確認する。どうやら縦に抱くとやや満足らしく、一瞬だけ泣き声が弱まった。生まれてすぐの頃と同様、この姿勢が好きなようだ。

「よしよし、知らない人がたくさんでびっくりしたか？　大丈夫だからな……」

ユアンはガーヴィスの肩に頭を押しつけ「ふえええええ」と甘えた泣き声になった。すり寄るような仕草だ。ユアンにとってのガーヴィスは『知らないおじさん』だろうが、うまくなだめられて、安心したのだろう。

ユアンが大きな目で、じっとガーヴィスを見上げた。すべすべの頬に、幾筋も涙が伝っている。

――何もかもがとても可愛い。可愛すぎる。

ガーヴィスは思わず、ユアンのフワフワの髪に頬ずりした。

「そんなに泣かなくて大丈夫だ。父様が抱っこしているからね。よしよし、ふ……っ」

ユアンの愛くるしい仕草に、思わず笑いが漏れた。

ふたたび、笑顔のガーヴィスに向けて、人々の驚愕《きょうがく》したような視線が注《そそ》がれる。

——皆、王家の若君が珍しいのだろうか、きっとそうだろうな。

そう思いながら、ガーヴィスはユアンを器用に揺すりつつ、無言のリーナに話しかけた。

「リーナ様、お疲れでございましょう、まずは領主の館へ」

何か言いたげにガーヴィスを見つめていたリーナは、我に返ったように、優美な微笑みを浮かべて頷いた。

「ありがとうございます、ガーヴィス様」

リーナがほっそりした手を差し出す。

どくん、とガーヴィスの心臓が音を立てた。

——落ち着け。領主夫人の手を引くのは俺の役目だろう。

ガーヴィスは氷のような無表情を保ち、ユアンを抱いていないほうの手でリーナの手を取った。

きらめく緑の瞳が、じっとガーヴィスを映す。

海辺の強い光がリーナの髪を本物の黄金のように照らし出した。瞳に金の影が差し込み、深い森の泉のように揺らめく。

——なんと、うつく……

心に浮かんだ思いを慌てて振り払った、その時だった。

視界の端に何かを投げつけようとする女の姿が映った。小さなものだ。特殊な投擲《とうてき》武器なのか、それとも液体か。見分けきれなかった。わからない。

ガーヴィスは瞬時にリーナの手を引き寄せ、ユアンを彼女の華奢《きゃしゃ》な胸に押しつけた。

リーナなら、ユアンをしっかり抱き留めてくれると確信があったのだ。読みは外れず、リーナは何も言わずユアンを守るように抱きしめた。

ガーヴィスは躊躇《ためら》わずにユアンごとリーナを抱え、地面に伏せた。同時にカシャンと音が聞こえ、異様な匂いが鼻につく。酸のような匂いだ。気化毒の一種の可能性がある。

投擲《とうてき》武器ではなかったが、すぐにリーナをこの場から退去させねば。

「息を止めて」

リーナは一切騒がず、腕の中で頷く。しかしユアンは驚いたように泣き出してしまった。

——ユアンはまだ息を止められない。この子に嗅がせるわけには……

ガーヴィスは跳ね起き、すぐに外せる特殊な金具で留めたマントを素早く脱ぎ、割れたガラスの小瓶に被せた。

「リーナ様を連れていけ、すぐにお二人を医者に」

立ち尽くしていた騎士たちが慌てたようにリーナを抱き起こし、走り去っていく。

――マントは一応防水、防炎ではあるが、あまり意味はないだろうな。

ガーヴィスは、騎士たちに捕らえられ、こちらを睨《にら》み付けている女に歩み寄った。先ほど小瓶を投げてきたのはこの女だ。外見は、下町の女工のように見える。服や前掛け、指先は、色々な染料で染まっていた。

「何を投げた」

とりあえず、現時点では身体に異常はない。急性中毒の心配はないようだ。だが、この場にいる人々に危険な何かを吸わせたのであれば万死《ばんし》に値する。

「言うもんか！　お、王家の人間なんて、パリーラ緑の染料で染めたドレスなんて……何が王女様だよ、あんな贅沢《ぜいたく》しやがって。こっちは戦後ますますすっからかんなんだよっ！」

怨恨《えんこん》による犯行のようだ。ガーヴィスは無言で女の襟首を掴《つか》み、マントを掛けた薬品の前に引きずっていった。

マントに滲《にじ》む薬品に、彼女の掌《てのひら》を押しつけさせる。

「いた……ッ！　何するんだ、乱暴者！」

マントの下のガラス片で多少掌《てのひら》を切ったようだ。

これでいい。犯行に使われた薬品は、女の体内に入った。

相変わらず、敵を傷つけることに何の躊躇《ちゅうちょ》も感じない。叩き込まれた『技術』は永遠に消えないのだろう。

「解毒薬を準備してやる。使った毒を教えろ」

怒りの表情だった女が、怪訝《けげん》そうな顔になる。

「は？　何？　毒なんて使ってないけど？」

「とぼければとぼけるほど、解毒までの猶予《ゆうよ》はなくなるが？」

ガーヴィスの脅しも理解できないのか、女は本気で怒ったように声を荒らげた。

「あれは染料の漂白剤！　見たことないのかよ、あんた！　どこの家にもあるけどね。お貴族様じゃ知らないかもしれないねえ。お洗濯すらしないんだろうからさ」

ガーヴィスの冷たい視線に逆上したのか、女が喚《わめ》き散らし始めた。

「あのドレス、本物のパリーラ緑じゃないか。おいくらなんだい？　アタシが一年働いたって靴下分の染料しか買えない。まだらにしてやったら泣いて悔しがると思ったんだよっ！」

「漂白剤だと？」

ガーヴィスの頭が、めまぐるしく働く。不審物の検問を突破して毒物らしきものを持ち込めた理由がわかった気がした。ただの漂白剤だから見逃《みのが》されたのだ。

おそらく彼女は染め物工場で働いているのだろう。仕事道具を持って、リーナを迎える式典のあとは仕事に行くつもりだったに違いない。

そしてリーナの美しい姿を目にして、後先も考えずに漂白剤を投げつけたのだ。

「毒性は？」

すぐうしろの騎士に尋ねると「漂白剤ならば、肌に掛かったら爛《ただ》れる程度かと。大量に飲まない限り命に関わることはありません」という答えが返ってきた。

ガーヴィスは警戒を緩めず立ち上がる。

女は、パリーラ緑の染料でドレス全部を染めるなんて贅沢《ぜいたく》者め、と同じことを喚《わめ》き続けている。やはり、ただの嫌がらせ犯なのだろう。

騎士に女の身柄を任せ、ガーヴィスはあたりを確認した。

確かに薬品が染みこんだマントは、一部変色している。ようやく警戒が解けた。

ガーヴィスの思考はリーナとユアンのことに向けられた。二人は無事だろうか。庇《かば》ったまま伏せたので、どこもぶつけなかったはずだ。

だが、温室育ちのリーナと、まだ赤ちゃんのユアンの無事を早く確かめたい。

――リーナ様は、もう王都に帰りたいと仰《おっしゃ》るかもな。こんな危険な場所にはいられないと。

そう思った刹那《せつな》、ガーヴィスの胸がちくりと痛んだ。

同時に肩や肘《ひじ》なども痛む。リーナを抱えたまま石畳に倒れ込んだ時に、怪我をしたらしい。

――治療をしておこう。今日も夜警がある。戦いに支障があってはならない。

ガーヴィスは表情を変えずに歩き出した。

――リーナ様は落ち着いていらしたな。あのような場でも取り乱さず、ユアンを守るために的確に行動なさっていた。さすがだ。あれがロドン王家の第一王女、か……

リーナのことを考えると、胸が苦しくなる。

どれほど彼女の美点を見つけても、ガーヴィスには、彼女に思慕《しぼ》を抱く権利すらないからだ。

無言で足早に屋敷に戻り、玄関の先の広間に踏み込んだ瞬間、目の前の階段を、灰色のドレスに着替えたリーナが駆け下りてきた。

「ガーヴィス様っ！」

王家の姫君が、身分の低い人間を出迎えるなど有り得ない。しかも、供も連れずに一人で階段を駆け下りてくるなんて……

——ま、まさか、ユアンに何か？

青ざめたガーヴィスに、リーナが駆け寄ってきた。

「ユアンに何か？」

震え声で尋ねると、リーナが慌てたように首を横に振る。

「あの子は無事です。なんともありません。侍女に預けてお昼寝させております」

安堵《あんど》のあまり、膝の力が抜けそうになる。

だがなんとか踏みとどまり、頷いて見せた。

「そうですか、良かった……。今日は危険な目に遭わせて申し訳ありませんでした。こちらの警護の不備です」

「いいえ、そんなことよりも、ガーヴィス様の腕を見せてくださいませ」

「俺の腕……？」

首をかしげると、リーナが慣れた手つきで上着を脱がそうとしてきた。ガーヴィスは慌てて、彼女に従い、分厚い上着を脱ぐ。重い上着が引っかかり、捻《ひね》った肩のあたりが痛んだ。今気づいたが、肘《ひじ》のところに穴が空いていて血が滲《にじ》んでいる。

腕を持ち上げて確かめると、シャツの肘《ひじ》は真っ赤で血まみれだった。石畳のどこかが尖《とが》っていて刺さったのだろう。傷に石は入っていない。

「やはり。こちらへ！」

リーナがガーヴィスの腕を引き、真剣な表情で洗面所へと歩いていく。

「何をするのですか？」

不思議に思って尋ねると、リーナが真剣な表情で言った。

「ガーヴィス様の手当てをいたします」

「結構です、あとで自分でします」

リーナは黙って首を振り、ガーヴィスを伴ったまま洗面所に入ってしまった。彼女とユアンのために用意した部屋からは、ずいぶん離れた場所だ。それにここだと、人目にもつきにくい。

「王家の姫君ともあろう方が、このような場所で、男と二人きりになるなど」

言いかけて思い出す。自分は一応、彼女の夫なのだった。夫婦で過ごしていても、誰に何を言われるわけでもない。

「他の者にさせればよろしい。貴女は部屋に……」

「私が自分でしたいのです。いけませんか？」

ひたむきな緑の目で見据えられ、ガーヴィスの思考が停止した。

リーナは真剣な面持ちでくみ置きの水を洗面器に取った。その水に懐《ふところ》から出した粉薬を溶かし、ガーヴィスの袖《そで》を二の腕のなかばまでめくる。

「洗います、ちょっと我慢なさってね。きちんと洗わねば膿《う》んでしまいますから……」

ガーヴィスは戸惑ったまま、高貴な姫君の行《おこな》いに身を委ねる。リーナの真っ白な耳は、ほんのり赤く染まっていた。そのほのかな赤色を目にした拍子《ひょうし》に、ガーヴィスの身体に得体の知れない熱が灯る。

リーナの処置の手際はなかなかだった。いつの間にか用意していた薬を塗り、止血を終えたあと、生真面目な口調で言った。

「また夜に当て布を替えましょう」

「いえ、自分でいたします。お手数をおかけして申し訳ありません」

ガーヴィスは肘《ひじ》の曲げ伸ばしをしてみた。リーナは包帯を巻くのも上手なようだ。

「手当てがお上手なのですね」

「はい。私は戦時中、兵士の皆様の慰問《いもん》をさせていただいていました。軽症患者の方々の手当てを手伝えるようにと、基礎的な医術を王宮侍医に教わったのです。病院に顔を出すだけでは邪魔になるから、看護もしっかり学べと、父から厳命されて」

リーナが、ほのかに赤らんだ顔で微笑む。

ガーヴィスもつられて赤い顔になりながら、素っ気なく答える。

「そうですか。……ありがとうございます。助かりました」

リーナは、はにかみながら頷いた。嬉しそうにしていると、いつもの神々しいまでの威厳に溢《あふ》れた『王家の姫』ではなく、年相応の愛らしい娘に見える。

ガーヴィスの脳裏に、かつてのリーナの面影がよぎった。

父王に命じられるままに、真剣に怪我人たちを慰問《いもん》していた美しい王女様。

この美しい手は、悪夢の中で母の手により地獄に引きずり込まれそうだったガーヴィスを引き戻してくれた、あの時の小さな優しい手なのだ。

何を話していいのかわからず、ガーヴィスは思いついたままのことを口にする。

「先ほど階段を駆け下りておいでtoo でしたが、ドレス姿では危ないです」

「本当は玄関で貴方を待っていようと思っていたのです。ですが着替えの衣装を箱の奥にしまい込んでしまって、探すのに手間取って、慌ててしまって」

リーナが普段の彼女らしくない、ぎこちない口調で答えた。

『玄関で待っていようと思った』などといじらしいことを言われ、ますますリーナと何を話していいのかわからなくなった。

「そのお召し物が、お探しだった着替えですか？」

素っ気ない問いに、リーナが恥《は》じらったように答える。

「はい、これが私の普段着です。先ほどのような華やかな衣装は、人前でだけ着るのです。あのように派手に着飾れば、私も威厳ある王女に見える……はずなのですが……」

恥《は》ずかしそうな答えに、ガーヴィスは思わず口元をほころばせた。

「もっと可愛らしい衣装もお似合いでしょうに」

するとリーナがますます赤くなる。

――顔が赤いな。血の巡りがおかしいのかもしれん。リーナ様はまだ産後間もない。お身体も疲れやすいはずだ。

ガーヴィスはリーナの手を取って、言った。

「お部屋にお戻りになり、休んでください。色々と気ぜわしい毎日になるかもしれませんが、ユアンのためにもできるだけ静養をしていただきたい」

だがリーナは頑《がん》として洗面所を出ようとはしなかった。

「あ、あの、ガーヴィス様は肩も痛めておいでなのでは？　立ち上がる時に庇《かば》っておられました。湿布を貼ります」

リーナが林檎《りんご》のような顔のまま言い張る。

そういえば、肩も痛めていた。リーナに触れられて動揺し、忘れていたようだ。妻子を抱えたまま石畳に片手で伏せようなんて無茶だった。

「肩を診ていただくには、服を脱がねばなりません」

高貴な姫君に汚い男の上半身などさらせない。そう思い口にしただけなのに、リーナは無言で俯《うつむ》いてしまった。

「リーナ様のご厚意には感謝いたしますが、俺の身体は戦で傷だらけですし、見るのは気分が良くないと思います。部屋に戻りましょう」

リーナは答えない。

ますます落ち着かない気分になり、ガーヴィスは改めて急かした。

「さ、お部屋へ。長旅でお疲れなのですから」

深く俯《うつむ》いたリーナの顔は見えない。どんな顔をしているのかわからない。

「……見たことは……ございますので……大丈夫……です……」

蚊の鳴くような声で言われ、ガーヴィスは目を丸くした。

言葉の意味を理解した瞬間、爆発的に顔が熱くなる。

自分の唾棄《だき》すべき行《おこな》いを思い出し、血の気が引いていくのがわかった。

「駄目です！」

慌てすぎて自分でも驚くほどの大声が出た。

少し落ち着いたほうがいい、と頭の片隅で声が聞こえたが、あまりのことに焦りが止まらない。青くなったり赤くなったりしながら、ガーヴィスは早口で言った。

「部屋に戻ります。さあ。肩のことは今後一切お忘れ……ウッ」

だが、まくし立てていた言葉が途切れる。リーナが真っ赤な顔でガーヴィスの腕をねじったからだ。

儚げに見えても一通りの護身術は仕込まれているらしい。肩にかなりの痛みが走り、ガーヴィスは顔を歪めた。

「やはり痛むのですね。お脱ぎください、わ、私は、私は……ガーヴィス様の妻ですので、見ても大丈夫ですから……っ」

リーナの赤く染まった小さな顔には、絶対に肩の手当てをするという決意が漲《みなぎ》っている。

ガーヴィスは、全身汗だくになり、後ずさりながら心の中で呟いた。

――こ、このざまで、今後ずっとリーナ様と暮らすなんて……俺にできるのか……

「ガーヴィス様、お早くお願いいたします」

「わ、わかり……ました……」

ガーヴィスは、ごくりと音を立てて息を呑む。そして、掠《かす》れた声でリーナに告げた。

「では、俺が脱ぐまで目をお瞑りください」

なぜこんなことになってしまったのだろうと思いつつ、上着に手を掛ける。

必要以上にリーナに心惹《ひ》かれたくない。

彼女に近づきすぎたら、ガーヴィスの呪いがどんな悪さをするかわからないからだ。

それに、そもそも、ガーヴィスは初夜の床でリーナを散々に犯し、連絡すら取らなかった夫なのだ。

――最低の夫であっても、リーナ様は優しくしてくださるんだな。

自嘲《じちょう》の思いが湧き上がり、胸をじりじりと焦《こ》がす。

ガーヴィスは上半身をさらし、リーナに背を向けて膝を突いた。

「背中側から肩に湿布を貼ってください」

「は、はい！」

素直に目を瞑って待っていたらしいリーナの、可愛らしい声が聞こえた。

「痛み止めはお飲みになりますか？」

「いいえ、あまり体に合わないのでやめておきます」

リーナは何も言わず、手を動かし始めた。

細い指で器用に湿布を貼り終えたあと、ようやくリーナが声を上げる。

「あの、ガーヴィス様、先ほどは、私とユアンを庇《かば》ってくださって、ありがとうございました」

「いいえ」

吐き捨てるような言葉しか出ない。

気の利いた答えなど、呪われた男から出てくるわけがないのだ。

「私は……ユアンを守っていただけて嬉しかった……です……」

「いいえ、俺がお守りするのは貴女とユアンの両方です」

率直に答えたとたん、リーナの手がぴたりと止まる。

「そうだ、リーナ様。襲撃に遭った時のために、今後の方針を決めておいたほうがいいですね。今日のようなことは二度とないようにいたしますが……こうしませんか？」

「なんでしょうか？」

いつものリーナらしい聡明《そうめい》で涼やかな声が聞こえた。ガーヴィスは振り返って、リーナの顔を見上げながら告げた。

「人前に俺と一緒に出る時は、ユアンは必ず貴女が抱いてください」

リーナが真面目な顔で頷く。彼女の頬はまだ赤いが、緑の目は真剣にガーヴィスを見つめていた。

「そしてもし、何かが起きた場合は、貴女がユアンを庇《かば》ってください。俺は、ユアンと貴女の盾になります。あとは、俺がどうなっていようとユアンを連れて逃げてください。一秒が命取りになります、いざという時に手間取らないように、そう決めておきましょう」

リーナはゆっくりと瞬きをし、小さな珊瑚色《さんごいろ》の唇を開いた。

「ありがとうございます……ガーヴィス様は、必ずユアンを守ってくださるのね」

「はい、貴女とユアンは必ず守ります」

「私も、ガーヴィス様をお守りしますね」

「なぜ貴女が？　結構です、貴女は俺に守られていればいい」

ガーヴィスの言葉に、リーナが淡い笑みを湛《たた》えて首を横に振った。

「私は、戦いの場では役に立たないかもしれません。ですが、それでも、私も貴方をお守りしたいのです。ユアンを共に守ってくださる貴方は、私にとって、大切な仲間ですから……」

しばし白さを取り戻していたリーナの顔が、またもや赤く染まり始める。

なんと言葉を返せばいいのか、わからなかった。

異様にどくどくと鳴る胸を押さえ、ガーヴィスはふたたびリーナに背を向ける。

「……軟膏《なんこう》の上に、もう一枚布を当てていただけますか。染み出してきたので」

「は、はい……あの、背中に大きな傷痕がありますけれど……これは……？」

——貴女に初めて会った時、負っていた傷です。

ガーヴィスは目を閉じ、なんでもないことのように答えた。

「一度だけ、任務に失敗したことがあります。背中から斬られましたが、神経には届いていない。よって手足の動きに支障はありません」

長い沈黙が洗面所に満ちる。

——リーナ様に、心を委ねすぎては駄目だ。

静けさに耐えきれなくなり、ガーヴィスは口を開いて、リーナに告げた。

「ありがとうございます、リーナ様。ですが、あまり俺に近づかないでください。俺は、本当に呪われているのです、生まれた時から」

口に出したら脂汗が出てきた。

そう、自分は呪われているのだ。リーナやユアンにまで災厄をもたらす人間かもしれない。恐ろしい。

ついさっきまで、普通の精神状態でいられたはずなのに、思考がじわじわ塗りつぶされて気が遠くなってきた。

なぜこんな風になってしまうのか、自分でもわからない。

情けない。いまだに父母の呪いに囚《とら》われ、もがき続けているなんて。

歯を食いしばったガーヴィスの耳に、リーナの理知的な声が届いた。

「大丈夫ですよ、私は王家の娘。貴方の呪いとやらには負けません」

優しい言葉に、ガーヴィスは何も答えられなかった。

第二章

マグダレイでの生活が始まり、一ヶ月ちょっとが過ぎた。

ユアンは生まれて半年だ。ほんの短い間にずいぶん大きくなり、敷物の上でもこもこと寝返りを打っている。

――可愛いわ……

リーナは侍女たちと共に、ころころと動き回っているユアンを見守る。

今の心の支えは、可愛い息子だ。寝返りが成功すると、再度元に戻ろうとする仕草が愛おしくて、ずっと見ていられる。

――ますますガーヴィス様にそっくりになってきたわ。ねえユアン、お父様は絶対にユアンを守ってくださるって……良かったわね……

敷物の端に座ったリーナは、手を伸ばして愛しいユアンの小さな頭を撫《な》でる。

ユアンは頭を持ち上げ、リーナを見つめて満面の笑みを浮かべた。

――でも私たち、ユアンを挟まないと、話すら弾まないまま。少しも夫婦らしい親しさが生まれない。これもガーヴィス様が呪いとやらを気になさっているからなの？

リーナはずりずりと這《は》いまわるユアンを膝に抱き上げ、小さな頭に頬ずりした。

「いっぱい動けるようになったわね、あとでお父様にも見ていただきましょう。きっととっても喜んで、褒めてくださるわ」

母の言葉に、ユアンは可愛らしい笑い声を立てた。自分の手足で動けるようになって、楽しくて仕方がないのだ。その分、目も離せないのだけれど。

——ガーヴィス様がユアンを愛してくれるなら、私はそれでいい。

ため息を吐いたと同時に、何度も繰り返し思い浮かべた光景が頭に浮かぶ。

着任した日、漂白剤の瓶から、ガーヴィスが庇《かば》ってくれたこと。何を投げられたかもわからないのに、リーナごとユアンを守ろうとしてくれたこと。

あの日から、リーナの心にはガーヴィスの面影が突き刺さったままだ。

——あれが危険物だったら、今頃どうなっていたか……

ガーヴィスのとっさの判断に、感謝と申し訳なさを覚える。同時に、あの力強い腕を思い出すと、ほのかに胸が苦しくなった。彼は躊躇《ちゅうちょ》なくユアンを守ろうとしてくれた。

そのことがとても嬉しい。

それに、ガーヴィスが『いざという時は二人でユアンだけは守ろう』と提案してくれて、心の底から信用できると思った。

——お父様がガーヴィス様を絶対に王家に取り込むと仰《おっしゃ》ったお気持ちもわかる。ガーヴィス様はご自分の手柄を主張なさったりしないけれど、本当に素晴らしいお方なのだと私も思えたから……

だが、ガーヴィスは、リーナに対しては何の感情も持っていないようだ。

不本意な結婚を強いられたために、生まれた子供にしか希望を見いだしていないのだろう。ユアンへの愛情表現は細やかだが、リーナとは心の距離が開いたままだ。

——ガーヴィス様がユアンを愛してくれるなら、それで充分なのよ。

こんな風に自分に言い聞かせるのも、何度目だろうか。もう数え切れないくらい、同じ言葉を繰り返している。

——やっぱり私、少し変。どうしてガーヴィス様と仲良くなりたいなんて思ってしまうのかしら。他人に何かを望むことなんて、子供の頃以降はなかったように思うのだけれど。

ガーヴィスは現在、多忙を極めている。『リーナ殿下の領主夫人着任』以降、ふたたび治安の悪化したマグダレイの警護活動に余念がない。

『マグダレイは商人の街。長引く戦争から街を守ったのも自警団だ』

そう言い張り、自治権を王家に要求するマグダレイの通商理事会の一部と、経済特区として優遇する代わりに王家の統治を受けるよう主張するリーナの父。

要するに、父王はマグダレイにつけた手綱《たづな》を手放したくないのだ。

自治権を与えれば、マグダレイの大商人は王家の目をかすめて私財を蓄《たくわ》え、ますます目障りな存在となるだろう。

大商人たちのほとんどは『王家を裏切ることはない』と主張しているし、実際に、危険を冒して背信行為に及ぶことはないと思われる。

だが、すべての者がそうとは限らない。

サンバリスの一部の権力者は、いまだに敗戦を受け入れず『戦争を続けるべき』と主張しているのだ。そんな者たちがマグダレイの大商人に接触を図ったら……。父は、それを危惧し、ガーヴィスとリーナをこの地に赴任させたのだ。

——誰が何を企んでいるのか、まるでわからない状況というわけね。

リーナはいまだに領主館を出ることは許されず、こうして日々、ユアンや王都から付いてきてくれた侍女たちと、屋敷の整理整頓や、王家との事務的なやり取りに徹するしかなかった。

「ユアン様は成長が早うございますね。お父様に似て良い武人になられることでしょう」

侍女の一人が、そう言ってリーナの膝の上のユアンの手を取った。

「お手々もあんよも大きくて。きっと背が高くなりますね」

ユアンを褒められると無性に嬉しくなる。

――私もお父様のことを孫馬鹿とは言えないわ。すっかり親馬鹿になってしまったもの。

リーナは笑みを浮かべて、膝の上のユアンの顔を覗《のぞ》き込んだ。

「ユアン、大きくなったらお父様に剣を教えていただきましょうね」

「まあ、最高の師匠を独占できますわね！」

ユアンは周囲の皆が笑っているせいか、とても機嫌がいい。

顔立ちはますますガーヴィスそっくりになってきた。

だが、皆の注目を引くのが大好きなところは、リーナの父に似ているような気がする。

いつも笑顔で機嫌がいいのは亡くなった母に……

血族たちの面影を息子に感じていた時、部屋の扉が叩かれた。

振り返ったリーナの目に、侍女に伴われた茶色の髪の少女の姿が映った。

「リーナ様、侍女見習いのフィオナを連れて参りました」

侍女頭の言葉に、リーナは頷いた。

彼女は、商業都市マグダレイでも一、二を争う名門商家、ダルスール家の長女だ。十三歳になったばかりだと聞いている。

ダルスール家の当主自《みず》ら《か》『娘に、王女殿下のもとで行儀見習いをさせていただけないか』と依頼してきたのだ。

ロドン王国の貴族の娘にとって、王族のもとで作法を学んだ経験は、最高の嫁入り道具になるとされている。

だが、大商人から娘の行儀見習いを頼まれるとは思っていなかった。生活環境も違うし、貴族位を持たない富豪は、貴族のことを『気取っている』と敬遠する向きがある。

だが、ダルスール家の当主エルソンからの自筆の手紙には『娘には色々な経験をさせてやりたい。王家の一流の礼儀に触れさせてやりたい』とあったので、リーナは納得した。

政治的なしがらみや、階級文化の違いは置いておいて、娘を思う父心なのだろうと思えたのだ。

それに、エルソンの個人的な願いを引き受けることで、彼を少しでも味方に付けられれば御の字だ。

「さ、フィオナ、リーナ様にご挨拶《あいさつ》を」

「はい、フィオナ・ダルスールです。よろしくお願いします！」

促《うなが》されたフィオナが、ぴょこんと頭を下げる。素っ気ない挨拶《あいさつ》で、頭の下げ方も礼儀とされる角度に比べて遙かに浅く、勢いがよすぎる。表情はまだまだ幼く、身のこなしも子供っぽい。

フィオナの挙措《きょそ》を見守っていたリーナはハラハラしてしまった。そっと周囲をうかがうと、案の定躾《しつ》けに厳しい侍女頭の目がとんがっている。

「その挨拶《あいさつ》でよろしいの？　フィオナ」

侍女頭の厳しい問いに、フィオナは動じた風もなく答えた。

「私はいいと思います」

侍女頭が鬼の形相になったので、リーナは静かに二人の会話に割って入った。

「貴婦人が挨拶《あいさつ》する場合は、身体の前で右手の前に左手を重ねるのです。古い時代から、この礼には『私の右手を大人しくさせる』と示す意味があるのよ。この手では武器を握らないという意味ね。回り回って、皆と共に楽しく過ごしたいという意思表示になります」

「知ってます。おばあちゃんに習ったから。昔の作法ですよね？　忘れてました」

フィオナは悪びれもせずそう答える。

「リーナ様の前でなんという口を利くのです！」

「本当に忘れてただけなんですけど」

「な……な……庶民の分際で、なんという口を……！」

たちまち侍女たちが眉をひそめた。だがフィオナはたいして気にした様子もなさそうだ。

「私、変なことを言ったんですか？」

——大変な子を預かってしまったかも。

リーナには、こんな風に天衣無縫《てんいむほう》に振る舞う勇気はない。フィオナには、王家の人間に媚《こび》を売ろうという気持ちもまったくないようだ。その態度は、貴族階級を軽んじ、財力で新しい時代を築き上げようとしている商人たちの化身のように思えた。

——確か、親御さんからの伝達事項には、戦争中に礼儀作法を身につけさせる余裕がないまま、十三歳になっていたと。無理もないわね、マグダレイは戦争の最前線にとても近かったから。

リーナはフィオナを睨《にら》み付ける侍女たちをなだめるため、ユアンを膝に乗せたまま手を叩いた。

ユアンが不思議そうに身体を捻《ひね》って、リーナの手を掴《つか》もうとする。どうして母の手から大きな音がしたのか不思議だったのだろう。

「さあ、皆はお茶の時間。一階で休憩してきて頂戴《ちょうだい》」

リーナの命令に、侍女頭が怒りの表情で振り返った。

「ですが、リーナ様！」

「いいから。フィオナさんとユアンと三人でお話しさせて。皆は外していてほしいの」

侍女頭は、リーナの命令に渋々といった面持ちで立ち上がった。

「……かしこまりました。参りましょう、皆……」

あとに残されたリーナは、ユアンを抱いたまま笑顔でフィオナに話しかけた。

「行儀見習いに来るのは、本当は嫌でしたか？」

「ちょっと。私、他に色々やることがあったから」

率直すぎる答えに面食らいつつ、リーナは穏やかに尋ねる。

「やることとは？」

「野兎《のうさぎ》の研究です」

「……まあ、野兎《のうさぎ》の？」

どういうことだろう。目を丸くしたリーナを茶色の目で見つめ、フィオナは続けた。

「そう。戦争中に、場所を取らないで食肉を得ようってことで、お父様が野兎《のうさぎ》の養殖を始めたんです。だけど養殖場では自由がないせいか、子供が生まれにくくなってしまって。だから私、野兎《のうさぎ》がたくさん子供を産むにはどんな環境が必要か調べていたんです。女学校の図書館の資料もいっぱい読みました。でも、やることたくさんで忙しいのに、休学して行儀見習いに行けと言われたの」

早口で兎《うさぎ》の話をまくし立てるフィオナは楽しそうだった。

なるほど、かなり自由に育ったらしいと納得を覚える。

──私には、この子のように夢中になれることは何もなかったわ。

そう思いつつ、リーナは優しい声で尋ねる。

「フィオナさんは、学校に通っていたのですね」

「はい。戦争中は休校ばかりだったけど。マグダレイの学校は女子にも門戸《もんこ》を開いているので。女の子も皆、帳簿の付け方とか経営学とか勉強します。頭が悪い女は、商家に嫁《とつ》いだら、絶対に苦労するって母がうるさいんです。だから勉強します」

言い終えたフィオナが、ちら……とユアンに視線を注《そそ》いだ。

──赤ちゃんに興味があるのかしら……

リーナはめざとくフィオナの表情の変化を捉《とら》え、ユアンを抱き上げながら言った。

「この子は私の息子のユアンと言うの」

「はい、知っています。父に聞きました、リーナ様には赤ちゃんがいるって」

「抱っこしてみますか？」

「……いいんですか？」

フィオナが、恐る恐る敷物に膝を突く。そしてリーナと同じようにぺたりと座り込み、ユアンの身体を細い腕で受け取った。

「どう？　フィオナさんには重たいかしら？」

尋ねると、フィオナは笑顔で首を振った。

「平気です。私、力持ちだから。兎《うさぎ》を五羽まとめて大きな籠《かご》に入れて運べるくらい」

どうやらフィオナの頭の中は兎《うさぎ》のことでいっぱいらしい。

――私は、兎《うさぎ》のことはよく知らないわね。別の話題を探しましょう。

「ねえ、フィオナさんはその子を抱いて歩けそう？」

フィオナは頷き、ユアンを抱いたまますっくと立ち上がった。ユアンは大人しくフィオナにしがみついている。抱き方は上手だし、華奢《きゃしゃ》な見た目に反して力があるようだ。

貴族の描く『理想のお嬢様像』とはほど遠いが、逞《たくま》しくて頼りがいがあるかもしれない。

「はい、歩けます！」

「ではまず、貴女には、お散歩の時にユアンを抱っこする係をお願いするわ。それなら手伝ってくれる？」

フィオナは素直に頷いた。

――侍女たちとはしばらく一緒にできないわね……一方的に叱《しか》られたら可哀相。

そう思いつつ、リーナは次にフィオナのドレスを確認する。

フィオナが着ているのは、マグダレイで流行している異国風のドレスだ。質素だが、大富豪の令嬢らしく、手の掛かった高価なものだと見て取れる。

――異国では、生地を直接染めて、絵を描くのね。鮮やかなこと。

王都の人間は無地の布にレースや刺繍《ししゅう》、宝石を縫い付けることを好み、生地に絵を描くことはあまりない。その分、重たいし仕立てにも予算が掛かる。

日に日にずっしり重くなるユアンを抱いて、さらに人前に出るからと着飾って……とすると、その重さでとっさの時に逃げられないかもしれず、不安だったのだが、あのドレスなら重量も予算も軽く済んで良さそうだ。

――ガーヴィス様に庇《かば》っていただかずとも、ちゃんとユアンを守って動けるようにしないと。この前だって、ガーヴィス様にお怪我をさせてしまったから。

そう思いながら、リーナは尋ねた。

「貴女が着ているような服は、私も仕立てることができますか？」

「どうして仕立てるんですか？　リーナ様のお持ちのドレスのほうが、マグダレイの流行よりもずっと豪華ですけど？」

フィオナが不思議そうに首をかしげる。

「刺繍《ししゅう》やビーズを縫い付けていない、貴女が着ているような服がいいの。私の衣装は、ユアンを連れていると動きづらくて。赤子連れだと、ちょっと飾りが重いのです」

「ああ、なるほど……できますよ、多分。仕立屋のことは母に聞けば……あ、母は詳しくないかも」

フィオナは『母』と口にした時、かすかに表情を翳《かげ》らせた。

――どうしたのかしら？

だが、妙な顔をしたのも一瞬だった。フィオナはユアンを器用に揺すりながら、ハキハキした口調で言った。

「母はしばらく旅行に出かけているので、家に使いを出して、父方の叔母に仕立屋を紹介してくれるよう頼んでおきます。仕立屋が、直接このお屋敷を訪ねてもいいですか？」

「ええ、構わないわよ。門でフィオナさんの紹介だと言って頂戴《ちょうだい》」

「はい、わかりました！　じゃあすぐに仕立屋を手配しますね」

その時、ユアンが不思議そうにフィオナのこめかみから垂れた後れ毛を引っ張った。

フィオナは明るくユアンに笑いかける。

「こら、痛いから引っ張っちゃ駄目！」

フィオナの笑顔は年相応の十三歳の女の子で、何の悪気もなさそうだ。

貴族以外の人間を近くに置くのは初めてだが、仲良くなれれば新たな知見を得られるかもしれない。

侍女たちは貴族の奥様ばかりで頭が固いけれど、リーナが頑張って仲介に立つようにしよう。

フィオナに抱かれたユアンが、喃語《なんご》で何やらおしゃべりを始めた。知らない女の子に遊んでもらって、ご機嫌なようだ。

——ユアンは本当に人なつっこいわ。私にもガーヴィス様にも性格は似ていないのね。

微笑ましく見守るリーナの前で、ユアンがきゃっきゃと笑いながら足を曲げ伸ばしし始めた。

「なあに？　何言ってるの？　お母様の抱っこじゃないから嫌なのかしら？」

フィオナは笑い声を立ててユアンの頬をつついている。

——フィオナさんは子供が好きみたいね。では、まずは、ユアンの相手と簡単な作業をお願いしてみようかな。

そう思いつつリーナは尋ねた。

「ねえフィオナさん、貴女はここに来る前に礼法を習ったことはあって？」

「はい。ありますけど、そろばんを弾《はじ》く役には立ちそうもないなって思いました。父も『もうお前に作法の教師は付けない』って言ってます」

なるほど、手強《てごわ》そうな娘だ。そう思いつつリーナは微笑んだ。フィオナはユアンをあやしながら、無邪気な笑い声を立てている。

果たして彼女を一人前の淑女にして、両親のもとに返すことができるだろうか。

――あら、私、少し疲れてしまったかしら。

マグダレイの慣れない気候の中、はるばる同行してくれた侍女たちに気を遣い、『俺は呪われている』と主張する夫に気を遣い、まだまだ小さくか弱いユアンにひたすら気を遣い、今度は大商人の一風変わったお嬢様に気を遣い……

リーナ自身の『気』が尽きてしまったような感じがするのは気のせいか。

なんだか熱が出そうだ。そういえば喉が急に痛くなってきた。気のせいだと思いたいけれど。

――熱、出ない、わよね……？　ユアンがいるのに熱なんて出していられないわ。

そう思いつつ、リーナはそっと額《ひたい》に手を押し当てた。

「大丈夫です、ガーヴィス様。このところ状況は落ち着いていますし、夜警は我々のほうで済ませておきますから。たまには休んで奥様のところへお戻りください」

「申し訳ない、今日は甘えさせてもらう」

礼を言うなり、ガーヴィスは領主の館めがけて全力で走り出した。

夜警の途中で、リーナが倒れたという報告が入ったからだ。

◆

今夜ガーヴィスは、馬を使わず、船で出島の先端にある『旧砲台跡』の様子を見に来ていた。

ここは、隣国の海軍の動向を見張るために作られた砦《とりで》だ。度重なる砲撃で損壊が激しく、戦争が終わった今は改修を後回しにされている。

場所的にも、やや人里から離れているせいで、不穏分子の隠れ家になりかねない場所だ。だから、抜き打ちで見回りを繰り返している。

背後から「船を動かしますからお乗りください」と聞こえたが、走っても、船で岩礁《がんしょう》を避けて大回りしても、ここから領主の館までは一時間くらいは掛かるのだ。

――リーナ様がお倒れになられた……だと……！

焦りのあまり足がもつれそうになる。本人は大丈夫と言っているらしいが、高熱で起き上がれないようだ。そんな状態のリーナを放っておけるわけがない。

――もしかして俺の呪いが……リーナ様に何か悪さを……

馬鹿なことを、と冷静な自分が呟くが、やはり駄目だ。自分が呪われていて、周囲に災いをもたらしているかもしれないという不安は、心に巣くった病そのものなのだ。

自分のせいで誰かがむしばまれる。

そう考えただけで全身の力が抜けていく。

かなりの距離を全力で走り、ガーヴィスは出迎えの侍女や家令を振り切ってリーナの部屋に駆けつけた。

だが、扉を開けたところで力尽き、そのままずるずると座り込んでしまう。

「何？　誰！　変な人が来た！」

若い娘の驚きの声と、ユアンの泣き声が聞こえる。

――む、無理矢理走りすぎて……息が……っ……

さすがに鍛え抜いた粛清騎士とはいえ、一時間全力疾走は辛い。

うずくまったガーヴィスのすぐ側でユアンの泣き声が響いた。どうやら誰かに抱っこされて、すぐ側まで来たようだ。

──ユアン、今日も寝ぐずっているな。

ガーヴィスは汗だくのままふらふらと立ち上がり、ユアンを抱いている少女に目をやった。

まだまだ子供だ。侍女にしては見ない顔だし、誰だろう。

「リーナ様、変な人が……！　衛兵さんを呼んできます！」

「フィオナさん、その人は、私の旦那様よ」

か細い声が寝台から聞こえると同時に、ユアンを抱いた少女が「えっ」と声を上げる。

ガーヴィスはなんとか息を整えながら、少女の腕から泣いているユアンを抱き取った。

「君は新しい侍女か何かか？」

「はい、そうです。ごめんなさい。不審者と間違えてしまいました」

「いや、よく間違われるから気にしなくていい」

ガーヴィスの答えに、少女が目を丸くする。だが事実だ。若い娘はガーヴィスに怯えるし、ユアン以外の赤ん坊はガーヴィスが微笑みかけると泣く。やはり、この身にまとわりつく呪いが周囲の人間に違和感を……

──だから、そういうことは考えるな。もし口に出したら狂人だと思われる。

ガーヴィスは浮かび上がってくるどろりとした思いを必死に打ち消した。

バタバタと暴れのけぞるユアンをあやしているうちに、息が整ってくる。呼吸が正常になると同時に頭も働き出した。

「そうか、君はダルスール家のご息女か。行儀見習いに上がってくると聞いていたが」

『眠れなくて大変』とギャンギャン泣いて訴えてくるユアンをあやしながら、ガーヴィスは少女に尋ねた。

「はい、私がフィオナ・ダルスールです。よろしくお願いします」

口の利き方はかなりざっくばらんだが、悪い娘ではないようだ。

「リーナ様の部屋で何を？」

「おばさんたち、皆寝不足で疲れてたから、私がユアン様を抱っこしてました。リーナ様が自分であやすって言っていたけど、熱が高くて寝ていたほうがいいと思ったので」

――おばさんたちとは？

誰のことだと尋ねかけたガーヴィスは、それがリーナの侍女たちのことだと気づいて、ギリギリのところで質問を呑み込んだ。

――危ない、余計なことを聞くところだった。

リーナと共にマグダレイにやってきた侍女たちは、もう自分の子供の手が離れた、古株のやり手ばかりなのだ。皆、自分の娘のようにリーナを大切にしており、妊娠中のリーナを一度も見舞わなかったガーヴィスには氷より冷たく接してくる。当然だが。

ユアンを本気で寝かしつけるため、身体と頭の角度を定め、一定の速度で揺らし、背中をさする。最近のユアンはこの抱き方が一番好きなようだ。

懸命に息子をあやしつつ、ガーヴィスはフィオナに礼を告げた。

「ユアンの相手をしてくれてありがとう。もう遅い時間だな、休みなさい。あとは俺が見る」

フィオナは『話し合いはまとまった』とばかりに素直に頷いた。

「はい、わかりました。おやすみなさい、領主様」

――無駄のない会話をする娘だな……

妙な感心をしながら、ガーヴィスはフィオナを見送った。あの性格でリーナのお堅い侍女たちとうまくいくのだろうか。

ユアンは腕の中でうにゃうにゃと泣き声を上げ続けている。寝る気配がない。ガーヴィスはユアンをあやしつつ、リーナの寝台に歩み寄った。

「リーナ様が倒れられたと聞いて急ぎ戻りました」

寝台に起き上がったリーナが、淡い笑みを浮かべる。

「熱を出してしまって。けれど大丈夫です。昔から疲れがたまるとこうなるの」

「医者は呼びましたか？」

「寝ていれば治るわ。誰が貴方に使いを出したのかしら……心配を掛けるから、そんなことしなくてもいいと言ったのだけれど」

そう言って、リーナが細い腕を伸ばしてきた。

「すごい汗、どうなさったの？」

そういえば、一時間ほども走り続けたのだった。

「お待ちくださいませ。布を持って参りますわ」

リーナがふらりと寝台から下りようとする。

「いいえ、このままお休みになっていてください。始末は自分でいたします。失礼、お見苦しいところをお見せいたしました」

泣いているユアンを抱いたままガーヴィスは立ち上がった。何か言いたげなリーナに背を向け、部屋を出て浴室へ向かう。

ユアンがぐずるのをやめて、きょろきょろと周囲を見回した。無理に寝かせず、もう少し連れ回ったほうが良さそうだ。

「屋敷の中が真っ暗だな、不思議だな、ユアン」

「んにゃ……なう……」

「父様は今から汗を拭きに行く。ユアンも汗をいっぱいかいているね、よし、綺麗《きれい》にしよう」

難しい話などまだわかるはずもないのに、ついユアンにはなんでも話しかけてしまう。

洗面所の椅子に腰を下ろし、敷物の上にユアンを座らせて布を絞った。上半身をはだけて汗を拭い、洗い直して清潔にした布でユアンの涙でベトベトの顔も丁寧に拭った。ついでに掌《てのひら》と足の裏も拭いてやる。

「うきゃぅぅ」

何が楽しいのか、ユアンが笑い出した。

――ああ、可愛いな。日に日に可愛くなって、胸が苦しいくらいだ。どうかずっと元気でいてほしい、どうか君は俺の呪いになど負けないで。

ガーヴィスは、おいてあった部屋着にさっと着替えてユアンを抱き上げた。ユアンは何やら機嫌良くしゃべっている。

「お母様がお熱を出してしまって心配だね」

ユアンは拭いてもらった手をじっと見て、小さな指を咥《くわ》えた。

「すぐには寝てくれそうにないな？　夜更かし王子め。可愛いな……もう……」

「まぅ……ぅぅ……」

「明日起きたら、父様と朝の散歩をしようか？　猫を見たい？　庭に散歩に来るよ」

言いながら、ガーヴィスはユアンの頭を大きな手で撫《な》でた。

「君は元気でいてくれ。父様の生命力なんて、全部お前と母様にあげる。君やお母様の元気がないと、俺は生きた心地がしないんだ」

「あ……んまんま！」

なんとなく、ユアンが相づちを打ってくれたような気がした。実際には声を出して、遊んでいるだけなのだが。

「そうだよ、気がつくと俺は、君とお母様のことばかり考えている……どうしたんだろうな、俺らしくもない。でも大丈夫だ、君たちを好きになりすぎないようにする。父様の呪いは、ユアンと母様には及ばないように気をつけるから」

「んまんまんまうう！」

楽しげな声を上げ、ユアンがガーヴィスの肩口から身を乗り出そうとする。可愛い。やんちゃで元気いっぱいだ。

「どうしたの、危ないよ、ユアン」

ガーヴィスはユアンをあやしながら笑顔で振り返り、凍り付いた。浴室の入り口で、リーナがひっそりと佇んでいたからだ。

――い、今の間抜け極まりない繰り言を、リーナ様に……聞かれ……た？

落ち着いたはずの鼓動がふたたび倍の速さになり、ガーヴィスの上半身が、爆発するほどに熱くなった。ユアンは母の姿を見つけて、短い手を必死に伸ばし抱っこをねだっている。

ガーヴィスは真っ赤な顔でリーナに尋ねた。

「い、いつからそこに……」

どうか『今来た』と、『訳のわからない繰り言など聞いていない』と言ってほしい。心の中で祈るガーヴィスに、リーナは優しい声で答えた。

「たった今です」

小さな白い顔には、穏やかな笑みが浮かんでいるだけだ。

何も聞かれていない……らしい。

どっと脱力し、ガーヴィスはユアンを抱き直す。

「リーナ様はお休みになっていてください。ユアンは大丈夫です、俺が寝かしつけますから」

「あんなに息を乱していらっしゃったから、心配だったのです」

リーナが眉をひそめて、ゆっくりと歩み寄ってきた。

「大丈夫ですか、ガーヴィス様」

「俺は……大丈夫です……本当に、走っただけなので」

ガーヴィスは緑色の瞳から目を逸らし、低い声で続けた。

「熱があるのでしょう？　貴女はもうお休みください。ユアンは散歩に連れ出さないと、寝つきそうにないので。では！」

ガーヴィスはリーナをそっと押しのけ、ユアンを抱いたまま歩き出す。最愛の母と離されたユアンが、不満げな泣き声を上げた。

「母様は今日はお休みなんだよ。父様と散歩しようね」

『お母様の抱っこがいい』と、のけぞって激しく泣くユアンをあやしながら、ガーヴィスはため息を吐く。

——ご機嫌斜めだ。だんだん眠くなってきたようだな。泣き止んだら寝てくれそうだ。

ユアンをあやしながら、ガーヴィスは微笑む。

——君を抱っこしているだけで幸せだよ。マグダレイに来てくれてありがとう、ユアン。

ぷくぷくした背中をさすりながら、ガーヴィスは夜の庭に出た。

赤ん坊に泣かれたところで、命を取られることはない。疲弊して困るだけだ。

ユアンにならいくら困らされても構わない。魂が震えるくらいに理屈抜きで可愛いから、泣かれても幸せしか感じないのだ。

「まんま……んま……」

ユアンは繰り返し『まんま』と口にしている。リーナを呼んでいるのだろうか。この子がリーナを慕《した》うさまを見ていると、日頃どれだけリーナに愛されて大切にされているのかがよくわかる。

妻と子を、自分の呪いで苦しめたくないのに……

──本当に俺が家族に災厄を招いたのだろうか。駄目だ、どうしても考えられない、わからない……!

『王家の祝福が、ガーヴィス様の呪いとやらに負けるわけがありません』

かつて投げかけられたリーナの言葉を、縋《すが》るような思いで噛みしめる。泣いていたユアンは、ようやく大人しくなって、スヤスヤと寝息を立て始めた。

──君は本当に可愛いな、ユアン。俺の弟妹たちも……妬《ねた》ましかったけれど、可愛かったんだ。まだ幼い、何もわからない子供たちで……

どうしようもなく胸が痛い。

ガーヴィスは唇を噛み、忌まわしい過去を振り払う。どうかリーナの発熱が、自分の呪いとは関わりのないただの熱であってほしいと、心の底から願った。

◆

『父様の生命力なんて、全部お前と母様にあげる。君やお母様の元気がないと、俺は生きた心地がしないんだ』

『気がつくと俺は、君とお母様のことばかり考えている』

『でも大丈夫だ、君たちを好きになりすぎないようにする』

リーナの視界の端で、朝の日差しをすかしたカーテンが揺れる。

ガーヴィスの甘い声が脳裏から離れず、一睡もできなかったのだ。大袈裟な比喩《ひゆ》ではなく、殴られたような衝撃でまったく眠れなかった。

――ガ、ガ、ガーヴィス様は……ユアンに……何のお話を……！

ふかふかの寝台の中、天井を見据えたまま、リーナは瞬きをする。

普段は控えの間に当直の侍女がいて、ユアンはリーナの傍《かたわ》らで寝かせている。何かあれば侍女を呼ぶが、なるべくリーナが相手をしていた。

今日は、ガーヴィスがユアンの面倒を見てくれたらしい。

お乳も通いの乳母《うば》がくれている時間だ。

リーナはマグダレイに赴任してから、公務に備えて、侍女が用意してくれた乳止めの薬を飲んでいる。

真面目に働くとなると、我が子の世話をしている時間はなくなるからだ。切ないが、仕方がない。だが授乳をやめたお陰で、発熱しても回復は早いようだ。

いや、体力が回復したお陰で、気を失うように眠ることもできず、ずっと、盗み聞きしてしまったガーヴィスの言葉を反芻《はんすう》していた……というべきか。

――どういう意味なの、あれはどういう……意味……なの……

発熱とは違う意味で、顔が熱くてどうにかなりそうだ。

――ああ、あんなことをガーヴィス様が仰《おつしや》るなんて。何かの……聞き間違い？　聞き間違いだったら嫌だけど、本当に本気で仰《おつしや》っていたなら、どんな顔をしていいのかわからない！　どうしたらいいの。

寝台の中で右を向いたり左を向いたりジタバタしながら、リーナはひたすら自分を落ち着けようとした。

こんな挙動不審な状態のまま、侍女たちの前に顔を出せない。

――ガーヴィス様は変わった方だから、あの言葉も私が期待しているような甘い意味ではない可能性があるわ！　変な希望を抱いては駄目よ、リーナ、落ち着いて。

もう百回はこのように言い聞かせているが、何の効果もない。

頭の中で、ガーヴィスの声が無限に再生されて、止められないのだ。

――だ、駄目ね、私……殿方に対するあらゆることに慣れていないから……免疫が、
そう、免疫がないのだわ。家臣たちに何をどう甘ったるく褒めちぎられても平気なのに、
どうして……

ただでさえ、着任の日、命がけで庇《かば》ってくれたガーヴィスの姿が忘れられないのに、
その上、あんなことを息子に語りかけるのを目撃してしまっては……

――私、少しは好かれてると誤解してしまいそう。どうしよう。

その時、リーナははっと身を固くした。

ユアンの泣き声が近づいてきたからだ。

寝室の扉が叩かれる。

「リーナ様」

ガーヴィスの声が聞こえた。当直の侍女も、昨夜は『ユアンはガーヴィスが見てくれるから、ゆっくり休んでくれ』と自室に引き取らせた。もちろん十三歳のフィオナに当直を頼むのは論外なので、今はこの部屋には、誰も控えていないはずだ。

──ガーヴィス様と二人きりになってしまったわ。

リーナの全身が燃え上がりそうに熱くなる。

「は、はい、おはようございます」

うわずった声で返事をすると、扉の外でふたたびガーヴィスの声が聞こえた。

「ユアンが会いたがっているのでお連れしたのですが、体調はいかがですか」

リーナは全力で『冷静な王女殿下』の仮面をかぶり直した。転がり回って乱れた髪をさっと手ぐしで整え、室内履きを履いて優雅に立ち上がる。

「ありがとうございます」

微笑みながら扉を開けると、いつもどおりの無表情でガーヴィスが立っていた。

「あ……まぅぅ……」

腕の中のユアンが、泣きながら必死の形相で腕を伸ばしてくる。

しっかり乳はもらって飲んだようだ。

侍女や通いの乳母《うば》やガーヴィス、皆が大切に可愛がってくれても、ユアンは母に会いたいと思ってくれるのだ。そう思うと、愛おしさで胸がいっぱいになった。

「おはよう、ユアン」

優しく抱きしめると、ユアンがたちまち泣き止んで、甘えるように顔を押しつけてきた。ユアンの身体からはいい匂いがする。おむつも替えてもらったばかりのようだ。

「侍女の誰かが、ユアンを朝のお風呂に入れてくれたのでしょうか。お礼を言わなくては」

尋ねると、ガーヴィスはなんでもないことのように言った。

「いえ、俺が」

「まあ……お忙しいのに……ごめんなさい、ガーヴィス様」

「構いません。俺の息子ですので、可能な限りは俺が世話します。もしまた戦争が起きたら、俺が連れて逃げねばならない局面もあるかもしれません。もちろん、あくまで、仮定の話ですが」

二人の間に、沈黙が満ちた。

——さ、昨夜、本当は立ち聞きしてしまったと言うべきかしら。でも……聞かれたくなさそうだったわ。余計なことは言わないほうがいいのかも。

迷っているリーナの耳に、ガーヴィスの声が届いた。

「ユアンを侍女に預けて参りますので、リーナ様はもう一度お休みください。いや、余計に泣くから貴女のところには連れてこないほうが良かったかな……」

リーナの腕の中で泣き止んだユアンを見つめ、ガーヴィスが困ったように腕組みをする。

可哀想に思うと同時に、なんだかユアンがますます可愛く思えて、リーナは丸い頭に頬ずりした。

「これから忙しくなりますが、なるべくこの子を私の側に置けるように計らいます」

ガーヴィスは、リーナの言葉に微笑んだ。

「良かったね、母様がなるべく一緒にいてくれるそうだよ、ユアン」

大きな手でユアンの頭を撫《な》でたガーヴィスが、不意に精悍《せいかん》な顔を傾けた。

――え……っ……

どくん、と心臓が大きな音を立てる。

形のいい唇が近づき、ユアンのふわふわした髪に口づけた。

――そ、そうよね、私に口づけなんてなさるわけないわ。

速まった鼓動が治まらない。

顔を真っ赤にするリーナの前で、ガーヴィスが顔を上げた。

大きな手が、今度はリーナに伸びてくる。

「まだ熱があるのですか？」

額《ひたい》に手を当てられ、倒れそうになった。どうしても駄目だ。意識してしまって赤面するのを止められない。

「だ、大丈夫……です……」

そう答えながらも、リーナは心の中で呟いた。

――熱を出しているのか、のぼせ上がっているのか、自分でもわからない。駄目だわ、私……。ガーヴィス様を意識しすぎてしまう……！

もしかしてこの気持ちは、世間で言うところの『恋』なのだろうか。

――まさか、私のような人間が恋なんて……

幼い頃からずっと、『優《すぐ》れた王家の道具であれ』と躾《しつ》けられてきたリーナは、自分が恋をする姿など想像したこともなかった。

どうしてしまったのだろう。いつものように頭が働かない。

「いいえ、駄目です、お休みください。ユアン、おいで」

ガーヴィスがきっぱり首を振って、リーナの腕からユアンを抱き取った。

夫の精悍《せいかん》な顔を見上げながら、リーナは考える。

――ガーヴィス様は、私のことをどう思っていらっしゃるの？

昨夜ユアンに囁《ささや》いていた甘い言葉の意味を尋ねたい。

だが、どうしても聞く勇気がない。リーナの仕事はガーヴィスを王家につなぎ止めること。彼がもしリーナに好意を抱いてくれたなら、ちゃんと命じられた仕事をこなせたことになる。

――どんな顔をすればいいの？　私…………

リーナは俯《うつむ》いて小さな手をぎゅっと握った。

「んまうぅ……にゃうぅぅ……」

明るい室内には、ユアンのおしゃべりだけが響いていた。

第三章

熱が下がったリーナは、早速、マグダレイの要人たちを集める会議に出席することにした。

王族の一員として着任した以上、屋敷の奥にこもってはいられない。

――恋心は置いておく。いいこと、リーナ。自分の感情よりも、王族として、領主夫人としての義務を優先するのよ。

鏡に映る自分の姿は、見慣れた『王家の道具』そのもの。王族の義務に縛られ、無難を最善とするいつものリーナ王女だ。

表情に乏しい顔に、きっちりと結い上げた長い髪。お祖母さんみたいだと、たまに陰口をたたかれる『古式ゆかしい』ドレス。ドレスの色は黒っぽい濃青だ。

母が十五の時に亡くなって以降、王族で一番身分の高い女性はリーナになった。

威厳を保つため、良く言えば『重々しい』、悪く言えば『年配向け』の衣装ばかりを身につけてきた。

侍女たちが仕立屋に発注してくれるのも『いつもと同じ』『品格のある』『年代が高めに見える』ドレスばかりだ。

髪留めや首飾りも大仰《おおぎょう》で、色の濃い巨大な宝石が埋め込まれたものばかり。王家に代々伝わる品やら、母や祖母の遺品やら、作られた時代も古い品がほとんどだった。

——お母様が生きていた頃、一つだけ可愛い髪留めを作っていただいたっけ。リーナにはこういうのが似合うって。

リーナの脳裏に、白い花の髪留めが浮かぶ。リカーラの花をかたどった金属の台座に、ガラス質の白い釉薬を掛けて仕上げた、可愛らしい細工だった。

——だけど、落としてなくしてしまった。そのあとすぐにお母様が亡くなられたから、二度と年相応の宝飾品は持てなかったわ。持つ機会がなくなったと言うべきかしら。

今日のリーナの衣装も王女の格式としては充分だが、マグダレイの晴れやかな海辺の気候からは、若干浮いている気がしなくもない。

「今日もお美しゅうございます。マグダレイの皆様も、きっと感激なさることでしょう」

侍女頭が満面の笑みで言う。

お世辞だとわかっていたが、励まされた。振り返った侍女頭に微笑みかけた時、不意に鋭い声が聞こえた。

「お父様に会いたくないのっ！」

フィオナの声だ。侍女に叱責されているらしい。

「いい加減になさい、貴女はマグダレイの商人を代表してリーナ様にお仕えしているのよ！　父親につなぎの一つも取れなくてどうするの！　ちゃんとお父上にお願いして、リーナ様とダルスール家のご主人との対談の場を作って頂戴《ちょうだい》！」

どうやら、フィオナがごねているようだ。

彼女は侍女たちにどんなに怒られても、態度を改めようとしない。

今日も、会議が終わったあとに、ダルスール家の当主、つまりフィオナの父と会話する時間が欲しいと頼んだのだが、つなぎを付けてくれる気はないようだ。

「私が頼むよりリーナ様が頼んだほうが絶対いい！　あの人は私の話なんて聞いてくれない！」

「貴女をお預かりしている以上、貴女を通してお願いするのが礼儀なのです！」

「お父様と会話したくないの。勝手に学校に休学届を出したんです。許さないんだから」

――まあ、困ったこと……。

リーナは『王女殿下の微笑み』を浮かべ、控えの間に向かった。

「どうしたの、皆」

侍女が怒りの形相で振り返り、慌てたようにすました表情を浮かべ直した。

「失礼いたしました。フィオナにお願い事をしていたのですが」

「私は嫌、会いたくない！」

フィオナが吐き捨てる。侍女頭を中心に、皆が重苦しいため息を吐いた。

侍女の中には娘を持っている者も多い。だが、何人もの子育てを経験し、子供の対応に慣れている侍女たちですら、フィオナの反抗ぶりには手を焼いているようだ。

「わかりました。ダルスールさんには私から、折を見て対談をお願いしましょう」

リーナの言葉に、フィオナがこくりと頷く。

「では、会議場に参りましょう。フィオナさん、一緒に来て頂戴《ちょうだい》。お父様とはお話ししなくて構いませんから、行儀見習いとして同行してほしいの。よろしくて？」

「はい、わかりました」

また嫌だと言われるかと思ったが、フィオナは素直に頷いてくれた。

自分が納得したことに対しては、即応してくれるのがフィオナの良いところだ。

それから、ユアンがどんなに泣いてぐずり、手に負えなくても『赤ちゃんだからしょうがないです』と、根気よくあやしてくれるところも美点だと思う。

――フィオナさんは、悪い子ではないわ。接し方を間違えなければ、ちゃんと応《こた》えてくれる。頭ごなしの物言いをするから、あんな風に怒るのでしょうね。彼女の気持ちを、もっと考えなければ。利発だけれど、まだ十三歳なのだし……

リーナは侍女たちを離れた場所に待たせ、領主館の別棟にある会議場へ足を踏み入れた。

中はかなり広い部屋で、すり鉢《ばち》状に座席が設《しつら》えてある。中央には大きな卓が置かれ、その周囲に二十人ほどの人々が腰掛けていた。

すり鉢《ばち》状になっている座席には人影が見えない。あの席は、大勢の人を招いた会議の時だけ使うのだろう。議長席にはガーヴィスが腰掛けていた。

かすかに鼓動が激しくなり、身体がほんのり熱くなる。

だがリーナは素知らぬ顔を保ち、席を立って歩み寄ってきた壮年の男に手を差し出した。

「おはようございます」

リーナが声を掛けると、男は礼儀正しい笑みを浮かべて口を開いた。

「おはようございます、リーナ殿下。おお、なんとお美しい……私はエルソン・ダルスールと申します。ダルスール商会の代表、およびマグダレイ通商理事会の理事長を務めております」

──エルソン様……フィオナさんのお父様ね。顔が良く似ているわ。

フィオナが毛嫌いしているからどんな男性かと若干不安だったが、予想以上に温厚そうで、品の良い紳士だった。リーナはいつもどおりの笑みを浮かべ、口を開いた。

「エルソン様、今日はよろしくお願いいたします」

通常であれば、王族は平民階級の人間に対して、挨拶《あいさつ》以上のことは話さない。

他にも王族に挨拶《あいさつ》をしようと待っている人たちがたくさんいる。このような場では、一人一人と長く話さないほうが良い。たくさんの人に声を掛けねば公平ではないからだ。

だが、エルソンには話したいことがある。

──挨拶《あいさつ》待ちの人がいるけれど、今聞いてしまおう。

リーナはそう決めて、小声かつ早口に、エルソンに尋ねた。

「エルソン様、私の公務について相談をしたいので、後ほどお時間をいただいてもよろしくて？　相談させていただきたいのは初回公務の訪問先についてなのですが」

「ええ、もちろん、光栄です」

どうやら協力してくれる気はあるようだ。貴人との挨拶《あいさつ》にも慣れているのか、エルソンはすぐに次の人物に場所を譲ってくれた。

──通商理事会はマグダレイの自治を希望しているとは聞いているけれど、エルソン様自身は王家に反抗的ではないのね。

そう思いつつ、リーナは次の商人に向けて、手を差し出した。早くしなければ会議の開始が遅れてしまう。

リーナは人々の挨拶《あいさつ》の列を捌《さば》きながら、一人一人の名前と顔を頭に叩き込んだ。

二十人近い人々との挨拶《あいさつ》を終え、リーナはガーヴィスの傍《かたわ》らの席に着く。

ガーヴィスはいつもと同じ無表情のままリーナに議事録を手渡してきた。

――私が知っている、いつものガーヴィス様だわ。

そう思いながら、リーナは会議の内容を追う。今日の会議は定例会議のようだ。

王家から支給された復興予算が適正に運用されているかの報告や、戦争で傷ついたマグダレイの各所の復旧について。それから街の中で起きた犯罪や、最近のめぼしい話題など、二時間ほどの時間があっという間に過ぎた。

――今日の出席者が、王家の言い分にも耳を貸してくださる方々なのね。

では、今日来ていない人間たちはどのような考えを持って、欠席しているのだろう。

――確か、バリアン家のご当主が、顔を見せなくなったと聞いたわ。弟さんと、王家に対する態度を話し合っているけれど、すりあわせができない……と。バリアン商会は、一番強く独立を望んでいる商会だったはず。

父は『マグダレイの通商理事会に自治能力があると認めれば、話し合いに応じる』と明言している。

もちろん大幅な免税は認めないだろうが、ある程度の落としどころは設けるつもりなのだ。

自分たちの要求を通すためには、今が大事な時なのに、なぜ、父の名代であるリーナとの会議の席に、顔すら見せないのか。

リーナは、バリアン商会の態度に不安を覚えた。

だが考え込んでいるわけにもいかない。リーナは約束どおり、エルソンに十分ほど時間をもらい、奉仕活動の取りかかりとして、何をすれば良いかを尋ねることにした。

「そうですね、マグダレイの病院をいくつかおたずねになってはいかがでしょうか。ええ、それがいい。病院をいくつか回られれば、この街の現状がおわかりになると思いますよ」

――マグダレイの、現状……

どうやらこの街の医療事情には、問題が山積しているようだ。

「それからもう一つ教えてください。バリアン商会の当主は、ご病気なのでしょうか」

エルソンは一瞬、表情を翳《かげ》らせた。

そして、かすかに背後を気にするような素振りを見せる。何度も刺客に襲われかけたリーナのように警戒心が強くなければ、気づかなかったかもしれない、ささいな仕草だった。

「どうなのでしょうね。今日の会議には出席すると聞いていたのですが。今度知り合いを通して声を掛けてみます」

「まぁ……ありがとうございます、色々とご相談に乗っていただいて」

今の仕草は何だろう。気のせいだろうか。そう思いつつリーナはエルソンに礼を言い、侍女頭を呼んだ。

「エルソン様にお礼を」

「かしこまりました。エルソン様、本日はリーナ殿下のご下問にお答えくださってありがとうございます。国王陛下もこれまでの貴殿の活躍をことのほかお喜びです」

リーナが準備したのは、大きな緑柱石《りょくちゅうせき》の周りを、透《す》き通った無数のかんらん石が彩《いろど》っている『新緑の森』という名前の髪留めだ。

王室の宝飾職人がリーナの髪留めを作った時、複製として作った品である。

高価な宝飾品は、下賜《かし》品として功績がある人物に渡すために、複製を作ることが多い。特別に同じ型や、同じ意匠《いしょう》を使うことを許すのだ。

父も母も、指輪やら首飾りを作る時は、必ず同じ型の複製を宝石を替えて作らせて、それらを褒美《ほうび》として家臣に渡していた。

このやり方は、ロドン王家の伝統の一つなのだ。この国において、功績をねぎらわれ、王族と揃いの品を渡されるというのは、大変な名誉であるとされてきた。

今回の下賜《かし》品には質問のお礼だけでなく、『戦争中、病に倒れた領主を支え、マグダレイのために私財を投じて戦い抜いた名士へのねぎらい』の意味も込めている。

「恐れ入ります、では……妻に渡させていただきます。ところで娘はそちらでお役に立っておりますでしょうか」

エルソンの心配そうな問いに、リーナは微笑んで頷いた。

「毎日真面目に頑張っています。私の息子のこともとても可愛がってくれて、感謝していますわ」

「そうですか、それなら良かった」

エルソンが心の底から安堵《あんど》したように目元を和らげる。

「その飾り、きっと奥様に似合うことでしょう。今日はお会いできなくて残念だわ」

リーナの優雅な笑みに、エルソンは深々と一礼した。

「妻は、ようやく情勢も落ち着いたとのことで、かねてより楽しみにしていた友人たちとの旅に出ておりまして。こちらのお品は、間違いなくダルスール家の家宝として受け継いでゆきます」

多忙らしいエルソンは、礼儀正しく頭を下げると、足早に会議場を出ていった。

――さてと、最後にもう一度皆様にご挨拶《あいさつ》をしてから、私もおいとましましょう……

リーナは会議場を一周し、残っていた人々にねぎらいの言葉を掛けると、会議場をあとにした。

領主館の本棟へ続く回廊へ向かおうとした時、リーナのもとに、ぱたぱたとフィオナが駆け寄ってきた。

「走るんじゃありませんっ！」

即、侍女頭の叱責が飛んできて、フィオナが肩をすくめて立ち止まる。

どうやら、他の侍女たちと共に、会議場の外で待っていてくれたらしい。

フィオナは、自分自身が納得した仕事は真面目にやろうとしてくれる。やはり、リーナには彼女を憎めそうにない。

「リーナ様、お疲れ様でございます、お部屋にお茶のご用意をしておきました！」

言い終えたフィオナは、周囲をキョロキョロと確認した。

――お父様に会いたくないと言っていたわね。

リーナは笑みを浮かべて、フィオナに声を掛けた。

「エルソン様はもう帰られましたよ」

その言葉に、フィオナはほっとしたように胸を撫《な》で下ろした。本当に父親に会いたくないようだ。

──私のお父様より、エルソン様のほうがよほど話しやすそうだけれど……

そう思いつつ、リーナはフィオナに尋ねた。

「ねえフィオナさん、このあたりで一番大きい病院はどこかしら？」

何気なく尋ねると、フィオナが首をかしげた。

「大きいのはミンダーソン病院です。患者をたくさん収容できる、という意味で大きいです。でも、一番公平なのは敬愛基金病院かな……？」

「一番、公平……とは？」

不思議な言い回しだった。

「リーナ様、もしかして具合が悪いから病院に行くんですか？　なら、敬愛基金病院にお薬を持ち込むのがいいと思います。ユアン様を連れていく場合も同じですね。ミンダーソン病院は……うーん……リーナ様がお金をどっさり持っていけば……いい、のかな……？　通っている人がいるって、あんまり聞かないんですよね。一応営業はしているんですけど」

フィオナの説明に、リーナは眉をひそめた。

薬を持ち込むとはどういうことだろう。

ロドン王国の決まりでは、病院は王家の許可を得て経営せねばならず、薬も一定量の備蓄をするよう定められているはずだ。極度に不足する場合は運営に支障をきたすので、役所に届け出をして、一時貸与金を借りて補充せねばならない。

そのためにロドン王国は莫大な予算を組んでいるはずである。医療は支配者が握るべき『国家の生命線』の一つだと、父は力を入れて財源を投入していた。

首をかしげた時、会議場からガーヴィスが出てきた。

分厚い書類の束を軽々と片手で抱えている。

「それではガーヴィス様、後ほど議事録を提出いたします」

共に出てきた議長がリーナとガーヴィスに深々と頭を下げて、歩み去っていった。フィオナはガーヴィスを見上げ、あっけらかんとした口調で言った。

「ガーヴィス様のお茶も用意しましたけど、どうしますか？」

「こ、こらっ、領主様になんて言葉遣いを！　きちんと言い直しなさい」

即、侍女頭がフィオナに叱責を飛ばす。

「え？　ガーヴィス様もリーナ様と一緒にお茶飲んでくださいい……でいいですか？」

「駄目です！　貴女は学校で算術と兎《うさぎ》の養殖しか勉強していないのですか？」

「算術じゃなくて、簿記会計です。二級を持ってます」

フィオナのとんちんかんな答えに、ガーヴィスが珍しくかすかに笑った。

――今日もお忙しいわよね。何度誘っても、毎回忙しいからと断られるもの……

ガーヴィスはこのまま仕事に出かけてしまうのだろうな、と思っていたリーナの耳に、意外な返事が飛び込んできた。

「ではご一緒させていただこう」

リーナは目を丸くした。同時に、彼に対して抱き続けている胸のざわめきが蘇《よみがえ》る。

――は、初めて、お誘いに応じてくださったわ。

どきどきそわそわと落ち着かなくなってきた。

――な、何をお話ししたらいいかしら？　侍女もいるから話題は大丈夫よね？

リーナに仕《つか》える侍女たちは、ガーヴィスとリーナの間に距離があり、ユアンを挟んでギクシャクした空気なのは理解している。

ガーヴィスに対しては『ご懐妊中のリーナ様を見舞わず、夫らしい愛情表現もしないことは許しがたいが、ユアン様の面倒をとても良く見てくださる点は好ましい』と、微妙な感情を抱いているようだ。

――でも、嬉しいわ……ガーヴィス様が歩み寄ってくださるなんて。

微笑みそうになったリーナは、フィオナの不思議そうな視線に気づいて慌てて表情を引き締める。

私室に戻り、ガーヴィスと共に席に着くと、フィオナがぎこちない仕草でお茶を運んできた。

――フィオナさん、お茶の支度がちょっと上手になったみたい。

微笑んで見守っていると、茶器を置き終えたフィオナは、ネジ巻き人形のような足取りで、差し湯用の容器を取りに退室していった。

「ガーヴィス様と一緒にお茶をいただくのは初めてですね」

できるだけ落ち着いた口調で切り出すと、ガーヴィスはいつもの素っ気なさで答えた。

「ええ。今日はちょっとリーナ様とお話がしたくて」

リーナの胸がドキンと高鳴る。

「先ほどの慈善活動の件ですが、俺のほうからもいくつかリーナ様にご提案が……」

大方予想はしていたが、ガーヴィスは慈善活動の話をしたかっただけのようだ。軽い落胆を覚えつつ、リーナはそれを表に出さないよう、真面目に相づちを打った。

差し湯の銀器を持って戻ってきたフィオナが、かくかくした動きで、銀器を所定の場所に置く。侍女頭がハラハラした表情でフィオナを見守っている。

別の侍女に抱かれたユアンは、スヤスヤとお昼寝の最中だ。

「お待たせいたしました」

「ありがとう、フィオナ殿。……それでリーナ様、先ほどの訪問先候補ですが」

ガーヴィスの説明や質問が五分ほど過ぎた頃だろうか。

「お茶飲まないんですか？」

素っ頓狂なフィオナの声が響いて、ガーヴィスの提案に真剣に相づちを打っていたリーナは我に返った。

「これ！　貴女は黙っていなさい！」

侍女頭の叱責をものともせず、フィオナが続ける。

「冷める前に飲んだほうがいいと思います！」

リーナは慌てて頷いた。侍女たちは皆、リーナがお茶に手をつけるまで着座して待っているのだ。せっかく皆をねぎらう場なのに悪いことをしてしまった。

「そうね、フィオナさんの言うとおりだわ、ガーヴィス様、失礼して一口いただいてよろしいかしら」

「リーナ様と領主様って、どうしてそんなしゃべり方するんですか？」

不思議そうなフィオナの問いと同時に、あたりに異様な沈黙が満ちた。

——フィオナさん……何を……

リーナの胸の谷間に、たらりと汗が伝う。

誰も何も答えてくれないことに焦れたのか、フィオナは眉根を寄せて口を開く。

「領主様って意地悪。リーナ様が誘っても、絶対にお茶にいらっしゃらないじゃないですか。来てもお仕事の話だけ。どうして？　リーナ様がお寂しそうなのに」

見かねた別の侍女が身を乗り出し、フィオナを叱《しか》りつけた。

「およしなさい！　リーナ様にもガーヴィス様にも無礼ですよ！」

「どうして？　リーナ様は毎回、領主様にお茶を断られてがっかりしているわ！」

「がっかり？　いつリーナ様がそんなお顔をなさったというの！　リーナ様は下々の人間の前でご機嫌を変えられたりはなさいません！」

確かにリーナは、ユアンのことに関しては感情を『解禁』したが、なるべく侍女たちに気を遣わせないよう、その他のことで愚痴《ぐち》を言ったり、心の鬱屈《うっくつ》や思いを表情に出したりはしていない。

もちろんガーヴィスに毎回振られる失望も、なるべく呑み込んでいた。

だが、フィオナは生来の勘のよさでリーナの気持ちを見抜いていたようだ。

侍女と違ってリーナの性格をあまりよく知らず、先入観がないから、最近のリーナのかすかな変化に気づいたのかも知れない。

――どうしましょう……。がっかりしていたことに気づかれていたなんて。

リーナは、赤らむ顔を持て余して俯《うつむ》いた。

「野兎《のうさぎ》だって仲が悪いつがいは、ぜんぜん子供産まないんですっ！　だから別の雄《おす》をあてがってみたりしますよ？　リーナ様も別の雄《おす》を夫にしちゃうかも……もごっ」

「これ、なんてことを口にするのっ！　女の子でしょうっ！」

大慌ての侍女に口を塞《ふさ》がれたフィオナが目を白黒させる。

リーナが動揺のあまりドレスを握りしめた時、ガーヴィスの静かな声が響いた。

「フィオナ殿には誤解をさせて申し訳ない、君は俺とリーナ様のことを心配してくれたんだな」

侍女の手を振りほどいたフィオナが、元気よく答えた。

「だって、ユアン様が可哀相だと思ったの！」

「まあ、ユアン様が……どういうことなのですか、フィオナ」

フィオナを黙らせようと大慌てしていた侍女が、大切な若君の名前を出されて、困惑したように顔をしかめた。

「親が仲悪いのは赤ちゃんでもわかるんです。私、赤ちゃんの頃、親が喧嘩ばっかりしているのが嫌だった。父と母が怒鳴り合っているの、悲しくて、ぬいぐるみを噛んで我慢していました。う、うちは母が気が強くて、いつも父を怒らせていて……今でも覚えてるんだから！」

——親の喧嘩を、ぬいぐるみを噛んで我慢……？

リーナは、驚いて顔を上げた。

彼女が赤ちゃんの頃に、親の喧嘩を我慢していたなんて初めて聞いた。

同時にとても胸が痛む。小さな子供がたった一人、玩具のぬいぐるみを噛んで父と母の罵《ののし》り合いを我慢しているなんて、想像するだけで涙が出そうだ。

その時、黙っていたガーヴィスがゆっくりと口を開いた。

「俺とリーナ様は、仲は悪くない。問題があるように見えるのは、俺が仕事に熱中しすぎているせいだろう。リーナ様はいつも俺に譲ってくださる。大人なんだ、俺よりも年下なのに」

ガーヴィスの言葉に、リーナは目を丸くする。

彼が、リーナとの夫婦関係に言及するのは初めてだ。

非常に落ち着いた誠実な口調で、日頃『俺の呪いのせいで云々』などと病んだことを口走っている人物とは思えない。

——本当に、私のことをそんな風に思ってくださっているの？

胸の鼓動が強くなる。

ガーヴィスは、手が空いたらこまめにユアンの顔を見に来てくれる。だが彼が見せてくれる『夫らしさ』はそれだけだ。

食事はほとんど一緒にしないし、寝室も別だ。

リーナには広々した明るい主寝室が与えられているが、ガーヴィスはそのすぐ隣の狭い部屋で、身支度も何もかも自分で済ませつつ過ごしている。

だが、彼の今の言葉に、リーナの心に異様な勇気が湧き上がった。

——い、今のガーヴィス様は普通のご様子だから、私の気持ちも聞いてくださるかもしれない。今よ、今言うのよ、リーナ。人がいるけれど、気にしていては駄目……！

そう思いつつ、リーナは勇気を振り絞って口を開く。

「いいえ、私のほうこそ、強く誘えなかっただけなの……嫌がられたらどうしようかと思って。だから今日はとても嬉しいわ」

人前で自分の感情を口にするのに慣れていなくて、胸が苦しいくらいドキドキと鳴った。

だがせっかくの機会なのだし、曖昧《あいまい》なままにせず『今日は嬉しい』と明言しよう。

膝の上で拳を固め、リーナは背筋をまっすぐに伸ばした。

「私はもっとガーヴィス様と仲良く過ごしたいです。私たちの不仲で、ユアンに悲しい思いは絶対にさせません。わ、私は、ガーヴィス様のことをとてもお慕《した》いしてますし！」

――あ、あぁ……言い慣れていないから、余計なことまで言ってしまった。

焦りがリーナの思考をかき乱す。

「だ、だってガーヴィス様はとても素敵でしょう？　素敵よね、私は素敵な方だと……思っているの……素敵だから……変わった方……だけど……とても……優し……」

もう勇気の在庫は空っぽになった。リーナは熱い顔を両手で覆《おお》う。

――さらに墓穴を掘ってしまったわ……

頬を赤らめ俯《うつむ》いたリーナは、複数の視線に気づいて顔を上げた。

侍女たちが呆然とした顔でリーナを見ていたからだ。

どの顔にも『そうなんですか？』と書いてある。

常に無表情で優等生で、自分の気持ちなど口にしないリーナが『政略結婚の夫に好意を抱いていた』なんて、誰も気づいていなかったに違いない。

――恥《は》ずかしい……わ……！

その時、眠っていたユアンが泣き出す。

周囲の注意が、侍女に抱かれているユアンに向いた。

気まずさを払拭するように手を差し出すと、侍女がユアンを膝の上に乗せてくれた。

ユアンは満足したようにぴたりと泣き止む。

「お目覚めね、ユアン」

リーナは、割れやすい茶器に手を伸ばそうとするユアンを抱いて立ち上がった。

ユアンは未練がましく茶器を見ていたが、今度はガーヴィスのほうにふくふくした手を伸ばす。

「お父様に抱っこしていただきたいの?」

言いながらガーヴィスを振り向いたリーナは、驚きに動きを止めた。

なぜならば、ガーヴィスも、リーナと同じくらい、首筋まで真っ赤になっていたからだ。

ガーヴィスはぎくしゃくと立ち上がり、手を差し伸べてユアンを抱き取る。

「んきゃ……」

ユアンがご機嫌な笑い声を立て、ガーヴィスの首筋に小さな頭を押しつける。

ガーヴィスは赤い顔のまま優しい声でユアンに言った。

「君とリーナ様に寂しい思いをさせるつもりはなかった。ごめんね、ユアン」

彼の赤みを帯《お》びた目が一瞬だけリーナのほうを向き、照れたように逸らされた。

ガーヴィスの言葉がゆっくりとリーナの胸に染み渡る。

初めて、彼が譲歩してくれたのだ。そう思えて、嬉しかった。


マグダレイでの会議初参加から一週間後、リーナの慰問《いもん》活動の日がやってきた。

なんとガーヴィスも同行してくれるという。

このところ、たまに朝食を一緒にとってくれたりと、少しだけ距離も近づいた。

——恥《は》ずかしかったけれど、勇気を出して良かったんだわ。

慰問《いもん》活動に当たっては、ガーヴィスが行動計画案を練ってくれ、まずは敬愛基金病院の視察をしようと提案してくれた。

——フィオナさんがお勧めしてくれた場所と同じね。あの子はまだ十三歳だけれど、この街の状況も、私のしたいこともちゃんと理解している。私の思ったとおり、ただのワガママな子ではないのね。

リーナはそう思いながら、床でユアンと遊んでいるフィオナに視線を投げかけた。

フィオナが、ユアンが握っている人形を取り上げ、ぽいと箱に入れた。

ユアンは、突然人形が消えて不思議そうだ。人形を入れた箱に手を掛け、ひっくり返して歓声を上げた。また人形を見つけたとばかりに笑みを浮かべる。

フィオナは大人では飽きてしまう遊びを、何度も何度も繰り返してくれる。時々、箱の中の人形をさっとすり替えたり、足したりして、ますますユアンを興奮させていた。

「ほら、ユアン様、赤のお人形と青のお人形、二つも出てきましたよ」

ユアンは、急に増えた人形を凝視している。夢中になりすぎて身じろぎもしない。

──上手に遊んでくれているわ。

日々、フィオナの意外な賢さに気づかされる。

お作法のほうはまったく成長が見えないので、エルソンには心から申し訳なく思うけれど。

「フィオナさん、今日はユアンの遊び相手をお願いしますね」

「はい、わかりました」

夢中で遊んでいるユアンの背中を撫《な》でながら、フィオナが頷いた。

今日は初めて半日以上館を離れる。

ユアンは侍女や護衛騎士たちとお留守番だ。

心配で仕方がない。常に複数の侍女がユアンを見ていてくれるし、館の警護はこれ以上ないほど手厚いのに、まるで自分の心臓を置いていくような気持ちになる。

「リーナ様、出立の準備が整いました。ガーヴィス様が玄関でお待ちです」

部屋の外から侍女の声が聞こえた。

「はい、ただいま参ります」

リーナが立ち上がると同時に、ユアンが大声で泣き出した。夢中だった玩具にお尻を向け、リーナのほうに這《は》ってこようとしている。

――鋭いわ、母様がお出かけすることを察したのね……！

チクチクと胸が痛んだが、ユアンにはフィオナも侍女たちも付いている。執務を優先しなくては。リーナは心を鬼にして姿見を覗《のぞ》き込んだ。

襟まで詰まった灰色の服に、飾り気のない結い髪。これならば病院を慰問《いもん》する側の服装として、問題はないだろう。

ちらりと振り返ると、ユアンはフィオナの膝に抱かれ、リーナのほうに腕を差し出して大泣きし続けていた。

「ユアン様、お母様がお仕事しないとご飯を食べられなくなるのよ、だからお留守番しましょうね」

いかにも商人の娘らしいフィオナの言葉に、侍女頭が呆《あき》れたような声を上げる。

「これ、フィオナ、リーナ様が働かれるなんて！　失礼な言い方をしてはなりません」

「何か変なこと言いましたか？　労働って尊いんですよ」

「もちろんそうですけれど、リーナ様の慰安活動は経済活動ではないのよ？」

言い合いをしている二人を振り返り、リーナは明るく声を掛けた。

「では、あとはよろしくね」

名残惜しげな素振りを見せたら、ユアンがもっと泣いてしまう。リーナは未練を振り切り、別の侍女たちを従えて階下に下りた。

ガーヴィスはいつもと同じ黒っぽい領主の服装に身を包んでいる。華美さの欠片《かけら》もないのに、今日のリーナには輝くように素敵に見えた。

「ガーヴィス様、お待たせいたしました」

彼は無言で頷くと、背後を振り返った。

「今日はリーナ様の護衛を増やします」

——誰かしら……？　初めて見る騎士様……

ガーヴィスの背後に立っていたのは、華やかな青い服を着た青年だった。

灰色とも銀とも付かない髪は長く伸ばしていて、横で縛って前に垂らしている。目の色も薄い灰色で、ぱっちりと綺麗《きれい》な形の目だ。

年齢は、ガーヴィスよりやや若い。二十代前半だろう。ニコニコと愛想良く笑っているが、なんとなく、隙のない感じがした。

「おはようございまーす。粛清騎士団でガー君の同僚だった、ニコライと申します。よろしくお願いいたしまーす！」

リーナは、ざっくばらんな男の言動に凍り付く。振る舞いは行商人のようだが、外見は華やかな色男という感じだ。

——この方が騎士様……？

「……おい……」

ガーヴィスの低い声に、ニコライと名乗った青年がボリボリと頭をかいた。

「あれ？　僕の自己紹介は不合格だった？」

「まともに名乗り直せ、このお方はリーナ殿下だ」

「は？　ガー君は自分の嫁さんを殿下呼ばわりしてんの？　やめろよ、そんな他人行儀な」

気さくすぎる口調に驚いて何も言えなかったが、どうやらニコライはガーヴィスとは仲が良いらしい。

「挨拶《あいさつ》をし直してくれ、無礼のないように」

不機嫌なガーヴィスに肩をすくめて見せ、ニコライがリーナに頭を下げた。

「粛清騎士団のニコライです。ガー君の後輩です。姫君の護衛として配属されました。これまで何度もガー君と組まされて、何回も一緒に出動してきました。持ちつ持たれつ、なんとか死線をかいくぐってきた仲です。これからは真面目に働きますのでよろしくお願いしまっす！」

言葉遣いはまったく直っていない。

ガーヴィスが心の底から申し訳なさそうに、リーナに深々と頭を下げた。

「大変失礼いたしました、リーナ様。ニコライはあまり身分の高い方の前に出ることがなかったものですから」

「僕、色仕掛け担当なんだよ。だけど安心して。王族の姫君をつまみ食いする度胸はないから」

「おい、黙っていろと言ったはずだ」

ふたたび口論が始まる。ガーヴィスが、同い年くらいの男性と生き生きしゃべっている様子を初めて見られて、なんだかとても嬉しかった。

――つまみ食いって、何の比喩《ひゆ》かしら。

不思議に思ったが、ガーヴィスの鬼気迫る形相に、質問しないほうが良さそうだと悟った。

「いいえ、いいのよ。お話しできてとても嬉しいわ。護衛任務のために、わざわざマグダレイまで来てくださったのね、ありがとうございます、ニコライ様」

丁寧にお礼を述べると、ニコライがヘラヘラした表情をやや改めた。

「わぁ、噂以上に真面目！　僕のことなんて『無礼者』ってぶん殴っていいのに。ですが、数ならぬ身にありがたきお言葉。御身のご安全のため、誠心誠意務めさせていただきます」

ニコライは、後半別人のような真面目な声になり、優雅に礼をして見せた。

どうやらきちんと騎士の礼ができるのに、あえてしていなかったようだ。

反抗的な態度から察するに『ただ血筋のいいだけのお姫様に、なぜ膝を屈さねばならないのか』と思っているのだろう。

そういう考えを持つ兵士には何度か会ったことがあるし、事実、彼らの言うとおりだと思う。

彼らが命がけで戦ったお陰で、リーナをはじめ、戦う力のない女子供や老人は生きていられる。ロドン王国の平和を守ってくれたのは兵士や騎士たちだ。

だからリーナは、ニコライを無礼だとは思わなかった。

――粛清騎士団には、色々な方がいるのね。もっと怖い顔で黙っている方ばかりかと思っていたわ。びっくりした……

一方のガーヴィスはニコライの挨拶《あいさつ》だけで疲れ顔だ。気苦労の多い彼らしい。

心配になってガーヴィスを見つめると、彼はリーナの視線に気づいて深々と一礼した。

「粛清騎士団の内規では『他者には対応が困難な事案を、必ず我らの手で解決する』としか定められておりません。ゆえに、あまり人前に出るにはふさわしくない態度の人間も在籍しているのです。誠に失礼いたしました」

「ふさわしくない人間ってのは、例えば僕とかかな?」

ニコライは肩をすくめ、続けて言った。

「じゃあ僕は今日は街の見学に行ってきます。護衛任務は明日からね」

言いたい放題のニコライは、片手をひらひらと振って足早に歩み去っていった。

軽すぎる言動とは裏腹に、身のこなしには隙が一切ない。細い身体に鉄の板でも入っているかのような、ブレも隙もない動きだ。

父の傍《かたわ》らで多くの騎士を見てきたリーナには、はっきりとそのことがわかった。

――きっと……強い騎士様なのね。

リーナは納得し、ガーヴィスに微笑みかけた。

「ニコライ様は、頼りになりそうな方ですね。素敵な方が護衛についてくださって、嬉しいです」

ガーヴィスと仲の良い騎士を、精一杯褒めたつもりだった。

だが、その思いは見事に外れてしまったらしい。

リーナの言葉に、ガーヴィスがかすかに表情を曇らせた。

ニコライを褒めたことが、あまり嬉しくなかったらしい。

——どうして残念そうなお顔をなさっているのかしら？

怪訝《けげん》な表情になったリーナから、ガーヴィスがぷいと視線を逸らす。

「確かにニコライは、腕の確かな男です。ですが俺も……多少は役に立ちます……」

——どうしましょう、私、余計なことを申し上げたのかもしれない。

リーナは慌てて、しかし誤解を招かないよう、できるだけきっぱりと答えた。

「それはもちろん、存じ上げております！　ガーヴィス様は私と一緒にユアンを守ってくださる、素晴らしい騎士様ですもの！」

ガーヴィスがはっとしたように顔を上げ、形の良い唇に、うっすらと笑みを浮かべた。

「失礼いたしました、子供じみた繰り言を。参りましょう、リーナ様」

差し出されたしなやかな手に、リーナの胸が高鳴る。

——今日は手を取ってくださるの？　護衛……だから……？

そう思いながら、リーナはそっと長い指に己の手を委ねる。

目が合うと、ガーヴィスは淡い笑みを湛《たた》えたまま言った。

「まずは敬愛基金病院の視察へ。道中、先方の詳細についてご説明させていただきます」

美しい赤い瞳から目が離せないまま、リーナは頷く。

天啓のように、たった一つの思いがリーナの中に落ちてきた。

自分は、この騎士に恋をしたのだ……と。

だが、ガーヴィスに伴われて歩く夢心地の道中は一瞬で、リーナは敬愛基金病院に入ったとたん、頭を殴られたような気持ちになった。

——患者さんを捌《さば》き切れていない？　どうして、この待ち人数はどういうことなの？

リーナは慌てて、病院の視察立ち会いのために合流してくれた、役人の一人を振り返った。

「敬愛基金病院は、なぜこんなに混雑しているのですか？」

「いくつかの病院が、大手の商人に買収されたからです」

それがなぜ、敬愛基金病院の大混雑につながるのだろう。

「買収された病院は、閉鎖されたということでしょうか？」

リーナの問いに役人は首を振り、場所を移そうと目で合図を送ってきた。

――こんなにたくさんの人が殺到しては、医師も疲弊するし、何より一日では診察が終わらないわ。お父様にこのことを報告して、支援策を考えなければ。

公的医療の崩壊は、王家への不満につながる。父もこの惨状を知れば力を貸してくれるに違いない。そう思いつつ、リーナは役人たちと共に、病院の中庭へ向かう。

中庭にさしかかった時、ガーヴィスが声を曇らせた。

「先日、ミンダーソン病院に一般患者受け入れの指示を出し、補助金もかなり渡したのですが、あっという間に診療拒否状態に逆戻りのようですね。ミンダーソン病院が機能していない理由がよくわかりません。昨今では、富裕層の診察すらも、大半を断っているとか」

どうやらガーヴィスも、役人たちも、このひどい状況は把握《はあく》済みらしい。手も打っているが、状況が改善しないようだ。

――そういえば、エルソン様は『病院を見ればこの街の現状がわかる』と仰《おっしゃ》っていたわ。フィオナさんも公平なのは敬愛基金病院だと……

聞きかじった情報を思い出しながら、リーナは役人の一人を振り返る。

「もとは、敬愛基金病院は庶民から貴族までを受け入れる、この地域の基幹病院だったと伺いました。昔から、このように大量の患者で溢《あふ》れかえっていたのですか?」

リーナの問いに、役人は首を振った。

「いいえ、終戦まではこのような状況ではありませんでした。傷病者の受け入れも、一般患者の手当も問題なく行《おこな》えていたのです」

「どこか、他の病院が閉鎖されたのでしょうか?」

「ミンダーソン病院が、バリアン商会に買収された影響なのです。戦争の影響で、経営が傾き競売に掛けられたからです」

「国王陛下は競売に参加されなかったのですか」

父が、マグダレイの医療事情を放置するとは思えないし、競売で競り負けるのも、『ロドン一の負けず嫌い』の性格上考えにくい。

「もちろん参加なさったのですが、バリアン商会が『どうしても引き受けたい』と訴えて……地元の名士が経営したほうが諸々良いだろうと、陛下も納得されて」

マグダレイは国境に近く、最前線の紛争地域から絶え間なく傷病兵が運ばれた場所だ。海からやってきたサンバリスの海軍は交易船を沈め、マグダレイの港を砲撃した。今でもその爪痕は各所に残っており、多くの一般人が攻撃に巻き込まれたとも聞いている。

この街は最近まで、戦場に一番近い大型都市だったのだ。

――そうか、バリアン商会は病院経営で暴利を貪《むさぼ》ろうとしているのね。

リーナは状況を理解し、役人の説明の続きを待った。

「バリアン商会は当初はこれまでどおりの医療を行《おこな》うと宣言しており、王家も事業計画書を確認の上で、経営者変更を許可したのです」

「王家と結んだ約束事項が守られていないということですね」

リーナの言葉に、役人は黙って頷いた。

――フィオナさんやエルソン様が遠回しに病院の視察を勧めてくれた理由がわかったわ……。王家の人間として、マグダレイの現状を見ておけという意味も。バリアン商会の横暴が、王家の想像以上にまかり通っているのね。

「それで、マグダレイの医療事情は、今どうなっているのですか？」

「マグダレイでは、昔からバリアン商会が医薬品の売買経路の大半を押さえています。バリアン商会は、薬品の価格を高騰させた上で、ミンダーソン病院など商会傘下の病院の医療費を従来の五倍ほどに値上げしたのです。薬が値上がりしたからと。まさにやりたい放題なのですよ」

「薬品には、売価規制があるはずですのに……ダルスール商会に薬品の取り扱いをしていただくわけにはいかないのですか？　認可なら私の権限で出せると思うのですが……」

尋ねると、役人はやや悩ましげな表情で答えた。

「ダルスール商会は動きませんね。バリアン商会の利益に反する動きは一切見せません」

――どうして……？　明らかに住人の利益に反する真似をしているのに。通商理事会は、商人による特別な自治を求めている。だから、王家の代行として、街を問題なく統治できることを示さねばならないはずなのに。

バリアン商会がしていることは、王家が認める自治とは正反対だ。

通商理事会を代表し、自治権委譲を希望しているダルスール商会が、バリアン商会の横暴に反対しないこともおかしい。

リーナはエルソンと話をした時のことを思い出す。

彼は『敬愛基金病院に行ってみろ』と教えてくれただけだった。

――エルソン様が表立って動けない理由は……何なの……？

考え込むリーナに、役人が言った。

「最近のダルスール商会は、バリアン商会のすることを傍観しているだけです。理由はわかりません。商人同士で何か裏の協定があるのか、それとも別の理由なのか……」

病院の経営問題一つとっても、問題の根は深そうだ。

「わかりました。ありがとうございます。現状では、ミンダーソン病院に医療費の見直しをさせるのは難しそうですね」

リーナの答えに、役人は驚いた顔をした。

「私の拙《つたな》い説明で、リーナ様に現状を理解していただけたのでしょうか？」

「はい、最低限のところは。とり急ぎマグダレイでの薬の価格を抑えたいと思います」

「具体的にはどのような対応策を？」

役人の試すような問いかけに、リーナは落ち着いて答えた。

「王都の薬品会社と私が契約し、マグダレイでの販売許可を与えます。薬品の輸送費はマグダレイの復興予算で賄《まかな》い、通常価格の薬品売買を開始します。王都の薬品会社は世界でも指折りの規模ですから、すぐにでもマグダレイの薬品流通量は回復するでしょう」

はっきりと言い切ったリーナの態度に、役人が驚いたように目を見張る。『お姫様』が具体的な対応策を示せると思っていなかったのだろう。

無理もない。リーナはずっと王家の人形だと思われてきた。父もことさらに『リーナにも政《まつりごと》を学ばせている』とは公言しなかったからだ。

その理由について、父は『お前が賢いことがバレて、嫁《とつ》がせる時に、こざかしい姫を寄越すなと思われると不利だ』としか口にしなかった。

父の言葉を真に受け、少女時代のリーナは深く傷つけられたのだが……

——今にして思えば、他に言いようがあるでしょうに！　能力はひけらかすものではない、とか、目を付けられないように大人しくしておけ、とか……！

だが父の厳しすぎる『教育』は、領主夫人となったリーナを助けてくれている。

嫌いだったはずの父に、リーナは今更ながらに、深い感謝を覚えた。

——ここには『王女』を庇《かば》ってくださった『国王』はいない。私が矢面に立つのですね。お父様……私、お父様の感じてこられた孤独と苦悩を、ほんの少しだけ、ようやく感じ取れました。

そう思いながら、リーナはしっかりと役人の目を見つめて言った。

「優先度別に、必要な薬品の一覧を提出していただけますか？　ざっとで構いません。病院の事務方の負荷をこれ以上増やさないように対応してください」

「まさか、リーナ様にそこまで動いていただけるとは思いませんでした。あ、いえ、悪い意味ではなく、視察をしていただけるだけで病人も励まされると思っていたので」

慌てたように言いつくろう役人に、リーナは微笑みかけた。お飾りのお姫様だと思われていても構わない。これから努力をして、信頼を積み重ねていけばいいのだ。

「そのように言っていただけて嬉しいです。それでは当初の予定どおり、病棟の皆様のお見舞いに伺ってもよろしいですか？」

「はい、もちろんです。皆、リーナ様をお待ち申し上げておりますので参りましょう」

リーナとガーヴィスは、護衛を引き連れ、役人たちのあとに続いた。

「医薬品の補給の次に、何をなさいますか」

ガーヴィスに問われて、リーナは即座に答えた。

「臨時医師の派遣を頼みます。ですが敬愛基金病院の収容人数が増えない以上、現状の根本的解決には至りません」

「今のところ、医師が増えればギリギリで回せそうですが」

ガーヴィスの言葉に、リーナはきっぱり首を振る。

「次の乾期に起きる感染症を案じているの。乾期は、マグダレイでの伝染性呼吸器疾患の発生率が、王都の一割以上高くなるのです。今の病院の態勢では限界を超えてしまいますから」

「なるほど……」

ガーヴィスが感心したように腕組みをする。納得してくれたようだ。リーナはほっとしてガーヴィスに微笑みかけた。

「新しい王立病院をマグダレイに作れないか検討します。個人経営だと、今後も同じ問題が繰り返されます」

「リーナ様のお考えは理解できました。ですが、マグダレイの主要な土地は、ほぼ買い占められております。どこに病院を設けるご予定ですか？」

「最悪は、領主館を病院に変更することも考えます。警備の見直しを図れば、私たちの住まいは何とでもなりますから」

リーナの言葉に、役人が驚きの声を漏らした。

「確かに広さ的には充分ですが、それは……」

「議事堂はそのままで、私たちの居住場所だけを改築すれば対応できると思います。もちろんもっと住宅街に近い場所に新病院を作れればなおいいわ。案の一つとして考えてください」

言い終えて、リーナは横目でガーヴィスの表情をうかがった。彼はリーナの意見に異を唱える気はないようだ。

彼はこれまで、一介の騎士だった。

本人の資質は優秀でも、貴族階級へのツテや政治を行《おこな》う上での人脈は頼りない。

英雄騎士を助けるのは、これまで無色透明の存在だった『お人形の王女殿下』なのだ。

――私が、ガーヴィス様をお支えしなければ。

そう決めて、リーナは役人を振り返りきっぱりと口を開いた。

「まずは、ミンダーソン病院の再買収が図れないかを検討いたしましょう。病院の新設費用と再買収、両方の概算をお願いします」

「かしこまりました」

――生意気な女だと思われたかもしれない。八つも年下なのに。こんな風に夫の仕事に口を出す若妻なんてきっといないものね。

そう思うと、リーナの胸にはなんとも言えない苦いものがよぎる。だが、リーナはその思いを振り切った。

――ガーヴィス様に『愛らしい娘』と思われたいなんて愚かなこと。私は王女なのよ。

リーナは誰にも悟られぬよう、そっと歯を食いしばった。

◆

リーナの初視察が行《おこな》われた日の夜。

ガーヴィスは大量の報告資料作成に追われていた。

王女殿下の視察は、王家へマグダレイの課題を知らせるのに良いきっかけになる。リーナの報告と同時に提出する資料を一気に作成してしまおうと考えたからだ。

——果たして領主の仕事は俺に向いているのだろうか。

書類に埋もれていると、粛清騎士だった頃の、ぴんと張り詰めた日々とはまた違う、なんともいえない疲労感に襲われる。

ずっと、政治家としての教育など受けていない自分が領主を務めることに、不安を覚えていた。

重要な政務を任され、知らずに過ちを犯すのが怖い。

だが、さすがに国王は賢明で、ガーヴィスの足りないところを補うように、適切な補佐官を何人も派遣してくれた。

さらに今は、『妻』のリーナが、ガーヴィスに足りない部分をすべて補ってくれる。

国王がリーナにマグダレイへの赴任を強く命じたのは、リーナに『国王の代行者』としての能力があると認めているからなのだろう。

実際リーナの判断力は十九歳の娘とは思えない。役人たちも舌を巻くほどの利発さだ。

ガーヴィスはリーナに苦しみしか与えてこなかったのに、一方的に助けられている。

——陛下はなぜ、たかだか粛清騎士の俺を、リーナ様と娶《めあわ》せたのだろう。リーナ様ほどの方には、異国の王太子妃か、それに見合った格の縁組みがふさわしいというのに。

物思いにふけっているガーヴィスの傍《かたわ》らで、ニコライが声を上げた。

「ガー君『報告書』の綴《つづ》りってどう書くんだっけ」

「俺が書く。無理に手伝わなくていい」

向かいの席に陣取ったニコライに一瞥《いちべつ》もくれず、ガーヴィスは答えた。

「なんだよ、僕の分の報告書は僕が書くんだよっ」

「役人は文書の形式にうるさいんだ。適当に書いても突っ返される」

言いながら、ガーヴィスはニコライの手元にある書類に目を走らせた。相変わらずぐしゃぐしゃと好き勝手なことを書き殴っている。

しばし悩んだ末、腹を決めた。

――最近『普通の仕事』に興味を示すようになったな。好きに書かせて、最後に俺が清書しよう……。

ニコライは、マグダレイにほど近い海辺の寒村の出身だ。元は異国の人間らしいが、職を求めて家族でロドン王国に流れてきたらしい。マグダレイよりも国境に近かったその村は、おそらく治安の悪さゆえに、家の賃料が安かったのだろう。

ニコライ一家はサンバリスとの戦争に巻き込まれ、彼以外の家族が全員亡くなった。

そしてニコライは、王都の孤児院に収容された。

そこで卓越した身体能力を見いだされ、粛清騎士としての特訓を受けて今に至る。

まともに字が書けないのは、親がロドン語をほとんどしゃべれなかったせいらしい。

『子供の頃に習わないとさ、読み書きって難しいよね』

ニコライは字が書けない理由をそう説明してくれた。

成人後はさすがに字が書けないことに不便さを覚え、最低限の読み書きだけは勉強したようだが、やはり幼い頃から学んだ人間には及ばない。

「僕の父さんと母さんはさ」

ぎこぎこと怪しい手つきでペンを走らせながら、ニコライが独り言《ひとご》つ。

「ロドン王国の言葉をいつも勉強してたんだ。村がサンバリスの兵に燃やされた日も勉強してた。最後まで勉強してたんだ。なんで父さんも母さんも妹も殺されて燃やされちゃったんだろう。僕にはいまだにわからない。わかる日が来ない気がして困ってる」

「……そうか」

「貴族って何のためにいるのかな？　ガー君は王女様と結婚して幸せなの？　リーナ様はとても美人だし、赤ちゃんもいるし、もうそれでいいってことなのかな」

何も答えられないガーヴィスを見上げ、ニコライはにっこり笑った。

「ごめん、王命で結婚しろなんて言われたら断れないし、いいも悪いもないよね。僕らに選択肢なんてないもんね」

「……そうかもな」

ニコライのやるせなさはわかる。彼がこの世界に対して、まともな希望を抱いていないことも、痛いほどに伝わってくる。

「やめよう、やめやめ。家族のことを思い出すと、頭の中がぐちゃぐちゃになって暴れたくなる」

そう言って、ニコライは飽きたようにペンを投げ出した。

椅子に寄りかかり、伸びをしながらニコライが続ける。

「やっぱり、字をもっと書けるようにならないと駄目だな。お役人になりたい！　命をかけなくてもお金をもらえるなんて最高だ」

ニコライもガーヴィスも、粛清騎士になる以外、生きる手段がなかったと言っていい。

戦時中に両親を亡くした異国の孤児と、叔父から体《てい》よく追い出された『不義の子供』。

ニコライは食い扶持《ぶち》と屋根のある寝床のため、ガーヴィスは生まれてきたこと自体を償《つぐな》うため、誰もやりたがらないような危険な任務に従事してきた。

――お母様は、俺を呪い尽くしていた。俺を孕《はら》みさえしなければ、夫に陰湿な憎悪を向けられずに済んだだろうし……誰の子を産んだのだと、噂されずに堂々と生きていけたのだろう。

ガーヴィスは唇を噛む。

『お前さえ生まれなければ、すべてうまくいっていたのに』

母の爪の先が、ガーヴィスの心に呪いの言葉を刻み込む。

すべての災厄は、お前が呼んでいるのだよ……と。

無意識に強く拳を握りしめていたガーヴィスは、不思議そうなニコライの視線で我に返った。

「どうしたの、ガー君、真っ青だよ」

「いや、なんでもない。今日の書類仕事はそろそろ終わりにしよう」

「じゃあ夜警に行こうぜ！　こそ泥とか強姦魔《ごうかんま》をふん縛《じば》って、すっきりしないか？　僕、変な話したらひと暴れしたくなっちゃったよ」

ニコライの明るい声にガーヴィスは顔をしかめた。

「今日は夜警の予定日ではない」

「馬鹿だな、夜警の日じゃないから、ろくでもない真似するヤツがうようよ湧くんだろ？」

そう言ってニコライが立ち上がる。とても楽しそうだが、獣のような人間離れした目つきをしている。きっとガーヴィスも、戦場では似たような顔をしているはずだ。

「行こう、行こう。僕、久しぶりにガー君と仕事したい！」

ガーヴィスは諦《あきら》めて立ち上がる。同時に思った。

――まあ、夜警の相棒としては最高の相手だ。昔よりは、殺害衝動を抑えられるようになってきたしな。

「今日は、普段夜警で回りづらい場所を確認したいんだが……」

「ん、わかった。何かが隠されてそうな場所だろ？」

即応され、ガーヴィスも余計な説明を省いて答える。

「ああ。武器やサンバリスに横流しする物資などだ。そのようなものが存在するのかは、今のところ不明だが」

「あはは、いいよ」

ニコライが場違いな明るい笑い声を立て、人差し指と親指で輪を作って見せた。

昔から変わらない。

全部把握《はあく》した、質問事項なし、の合図だ。

ガーヴィスは立ち上がり、引き出しから粛清騎士時代の愛用品たちを取り出した。短刀に毒薬に望遠鏡。特別に支給された閃光弾もある。一般人には存在も知られていない品ばかりだ。

――最近、全然使っていなかったな……

粛清騎士に支給されるのは、特別で最新の暗殺武器ばかりだ。『殺す』のには便利なのに、手にしていなかった。

『粛清騎士』だった過去から、遠ざかろうとしていた自分に気づかされる。

引き出しを閉めようとした時、隅のほうに納まっていた白い花の髪留めが目についた。

優しい少女との思い出の品だ。死に瀕《ひん》したガーヴィスの足元には、間違いなく母がいた。けれどリーナの澄み切った声は、母の手を何度も追い払ってくれたのだ。

だからこれを持っていた。また母に引きずり込まれそうになった時、彼女の気配が残るこの髪留めが守ってくれるような気がしたからだ。

自分の行《おこな》いは泥棒と同じなのに。これは、王女殿下の品だったのに……

「昼間さ、度胸ありそうだから用心棒やらないかって誘われたんだよね」

準備運動をしながら、ニコライが明るく言う。白い花の髪留めを丁寧に再度しまい込みながらガーヴィスは尋ねた。

「何の話だ？　用心棒とは？」

「昼間、貧民街を見回ってた時に声を掛けてきた人がいたんだ。僕、ガー君とか他の皆と違って、お昼の仕事をしてる人に見えないからさ、危ない仕事とか誘われ放題なんだよね」

確かに普段のニコライは服装も派手で、騎士には……いや、公務についている人間には見えない。女からふんだくった金で遊び歩いている色男に見える。

「その場所に一緒に行こうよ、きっと悪い奴がヤバいもの必死で隠してるんだ」

ガーヴィスは頷いて立ち上がった。

「お出かけの前に、ガー君の服装、もっと小汚い感じにしよう！　髪をぼさぼさにして、シャツのボタンを外して、上着をもっとだらしなく着崩して……よし、立派なごろつきになった」

ガーヴィスは鏡を一瞥《いちべつ》する。

――なるほど。確かに。服装でずいぶん変わるものだな……

リーナにこのような姿を見られたくないと思いつつ、ガーヴィスは領主の館を出て、マグダレイの街の海沿いの貧民街へと向かった。

目指すのは、街の中でも最も国境線に近いあたりだ。

凪《な》いで見える海の底には、何隻《せき》もの船が沈んでいる。

靄《もや》が掛かっていてよく見えないが、間違いなくロドン海軍の軍艦だ。

かつて海からの砲撃を繰り返し受けたその地域は、戦後ますます治安が悪化した。一般人が住む区域とは『カステール通り』と呼ばれる街道を挟んで区切られており、孤立した地域だ。昔から西カステール区、と呼ばれている。

「この辺、落ち着く」

柄の悪い男たちにじろじろと見られた瞬間、ニコライが腕を広げて深呼吸をした。気持ちはわかる。ガーヴィスもそもそもはこちら側の人間だからだ。

道ばたにはゴミが積まれ、割れた窓はそのままにされた家が多い。砲撃で崩れ、いまだに屋根が直っていない倉庫や、陥没し水がたまったままの道路。

だが少し離れた場所は住宅街になっており、補修された家々からは歓談の声が聞こえる。

――まともに人が生活できる区域も広がってきたな。

週に一度は西カステールの住宅街を見回っているが、今日も異変は起きていないようだ。

「用心棒を探してる倉庫はもっとあっち」

ニコライは平然と、危険区域のほうを指す。明かりも見えず、寂れきった見るからに治安の悪そうな場所だ。過去何度か、あのあたりの区分所有者を名乗るバリアン商会と話し合いをしたが、私有地につき警備は不要、と突っぱねられてしまった。口実がなければあの先へは進めない。

「お前が行こうとしているのは、マグダレイの大商人の一つ、バリアン商会の私有地だ。なんでも、戦禍《せんか》で取り壊した建物の廃材を保管している場所らしい」

「廃材は確かにあったけどね」

ニコライがケロッとした表情で言う。

「どういうことだ？」

「廃材の山に隠れて、古い倉庫が数軒ある。あとは綺麗《きれい》に整備された船の停泊施設があるだけ。まあ、わかりやすく言うと小さくて真新しい港が作られてる」

——港？　半月前はそんなものなかったが……？

ガーヴィスは、密偵を雇い、夜警が見回れない場所を定期的に監視させている。

もちろん警備が厚くて、近づけない私有地も多い。このバリアン商会の私有地もその一つだ。

だが半月前、うまくバリアン商会の私有地を確認できたと報告が上がった。

廃材が山積みになっており、護岸用の波消し壁も問題なく整備されていた……と。

「ニコライ、この先、私有地の奥に行ったのか？」

「行ったよ。人がいなくなった隙に中を見てきたんだよね」

軽い口調だが、潜入の達人は、粛清騎士団の中でも数えるほどしかいない。

気配を殺し、人の動きを読み、監視の目を盗んで動き回ることも、もし見つかった時に、相手を始末することも、並大抵の技量では無理だ。ニコライはどんな場所にも潜入できる謎の特技を持っていて、その成功率が極めて高い。

万事に対して気負いがないので、警戒されずに入り込めるのかもしれない。おそらく女たらしなのも同じ理由だ。女の心に不法侵入し放題なのだろう。

「中には何が？」

「建物の入り口には近づけなかった。ずっと武器を装備した人間がいたからさ。強行突破しても、囲まれて逃げられなくなっちゃうからね」

「つまりは、それほどに手厚い警備だったと」

「警備？　ううん、違う。どちらかというと、傭兵たちのたまり場っていうか、うーん……」

ガーヴィスは、ニコライのとりとめもない説明に眉をひそめた。

「そう！　兵営みたいな感じなんだよね、もしかしてここで傭兵とかが生活してるのかな、って」

ニコライが言いかけた時、ガーヴィスの耳がかちり、という音を拾った。

反射的にニコライを突き飛ばしてかがみ込む。

何かがこちらをうかがっている。この場所を監視できる窓は複数ある。建物内から、投擲《とうてき》武器で攻撃される可能性がある。今の音は誰かが窓を開けた音か、それとも何らかの武器の金具を外した音なのか……。

ニコライは、突然突き飛ばされた理由をすぐに把握《はあく》したように大声を上げた。

「何しやがるんだ、この借金取り野郎！」

怪しまれないよう、とっさにガーヴィスを架空の借金取りに仕立て上げたようだ。

ガーヴィスはニコライの襟首を掴《つか》んで引きずり起こしながら、あたりの気配を探った。

複数の視線が、バリアン商会の私有地のほうから向けられている気がする。灯りも点《とも》っていない暗い『廃材置き場』から、ガーヴィスとニコライを見張っている。

引きずられる振りをしていたニコライが、ガーヴィスの耳に囁《ささや》きかける。

「ねえ、ところでさ」

ニコライの言葉を引き取り、ガーヴィスは短く答えた。

「わかっている。奴らを人気《ひとけ》のないところに誘おう」

ガーヴィスはニコライにそう告げ、即座に走り出す。まとわりつく視線が殺気を帯《お》びた。

西カステール区を抜け、海沿いの遊歩道をまっすぐ進めば、貴族たちが住む小高い丘の住宅街にたどり着く。丘の入り口を脇道に逸れれば雑木林があるので、そこに誘い込んで始末する。

「丘の麓《ふもと》の雑木林だよね？」

全力で走っているのに、息を乱さずニコライが尋ねてきた。相変わらず、頼りになる同胞だ。

ガーヴィスはいつもこうやって、粛清騎士の同胞たちと共に敵を葬《ほうむ》り去ってきたのだ。慣れている。ニコライも信用できる。始末し損なうことはないだろう。

冷徹な『計算』の傍《かたわ》らで、リーナの愛らしい笑みが浮かんだ。

心のどこかで、このまま真面目に領主を務めていれば、名実共にリーナの夫になれる日が来るのではないか、と思い始めていた。

かけがえない宝であるユアンを愛し、優しいリーナを妻と呼び、マグダレイのために働く、粛清騎士ではない人生が待っているのではないか……と。

だが、違ったようだ。

今のガーヴィスの頭の中にあるのは『確実に仕留めよう』という思いだけ。

肉食獣と変わらない、過去の自分のままだった。

一刻も経たないうちに、決着はついた。

何をされたかもわからないうちに急所を殴打され、酸欠で意識喪失した男が三人と、強烈な当て身で血を吐きながら昏倒した男が一人。この四人は、ガーヴィスが相手をした。

そして、少し離れた場所に、何カ所も刺されて絶命した男が二人倒れている。ニコライが始末した男だ。

男たちの懐《ふところ》から取り出したものをすべて確認し、不要なものは胸の上に戻す。

――証拠品はないな。身分を示すものも。逆に不自然だ。

今回始末した男たちは、あの私有地で働いていた人間ではなく、近づいてきた人間を殺すために待っていた刺客なのだ。

あの私有地には、よほど見られたくないものがあったのだろうか。

だが、粛清騎士をその辺の密偵と見誤り、手出しをしたのが彼らの不幸だ。

――マグダレイ騎士団に連絡を取って、ここを片付けさせよう。襲撃を受け、私的な乱闘が起きたと報告もしなければ。

ガーヴィスは惨劇《さんげき》に背を向け、ニコライを顧《かえり》みた。

「あーあ、もっと殺したいのに弱すぎだよ」

虚《うつ》ろな目で呟くニコライを『しっかりしろ』と叱責すべきなのに、今日はなぜかできなかった。

粛清騎士に選抜される人間は、皆、何かのタガが外れている。強ければ多少は難があっても良いと教育を受けるからだ。だから『同僚』と共に仕事をする時は、互いの欠落を補い合わねばならない。痛いほどに理解しているのに、ガーヴィスは自分の手だけを見つめていた。

——手が汚れなくて、良かった……

ガーヴィスの脳裏に、ユアンの世界一可愛い顔がよぎる。

最近ユアンは父の指を握り、噛みついてくるのだ。歯が生えてきて痒《かゆ》いらしい。もちろん噛まれれば痛いが、赤子に噛まれる程度、これまで味わった痛みに比べればなんともない。

安心しきった顔で指を噛んでいる様子が可愛くて、いつも好きなようにさせていたが、もうあんな真似はさせられない。こんなおぞましい手に迂闊《うかつ》に触れさせたら、どんな呪いがあの子の無垢な身体に染みこんでしまうかわからない。

災厄のせいで罪のない弟妹を水底に沈めてしまったかもしれないくせに、自分は、元気な男の子を授かって、その子を笑顔であやしているなんてことが許されるのだろうか。

ガーヴィスに掛けられた呪いが、愛しいユアンに及ぶ危険性は本当にないのか。災厄は、無垢なユアンだけは見逃《みのが》してくれるのだろうか。弟妹だって、無垢な存在だったのに。

目の前がぐらりと揺れた。

ユアンには危ない思いをさせたくない。まだ赤ん坊のあの子を、どんな災厄にも巻き込まないよう父のガーヴィスが守らねばならない。

身体中に染みこんだ呪詛《じゅそ》がユアンに悪さを働かないように。そして、リーナにも……

「……君、ガー君てば！」

鋭い声で呼ばれ、肩を強く押されて、ガーヴィスは我に返った。

暴走状態だったニコライは自力で正気に戻ったようだ。本来、彼を管理し暴走を止める役目のガーヴィスがぼんやりしていたなんて、大失態だ。

「怪我をしたの？」

「い、いや、考え事を」

ガーヴィスの答えに、ニコライが眉根を寄せて言った。

「とどめ刺さないの？　僕、全員やっつけたい！」

「……あれでいいんだ。尋問用に生かしておけ」

ニコライに返した言葉は自分でも嫌になるほど力がこもっていなかった。

「……あれ？　ガー君、怖がってない……？」

勘の鋭いニコライがいぶかしげに目を細める。

ガーヴィスは、ニコライの言葉に虚を衝かれて黙り込んだ。

確かに、手が汚れるのが妙に怖い。

昔の血塗られた悪鬼に戻ったら、ユアンを抱かせてもらえないのではないかと思うからだ。

『ユアン、お父様とお別れしてお城に帰りましょうね。お父様の側にいたら、貴方まで恐ろしい目に遭ってしまうのよ』

ここにいないはずのリーナの声が、はっきり聞こえた気がした。

心の奥底から、得体の知れない恐怖が滲《にじ》み出して止まらない。ユアンとリーナをこの地に迎えてから、ずっと調子が狂ったままだ。

「まあいいや。マグダレイ騎士団にさっきの私有地を捜索させようよ。もし面倒だったら、二人で皆殺しに行ってもいい。どうする？」

ガーヴィスは深呼吸して、首を横に振った。

「街の人々に被害を及ぼさない限りは、刺激したくない。下手につついて暴れられたら大ごとになるからな。警戒を強めつつ、土地の持ち主のバリアン商会に正式な問い合わせをする」

まだ大丈夫だ、理性的に状況を判断することはできる。

——容易に、己の狂気に呑み込まれるな。馬鹿め……

ガーヴィスは、唇を噛みしめた。

第四章

マグダレイに領主夫人として赴任してから、二ヶ月ほどが経った。

なすべきことは山のようにあり、あっという間に時が過ぎていった。ガーヴィスは毎日、領主の仕事に忙しく、夜は夜で『まだ治安が安定しないから』と、夜警を先導して回っている。

――心配だわ。ガーヴィス様には、危険なことをしてほしくない……

ガーヴィスは半月ほど前、バリアン商会の私有地にある倉庫を視察に行って、そこで刺客に襲われ、ニコライと共に返り討ちにしたらしい。

バリアン商会は『勝手に住み着いたごろつきたちが、ガーヴィス様たちを金目当てで襲ったようです。今後は施設の管理を徹底します』と平謝りしてきたが、本当なのかわからない。

――だけど、私が心配だと申し上げても、ガーヴィス様は聞く耳を持ってくださらない。夜警もおやめにならないし……

ガーヴィスの態度を思い出し、リーナはため息を吐いた。

お茶会の日から、彼との夫婦仲はまるで進展していない。

日に日に成長を見せるユアンに対しては、相変わらずとても優しいお父様だが、リーナに対する壁はまだまだ厚いようだ。

だが、ガーヴィスのことだけを考えている時間がない。

リーナは、マグダレイの悪化した医療事情の改善のため、奔走《ほんそう》しているからだ。

――にべもない答えね。『医療費の値上げは昨今のマグダレイの経済事情から仕方がないこと。不満がある人間は近隣都市に通院するか、敬愛基金病院に並んでいただくしかない』か……

ミンダーソン病院からの回答は変わらない。何度問い合わせても譲歩案を出しても駄目だ。高すぎる診療料のせいで患者もほとんどいないというのに、なぜ、経営方針を改めないのだろう……

仕方がないので、戦争の被害を受けて半壊した西カステール地区の倉庫を買い取り、そこを修繕して病院を仮運営することにしたのだ。

本格的に病院の敷地を買収できないようなら、領主館を引き払うことも考えねばならない。

『西カステール地区は、昔からの貧民街で市民の心証も良くありません。仮病院を作るなら、もっと子供連れや足の悪い者も通いやすい場所にしてほしいと、若い主婦や老人たちから苦情が来ておりますが』

役人の報告を思い出し、リーナは嘆息《たんそく》する。

——何もかも間に合わせのまま運営を始めて三日目ね。あの場所で、仮病院がうまく定着するといいのだけど。

リーナは病院に通じる道の警護を固めるよう指示をし、通院者がごろつきに絡まれたりしないよう計らった。その費用は、リーナの私財を処分して立て替えた。

市民は今のところは『貧民街に通院する』ことを納得し、仮病院を利用している。

バリアン商会の当主は、会議を欠席して以降も、一度も姿を見せない。事務方や秘書が問い合わせの答えを返してくれるが『当主は病欠中』と言うばかりだ。

他の商人たちも『そういえば商談の場にバリアン商会の当主が来ない、代理を務める秘書や弟の姿しか見かけない』と彼の不在をいぶかしむようになった。

——連絡自体は、文書で可能なようだけど。弟さんと何かあったんじゃないか、って、言っている人もいたわね。バリアン家の兄弟は昔から仲が良くなかったと。

ダルスール家の主エルソンも、バリアン商会の人間とはほとんど接触していないという。

——それに、どうしてダルスール商会は動かないのかしら。いえ……動けない……のかしら？　だとしたら、それはどうして？　マグダレイの自治権を得るならば、今が絶好の機会、力の見せ所のはずなのに。

解決しない疑問がふたたびリーナの胸をよぎる。

「はい、ユアン様、立ってみましょう」

フィオナの明るい声がリーナの耳に届いた。

——フィオナさんに、お父様のご事情を伺ってみても大丈夫かしら。どうしてマグダレイの現状を把握《はあく》なさっているのに、何もなさらないのかって。けれどフィオナさんはまだ十三歳なのよね。余計な不安を与えないほうがいいかもしれない。

はたして自分が十三歳の時は、どんな娘だっただろう。

リーナは考え込んだが、思い出せなかった。父王にあれをしろこれをしろと命じられ、勉強と奉仕活動でめまぐるしい日々を送っていたとしか覚えていなかった。

考え込むリーナの耳にフィオナの明るい声が届いた。

「ユアン様、すごいすごい！」

フィオナに両手を取られたユアンが、満面の笑みで膝立ちする。とてつもなく得意げだ。

赤ちゃんのユアンにとって、自分の足で立つ喜びはひとしおらしい。

――昨日くらいから、膝立ちが上手になったわ。ガーヴィス様に見せて差し上げたいのだけれど……どうしてかしら、また少し、避けられているような……

リーナは気の滅入る書類を文箱にしまい、微笑んで愛しいユアンの姿を見守る。

お留守番の朝は大泣きされて胸が痛いが、少しずつリーナもユアンも慣れてきた。けれど、本当はもっと可愛いユアンと一緒に過ごしたい。もちろん、リーナの立場では、よほどのことがない限りはワガママなんて言えないのだけれど……

――今日は久しぶりに何の書類も届かない日だわ。少し気持ちを休めましょう……

リーナは静かに椅子から立ち上がり、敷物で遊んでいるユアンたちのところへ歩み寄った。

「フィオナさん、今日の午後は一度お家へ帰るのよね」

「はい。ユアン様に、私が学校の工作の授業で作った玩具をあげようと思って！　ついでに厚手の上着も取ってきます」

フィオナは、半日帰宅を希望しているらしい。

侍女頭は、見習いに来た日から今日まで真面目に頑張ってきたし、家に帰って里心がつき、もう行儀見習いは嫌だとごねたりもしなそうだから、許可を出したと言っていた。

「まあ、ありがとう、フィオナさん。ユアンも喜ぶわ」

リーナのお礼の言葉に、フィオナが頬を染めてにっこり笑った。

フィオナは、ユアンを自分の弟のように可愛がってくれる。

当初はどうなることかと思ったけれど、最近の彼女は多少行儀作法も身につき、侍女の皆とも打ち解けられるようになった。

女主人としては、預かった令嬢をきちんと躾《しつ》けて親元に返せることにほっとするし、ユアンの母としては、我が子を可愛がってくれてありがたく思う。

「ユアン、母様の前でもう一度立ってみて？」

リーナは敷物の上に腰を下ろして、小さな手を取り、立ち上がる手伝いをする。

意外な力強さで、ユアンがすっくと膝立ちをし、すぐにぺたりと尻餅をついた。そのままはいはいをして、リーナの膝によじ登ってくる。

「ん、あ……まんま……！」

手足を元気いっぱいに動かしながら、ユアンが機嫌の良い声を上げた。最近たまにリーナのことを『まんま』と呼んでくれるようになり、嬉しくてたまらない。

父への私的な手紙にそのことを書いたら、珍しく速攻返事が返ってきて『ユアンにお祖父様という言葉を教えておくように』とあって笑ってしまった。

ユアンを産むまでは、父に手紙を書いている自分の姿すら想像できなかった。『父に話したいことはなにもない』と冷めた気持ちしか抱いていなかったからだ。

――あっという間に大きくなったこと。もう八ヶ月になるのね。

リーナは腕に力を込め、ユアンを抱きしめて小さな頭に口づけをした。

「あんま、んま！」

時の流れが速すぎてめまいがする。ユアンが日に日に成長するのは嬉しいが、この愛らしい赤ちゃんの時間を切り取って、どこかに保存できればいいなとも思う。

おしゃべりをしているユアンに相づちを打ちながら、リーナはガーヴィスのことを思った。

――本当に、ここ数日、ガーヴィス様はどうなさったのだろう。ユアンともあまり遊んでくださらないし。

ガーヴィスは、献身的に街の治安維持に貢献し、領民の生活安定を最優先にしている。庶民から『若くて頑張り屋の領主様』と愛されているようだ。

ガーヴィスが『救国の英雄』と呼ばれるきっかけになった出来事は、マグダレイ付近ではなく、もっと遥か東の、大陸の中央部に近いメルバ河近郊の戦線で起きた。

メルバ河流域は、戦況が入り乱れ、ロドン軍にサンバリスの間諜《かんちょう》が多く入り込んでいるのでは、と疑念を抱かれていた『警戒危険区域』と呼ばれた場所だ。

粛清騎士団はメルバ河流域で、間諜《かんちょう》をあぶり出すための特殊任務に従事していたらしい。その時の奇襲で獅子奮迅《ししふんじん》の活躍を見せ、単身で斬り込んで敵将を殺害した……というのが『英雄、ガーヴィス・アルトラン卿』の伝説なのである。

マグダレイの民は、誰も彼の戦場における活躍は見ていない。

けれどガーヴィスがかつて救国の英雄であり、今は領民思いの領主であることを認めているのだ。

それだけ、この一年半以上の務めぶりが誠実であったということだろう。

ガーヴィスは今も、危険を承知で夜の哨戒《しょうかい》を欠かさない。マグダレイの民のご機嫌取りのためなら、明け方まで続く辛い夜警などとうにやめていたはずだ。

先代の領主様はここまでしてくれなかったと、領民の評判はすこぶる良い。夜警で襲撃を受けた際、刺客を見事退けたことを『まさに英雄だ』と褒めそやされているとも聞いた。

だが、ガーヴィスの武勇伝を聞くたび、リーナの心によぎるのは、もやもやした不安だ。

英雄を夫に持てたという喜びや誇らしさはまったくない。普段のガーヴィスは、とても穏やかで静かな人柄だ。戦を好み血に酔いしれる戦士には到底思えない。

──私は、ガーヴィス様には危ない目に遭わないでほしい。戦場で、とてもお強かったと聞くけれど……どんなにお強くても、危険に身をさらすような真似は……

表情を曇らせたリーナを見上げ、ユアンが小さな手を顔に伸ばしてくる。

「ごめんなさい、ユアン。母様は考え事をしていたのよ」

優しく言い聞かせると、ユアンはニコニコと笑った。意味はわからないだろうけれど、話しかけると大抵笑ってくれる。多分、お話が好きなのだ。

──ガーヴィス様がユアンを可愛がってくださるなら、それ以上は、もう……

近づいたようで一向に縮まらない夫との距離を思うと、やるせなさと疲労感が広がる。

甘えるユアンをもう一度抱きしめた時、ふと、フィオナが声を掛けてきた。

「リーナ様、この前届いたドレスはお召しにならないんですか？」

フィオナに言われて、思い出した。

マグダレイ風の飾りの少ない服を、フィオナの紹介で招いた仕立屋に発注したのだ。

──私が口を出すと、今までと同じような重苦しいものになりそうだから、流行のものをお願いしたんだっけ。

先日届いたのだが、予想外の忙しさでまだ試着もできていない。衣装室に大切にしまわれたまま、広げてすらいないのだ。

「今日は時間があるから、どんなものが仕上がったか見てみたいわ」

「はい、ただいまお持ちします！」

フィオナが笑顔で衣装室へ走っていった。ユアンがリーナの膝を下りて、フィオナのあとをハイハイで追いかけていこうとする。

すぐに軽やかな足音が聞こえ、フィオナが何枚もの明るい色のドレスを抱えて戻ってきた。ユアンはお座りして、指を咥《くわ》えて華やかな色合いのドレスを見つめている。

「まあ……若々しい色合いだこと……」

薔薇《ばら》色や黄色のドレスを目に、リーナは思わず漏らした。こんな色のドレスを所有するのは、母が生きていた少女の頃以来だ。

あまりの華やかさに怯《ひる》みつつ、リーナはそっとドレスに手を伸ばす。

刺繍《ししゅう》に見えた部分も全部、直接布に絵が描かれているようだ。

「まあ、すごいわ、この絵付けは……本物の金糸のようね」

「お召しになってみてくださいませ。フィオナ、お呼びしてきて」

「はい、わかりました！」

ドレスを広げていたフィオナが、侍女頭の言葉に立ち上がり、部屋を出ていってしまった。

「誰をお呼びするの？」

尋ねたが、侍女頭は「少々お待ちくださいませ」と言うだけだ。

不思議に思いつつ、リーナは勧められるままに衣装室の鏡の前に立ち、白地に桃色の花が描かれたドレスに袖《そで》を通した。

――着やすいわ。一人でもすぐに着替えられそう……よく考えられているのね。それになんて軽いこと……宝石も金糸もレースもほとんど縫い付けられていないのに、柄と寄せ縫いで、ずいぶん見栄えがするみたい。

感心しながら大きな姿見の前でクルリと回ってみる。

自分が年相応の若い女子に見えて、落ち着かない気分になった。

「し、仕立屋には申し訳ないけれど、私には可愛らしすぎたかもしれないわ」

重苦しい派手な古典衣装か、地味で壁と同化しているような私服しか持っていないリーナは、落ち着かない気分になった。

その時、私室の扉が開く音がして、フィオナの元気な声が聞こえた。

「今リーナ様はお召し替え中ですので、こちらでお待ちくださいませ！」

だんだん案内もうまくなってきたな、と感心したリーナは、次の瞬間目を丸くした。

「ああ、わかった。ありがとう、フィオナ殿」

——な、なぜガーヴィス様をお呼びしたの……？

突然のことに、リーナは身を硬くした。

だが、侍女頭がさっと背後に回って、愛らしい衣装のリーナを衣装室から押し出してしまった。

部屋の中には腕組みをしたガーヴィスが佇んでいた。

服装がいつもと違う。領主の威厳溢《あふ》れる衣装ではなく、もちろん粛清騎士団の制服でもない。庭師や出入りの食材屋のような、極めて質素な庶民の服装に見える。

だが、その飾り気のない服装が、かえってガーヴィスの引き締まった体躯《たいく》を際立たせ、魅力的に見せていた。改めて、なんと美しく逞《たくま》しい男前なのだろうと思わされる。

——す、す、素敵……今日はなんだか特別素敵だわ、どうしよう……

真っ赤になって俯《うつむ》いたリーナの姿を、ガーヴィスが不思議そうに見つめる。

恥《は》ずかしさに耐えかね、やはり先ほどまでの服に着替えようと思った時、ガーヴィスの低い声が響いた。

「とても可愛らしい。それに、いつもの衣装より動きやすそうに見えますね」

優しい声音に、胸の鼓動が激しくなる。

派手な服だと驚かれるかと思いきや、ガーヴィスは淡く微笑んでいた。それだけでリーナの心臓は口から飛び出しそうになる。

「そのように言っていただけるとは思いませんでした、ありがとう、ガーヴィス様」

赤く火照《ほて》った顔でそう告げると、ガーヴィスが侍女頭に尋ねた。

「日没までには戻りますので、ユアンの世話をお願いできますか」

「ええ、もちろんでございます。どうぞごゆっくりお過ごしくださいませ」

まるで侍女頭とガーヴィスの間には、リーナの知らない約束が成り立っているかのようだ。

頭の中が疑問符でいっぱいになる。

「リーナ様、これから俺と共に、お忍びで散策へ参りましょう」

疑問符が一瞬にして消え、頭の中は、巨大な感嘆符《かんたんふ》だけになった。

「わ、私とで、よろしいのですか」

動転して尋ねると、ガーヴィスが笑みを深めた。

「はい、俺のほうこそ……いえ、俺でよろしければ、護衛をかねてお供させてください」

冗談めかした返事に、リーナの心はきらきらと明るい光で満たされた。

――まさかガーヴィス様から誘ってくださるなんて……

胸をときめかせながらも、リーナは侍女に抱かれたユアンを振り返った。

母のお出かけを敏感に察したのか、短い腕を懸命にリーナに向けて伸ばしている。

「それでは、ユアンも一緒に」

「いいえ、リーナ様」

ガーヴィスの傍《かたわ》らに立った侍女頭に名を呼ばれ、リーナははっと手を止めた。

「本日はお二人でお過ごしくださいませ、たまにはお二人ともしっかりお休みを。ユアン様はいつもどおりにお預かりいたします、大丈夫ですよ」

そう言いながら、侍女頭がきっちり結ったリーナの髪をほどき、一本の三つ編みに結い直してくれた。

リーナはもう一度鏡を覗《のぞ》き込む。本当に町娘のようになってしまった。無表情で可愛くない王女殿下は消え、別人のような自分が姿を現す。

――すごいわ……

頬を染めたままのリーナの手を取り、ガーヴィスが言った。

「危険な場所には参りませんし、離れた場所でニコライも護衛についています。それから街中では、貴女のことを偽名で呼ばせていただきたいのですが、よろしいでしょうか」

頷いたリーナは、慌てて思い浮かんだ名前を口にした。

「で、では、私の母の名……マチルダとお呼びください。母が王妃になった時、あやかって同じ名前を付けられた娘が多かったと聞きます。きっと街中には、私くらいの歳のマチルダさんがたくさんいて、珍しくないでしょうから」

「かしこまりました」

リーナの手を取って歩きながら、ガーヴィスが頷いた。

――護衛も騎士もいないのに、裏口から家を出るなんて。

胸のどきどきが止まらない。ガーヴィスが大丈夫と言っているから、それほど危険ではないのだろう。鼓動が異様に速いのは、ガーヴィスにしっかりと肩を抱かれて歩いているからだ。

「な、何か、お忍びで私に見せたいものがあるのですか？」

「そうですね。ですが政務とは関係のないものです」

早足のガーヴィスに合わせて歩いていると、小走りになって息が弾んだ。だが、肩を抱く手を外されたくなくて懸命にあとを追う。

「あっ」

だが、あまり早足に慣れていないリーナは、気分が舞い上がっていたせいもあって、小さな段差に躓《つまず》いてしまった。

「リーナ様！」

慌てたガーヴィスに支えられ、リーナはなんとか転ばずに済む。大きな手を胸のあたりに感じ、たちまち耳まで焼けるほど熱くなる。

「大変失礼いたしました」

ガーヴィスが風のような速さでさっと手を引っ込めた。

「い……え……足元を見ていませんでした……」

恥《は》ずかしすぎて彼の顔が見られない。勇気を出して横目で見上げると、ガーヴィスも気まずそうな顔で首筋まで真っ赤になっていた。

同時になんだかおかしいな、と笑いそうになった。

赤ちゃんがいるのに、親同士はまともに触れあったこともないなんて。

「ドレスの生地が柔《やわ》らかくて、急ぎ足だと絡まってしまうみたい」

風に柔《やわ》らかく揺れるドレスの裾《すそ》をつまみ、リーナは小さな声で言い訳した。急ぎ足が苦手だと思われたくない。今日のお忍びは中止しよう、なんて話になったら失望で泣いてしまうかもしれない。そのくらい、心身共にいっぱいいっぱいになっている。

「参りましょう！」

「では俺の肘《ひじ》にお掴《つか》まりください。ご婦人を連れ歩く経験が少なく、気が利きませんでした。申し訳ありません、リーナ様」

「あ、あの、マチルダとお呼びくださいませ」

リーナは消え入りそうな声と共に、ガーヴィスの袖《そで》をつまむ指に力を込めた。

「そうでしたね、失礼しました。では、俺のことはただ『貴方』とお呼びください。ただの街の若夫婦になりきって歩きましょう」

そう言って、ガーヴィスがリーナと腕を組んだままゆっくり歩き出す。

「今日は海のほうにいこう、マチルダ」

優しい声で囁《ささや》かれ、胸が締め付けられるように苦しくなった。

――毎日こんな風に話しかけてくれたら良いのに。

美しい夫の顔を見上げながらリーナは心の中で呟いた。

しばらく歩き、領主館のある小高い丘を下ると、富裕層の暮らす優雅な住宅街が見えてきた。

このあたりは隣国の度重なる侵攻でも、あまり被害を受けていないと聞く。海から離れていたお陰だろう。

「どこに参りますの？」

「まだ秘密だ」

普通の女の子に話しかけるような口調に、ふたたび心臓が暴れ出す。

まるで雲を踏んでいるかのような気分だ。こうやって腕を組んで歩けるなら、一生歩き続けてもいいと思える。

胸をときめかせるリーナの目の前に、たくさんの果物が並ぶ市場が見えた。

「市場に参るのですか?」

「いや、その先だ」

リーナはあまりきょろきょろしないよう気をつけつつ、小声でガーヴィスに尋ねる。

「……たくさん並んでいる、あの果物はなんでしょうか?」

「あれは柑橘《かんきつ》の一種だ。実は食べず、まるごと酒に漬けて一年寝かせる。君は飲まないだろうけれど、マグダレイ名物の一つだよ」

「そうなのですね。飲んでみたいわ、もう少しユアンが大きくなったら」

リーナの答えに、ガーヴィスは逞《たくま》しい肩を揺らして笑った。こんな風に彼が笑うのを見たのは初めてで、なぜかリーナの目が熱くなる。

「じゃあ、今年の酒が仕上がった頃に、一本買って帰るよ」

「ありがとうございます、ガ……貴方……」

彼が見せてくれる優しさや笑顔にどれほど飢えていたのかと気づき、切なくてたまらない。

ガーヴィスはリーナを伴ったまま市場を通り抜け、海のほうへと歩いていった。

どうやら海沿いに遊歩道があるらしい。

王都からの船が接岸する港からは離れていて、船影は見えず、崖の下まで波が打ち寄せていた。

遙か遠くには水平線が広がっている。

「まあ、なんて綺麗《きれい》な光景でしょう」

ガーヴィスの腕に縋《すが》ったまま、リーナは声を上げた。

「新しい公園なのですね、とても海がよく見えて素敵だわ」

「そう。戦の惨劇《さんげき》を忘れないために、壊れた建物を撤去して記念公園にしたんだ、陛下のご命令で」

——戦の……

リーナは不思議に思い、凪《な》いだ美しい海に目をこらす。

何かが海の底に見えた気がした。

「もう少し海沿いへ行こう」

崖沿いの手すりまで歩くと、足元のすぐ下は海だった。

見晴らしが良い場所だ、と思いながら、リーナは少し離れた岩礁《がんしょう》のような場所を凝視した。

――あれは……岩ではなく、船？　何隻《せき》も沈んでいる？

うららかな日差しを浴びた凪《な》いだ海の底に、壊れた船がいくつも眠っていた。

「あの船たちは、ロドンとサンバリスの哨戒船《しょうかいせん》だ。海戦があった時に、もっと沖のほうで沈んだ。それほど大きな船ではないが、ここまで曳《ひ》いてくるのが精一杯だった。もっと大きな船は沖に沈んだままで遺品も回収できていない。海戦で家族を失った者は皆、この公園から、あの船たちを墓標代わりに黙祷《もくとう》している」

リーナは何も言えなくなり、胸の前で拳を握りしめた。

「俺はああいう光景を山ほど見て生きてきた。死体の背を踏んで逃げ、ぎりぎりのところを生き延びたこともある」

ガーヴィスの目は沈んだ船に注《そそ》がれていた。リーナは黙って、引き締まった横顔を見上げる。

「この前、侍女頭殿に、貴女を『妻として』遇するよう頼まれた」

突然の言葉に、リーナは目を丸くした。

「姫……いや、マチルダは俺を嫌っていないようだから、もう少し夫として振る舞っても良いと」

「そ、そんなことを言ったのね、ごめんなさい」

リーナの頬が熱くなった。侍女頭の言わんとしていることはわかる。リーナの仕事は王家の血を引く子供をたくさん産むことだ。夫と床を共にしなければ、その役目は果たせない。

「だが、俺は今のままがいい」

静かなガーヴィスの声に、リーナの胸がすっと冷えた。

おそらくリーナとこれ以上仲良くなる必要はない、ということを言っているのだ。リーナの淡い思いに気づきつつ、あえて、そう口にしたのだろう。

やや青ざめて俯《うつむ》いたリーナに、ガーヴィスが尋ねた。

「君は、ニコライをどう思う？」

「え、ええと……変わった方だけれど、いつもニコニコなさっていて、優しそうだって。あんなにお綺麗《きれい》なのに、さぞ腕が立つのだろうと……」

だが本当は、得体が知れないところがあり、怖いとも思っている。理由は彼が『粛清騎士』だから。見た目どおりの優しげな美青年なだけではないとわかるからだ。

その本音は、歯切れの悪い口調のせいでガーヴィスに悟られてしまったらしい。

「ニコライはあの笑顔で何の躊躇《ちゅうちょ》もなく敵に刃を振り下ろす。ニコライだけではない、俺も、他の粛清騎士も同じだ。皆、普通の人間が越えていない線をいくつも越えている」

リーナは何も答えられず、小さく首を振る。

だがガーヴィスは、心を刺すような話を止めてくれなかった。

「俺の母は、身投げする前に、俺を不幸の根源だと言い残した。周囲に災いをもたらす存在だと。家族が皆死んだのも、俺のせいだと。頭では言いがかりだとわかっているが、心のどこかでは母の言うことは本当なのだろうと感じている」

「いいえ、前にも申しましたが、呪いなんてありません」

首を振ったリーナに、ガーヴィスが微笑みかけた。いや、顔は笑っているように見えるが、少しも心から笑っているようには見えなかった。

「ああ。マチルダの言うとおりだ。違うのだろうということは、頭ではわかっている。でも心の底から、そうは思えないんだ」

海風が強く吹き付け、リーナの纏《まと》う愛らしいドレスの裾《すそ》をはためかせた。

何も言えなくなったリーナに薄く微笑みかけ、ガーヴィスは話を続ける。

「俺は幼い頃から、何か悲しい出来事があるたびに『こんなことが起きるのは、お前のせいだ』と言われてきた。馬車の事故で親戚が亡くなった時も、ごろつきが近所に強盗に入って一家を惨殺した時も『あんなことが起きたのは、全部ガーヴィスがこの世に存在するせいだ、お前が不幸の根源なんだ』と……父は俺に、そう言った」

まるで意味がわからない。なぜそんなことを幼いガーヴィスに言い聞かせたのだろう。動けないリーナに、ガーヴィスは教えてくれた。

「あらゆる不幸は全部俺のせいだとすり込まれ、俺は罪悪感で何もできない子供になった。そのせいか、貴女に接している時も、俺のせいで何か不幸が起きるのではという気持ちが抑えられない」

リーナの足が震えだす。

――何……そんな話……初めて聞いた……ガーヴィス様がアルトラン伯爵の血を引いていないことは耳にしたけれど……先代伯爵様が……そんな……

「父は、母の不義の息子をそうやっていたぶり、妻を精神的に追い詰め、俺に暴力をふるわせて、妻の不倫と血のつながらない息子への憎しみを解消していた。その過程で俺は、自分が不幸を呼ぶ生き物なのだと自然に思うようになっていった」

「わ……私は……貴方と一緒にいて、不幸だなんて思いません！　ユアンだって、貴方が抱っこするだけで、とても嬉しそうだわ。ユアンは貴方が大好きなのよ、どうしてそんなことを」

風は温かいのに、震えが止まらなくなってきた。

身体中に血が巡っていかない。

「俺は粛清騎士としての活動で、たくさんの人間を殺した。自分自身が災厄を呼ぶ人間であることを現実にしてしまったんだ。今日はその話をしたくて、貴女と二人になる時間をもらった」

唇を噛みしめたリーナに、ガーヴィスが優しい声で言った。

「俺を大切にしてくれてありがとう。でも、貴女とユアンに災いが降りかかるのは嫌なんだ。だから俺は、今のまま、貴女の名ばかりの夫でいたい」

血の気の失せたリーナの手を取り、ガーヴィスが話題に不釣り合いな明るい声で言った。

「やっと言えて良かった。肩の荷が下りた。侍女頭殿やフィオナ殿に、背中を押していただいたお陰だな。リーナ様にもっと本音を伝えろと」

目の前の光景が、ぐしゃぐしゃに歪み始める。

不似合いな可愛らしい格好で、浮かれている自分が馬鹿みたいに思えて、苦しくてたまらない。先ほどまで感じていた幸せは何だったのだろうと思う。

「貴女の貴重な時間を俺に費《つい》やしてくれてありがとう。マグダレイの医療問題が落ち着いたら、貴女とユアンは王都に帰ってくれ。成果を出して去るならば、誰も貴女を責めないだろう」

何か言おうとして唇を動かしたが、声すら出なかった。

「貴女は、俺たちのような沈んだ船に乗らなくていい」

海中に眠る、戦争の遺物に視線を投げかけながら、ガーヴィスが小さな声で言った。

リーナは物心ついてから、人前で泣いたことはなかった。ずっと、どんな理不尽も呑み込んで『王家の優秀な道具』として生きてきた。それなのに……

リーナは顎《あご》からしたたり落ちる涙を信じられない思いで拭った。

「貴方は、呪われているから、だから私とユアンを遠ざけるの……ですか……」

情けない声で、リーナはやっとそれだけを問う。

「そうだ」

ふたたび強い風が吹き、リーナの涙を吹き飛ばす。ガーヴィスの冷たく整った顔に浮かぶのは、優しい、穏やかな表情だ。

安堵《あんど》しきった彼の表情に、リーナの胸はかきむしられた。

「人を不幸にしたくないと願えるうちは、まともな人間でいられる気がする」

彼の気持ちは良くわかった。

本当にリーナとユアンから離れたいのだ。冗談でもなんでもない。

——じゃあ、私がいなくなったあとは……貴方は……『呪い』と向き合って暮らすの？

私とユアンがいるのに、私ではなく、呪われた自分を選ぶの？

込み上げてきたのは、猛烈な怒りだった。

こんなに、人に執着したのは初めてだ。その相手を失って絶望し、嘆き怒るのも。

自分の中にこんなに激しい感情が隠れていたなんて、今まで知らなかった。

ガーヴィスは海底の船に視線を据えたまま、虚《うつ》ろな声で言った。

「いつかは領主の任も解いていただけるといいな。そうしたら、粛清騎士の職務に戻りたい。何もかもが俺という人間にぴったりだ。俺には多分あの仕事しかできない」

ガーヴィスの目には一点の光もない。暗い過去に囚《とら》われ、刃を振るい続けることこそが夫の望みなのだと思い知らされ、リーナは顔を手で覆《おお》った。

泣きじゃくるリーナに、静かな声が掛かる。

「帰ろう」

自分は恋を失ったのだと、はっきり理解した。可愛らしい服も、彼を思って胸をときめかせていた自分も、すべてビリビリに引き裂きたいような気持ちだった。

屋敷に戻ると、泣いているリーナを見て侍女たちが立ちすくんだ。

「え……あ、あの、リーナ様、何があったのですか」

動転した侍女頭が駆け寄ってきたが、リーナは強く首を振って、彼女が近づくことを拒絶した。

「一人にしてください」

泣きすぎて嗄《か》れた声のリーナに、侍女頭はそれ以上近寄ってこなかった。

ユアンですら、侍女に抱かれ、びっくりした顔でリーナを見つめている。

いつものように『抱っこして』と甘えてこない。

リーナは無言で、侍女もガーヴィスも振り切り、寝室に駆け込んだ。

扉を閉めると、侍女頭の激怒の声が響くのが聞こえた。

「ガーヴィス様、リーナ様に何を仰《おつしや》ったの！」

無数の矢が心に刺さる。感じている痛みが、屈辱《くつじょく》なのか絶望なのかわからない。

ガーヴィスの声は良く聞こえなかった。

侍女頭が『なぜそんなことを？　……もう結構、出ていってください。ガーヴィス様を信用してお任せしましたのに！』と叫ぶのが聞こえた。

きっと彼は、リーナに『ずっと他人でいたい、別居したい』と告げた話を、そのまま侍女頭にも伝えたに違いない。

だから彼女はあんなに怒っているのだ。

――どうして、こんなことって……ひどいわ……ガーヴィス様……

リーナは枕に顔を押し当てて、ひたすら泣きじゃくった。

他人に涙を見られたことも、今日が楽しい日になるようにと送り出してくれた侍女たちの気持ちを駄目にしてしまったことも、ユアンを抱っこしてあげる余裕すらないことも、全部苦しい。けれど、一番苦しいのは、ガーヴィスにはっきりと拒絶されたことだ。

――どうして……ユアンまで遠ざけることができるの……

泣いて泣いて、涙が涸れ果てるまで泣いて、リーナはいつしか気を失っていた。

夢の中の自分はただ耐えていた。

愛らしいドレスを着た時、父に褒めてほしかった。

母が病で世を去った時、誰かに抱きしめられて泣きたかった。

弟が不安がるといけないから、どんな時も困り顔など見せられなかった。

侍女の暮らしも行儀見習いたちの成長も、全部リーナの責任だ。

王家の発展を支えるために、冷たい目で憎しみを口にする夫に抱かれ、それでも泣かずに耐えた。

人形だから耐えられたのだ。もう耐えたくない。

あらゆるものに翻弄《ほんろう》された理不尽を噛みしめ、リーナは思った。

――私は、ガーヴィス様と別れたくない。ユアンのことだってもっともっと愛してほしい。強欲かも知れないけれど、我慢強い物わかりのいいお人形でいたくない！　知らないわ、もう、知ったことですか！　訳のわからない呪いなんかに、私の人生を邪魔されたくないわ！

身を起こしてあたりの様子をうかがうと、外はもう真っ暗だ。

リーナはふらふらと水場に向かい、勢いよく顔を洗った。

頭の中は静まりかえっている。

眠っている間に様々な感情の処理が脳内で終わったようだ。鎮まった心は『あの男を奪え、手中に収めろ』と指示を出してきた。

鏡の向こうには、泣き疲れた顔の『王女殿下』が映っている。

――ユアンを産んでから、私、日に日にお父様に似てくるわね。認めたくなかったけれど、この怒った時の冷たい目つき、そっくりだわ。

じっと自分の顔を見つめ、リーナは表情を変えずに嘆息《たんそく》した。

自分が決めたことは、どれほど他人に批判されても押し通す父と、今のリーナの顔つきはそっくりだ。傲慢でワガママな父を嫌いだったはずなのに……

もう少し鏡に顔を近づけると、目の据わった自分の顔がはっきり見えた。柔《やわ》らかな緑の瞳には、はっきりとした怒りが浮かんでいる。

ガーヴィスは、是非もわからない幼子の頃から、ずっと歪んだ考えをすり込まれてきたのだ。

彼の父は悪辣《あくらつ》で唾棄《だき》すべき人間だと思う。

考えるだけで吐き気がした。ユアンが同じような目に遭わされたらと想像しただけで、心の中に激怒の吹雪が吹き荒れる。

——人間の仕業《しわざ》じゃない。幼いガーヴィス様に妙なことを思い込ませた伯爵夫妻を許さないわ。私たち家族の幸せの邪魔をするなんて……許せない……

リーナは足音を忍ばせて、そっと私室を出た。控えの間からは、当番の侍女が夜泣きするユアンを優しくあやす声が聞こえてくる。

——ごめんなさい、寝かしつけを任せてしまって……それから、ユアン……母様が抱っこしてあげなくてごめんね……

謝りながら、リーナは王宮から持ち込んだ荷物をしまった棚を探る。

「リーナ様、どうなさいました」

控えの部屋から侍女が顔を出した。ユアンの泣き声は、まだ部屋の奥から聞こえてくる。

――ごめんね、ユアン、お父様を取り返してくるまで待っていてね。

改めて泣いているユアンに謝りながら、リーナはきっぱりと言った。

「夫と話をしてくるから、朝まで誰も部屋に来ないで」

先ほどまで泣いていたリーナを案じているせいか、侍女が不安そうな顔になった。

「ガーヴィス様と、お話しなさるのですか？」

「ええ。先ほどは喧嘩をして、言い負けてしまったけれど、落ち着いたら私にも言い分があると気づいたの。だから言い返してくるわ。それで駄目なら、あんな人はもう知りません」

冷ややかで落ち着いたリーナの返事に、侍女はやや安心したように頷いた。

「私どももお手伝いいたしましょうか？　侍女全員でガーヴィス様を取り囲み、言いたいことを言わせていただくのはいかがでしょう。救国の騎士だかなんだか存じませんが、姫様を泣かせてよいほどいい男じゃないでしょう、とね！」

冗談めかした侍女の言葉に、リーナはちょっとだけ笑った。

「ありがとう。貴方たちの援護ならきっと百人力よ。どうにもならなかったらお願いするわ」

「ええ、いつでもお申し付けくださいませ。正直、姫様ほどのお方には、姫様に傅《かしず》いてくださる貴公子がふさわしいというのに……ガーヴィス様はなんなんでしょう、本当に生意気な」

侍女の憤懣《ふんまん》やるかたない、とばかりの言葉に、リーナは黙って微笑んだ。

――傅《かしず》いてくださる貴公子……には、多分興味がないわ、私。受け身でいるのはあまり好きではないと気づいたから。良くも悪くもお父様の娘なのよ。

侍女は、納得したように控えの間に戻っていった。

棚から取り出した『着替え』や諸々の品を手に、リーナは浴室に向かった。冷たい水で身体を隅々まで清めてみたら、寒いけれど、気合いが入った。

――冷水浴もよいものね、怒りでどうにかなりそうだけれど、身体の冷たさのお陰で、怒る余裕がなくなる気がする。

身体を洗い終えると、リーナは髪をまとめ、自分で用意した白い寝間着を直接身に纏《まと》った。髪を軽く拭い、部屋を出る。ガーヴィスの部屋は隣だ。

少し離れた場所の警備兵たちが一斉にリーナのほうを見た。

真っ白な寝間着姿の若い女に驚いたのか、ぎくりと身体を揺らす。

だが、すぐにリーナだと気づいたのか、慌てて深々と頭を下げた。

――私、今まで一度も、夫の部屋に行ったことがない妻だもの。皆も驚くわよね。

そう思いながら扉の前に立つと、衛兵の一人が恐縮した表情のまま駆け寄ってきて、リーナに告げた。

「ガーヴィス様は夜警にお出かけになりましたが……」

「ありがとう、では、お帰りになるのを部屋で待ちます。夜明け頃には戻られるのよね」

「えっ？　あっ……さようでございます、では、中へ」

耳まで赤くなった衛兵が扉を開けてくれた。他の衛兵も、遠慮がちにちらちらとリーナに視線を向けてくる。

はしたない格好の婦人には視線を向けないのが礼儀だとわかっていても、珍しくて見ずにいられない、と言わんばかりの態度だ。

兵士たちのざわめきに気づいたのか、侍女頭が足早に駆けつけてきた。

彼女も寝間着に上着を羽織り、髪もとりあえずまとめただけの姿だ。寝ようとしていた時に、自室を飛び出してきたのだろう。

「リ、リ、リーナ様……何をなさって……っ……」

侍女頭は、貴婦人のお手本であるはずのリーナが、濡れ髪にあられもない寝間着姿なのを見て青ざめる。姫君がこんな姿を異性にさらすなんて、大事件だと思ったに違いない。

「今日からガーヴィス様のお部屋で休みます」

「なっ……えっ？」

「夫婦ですからおかしくないでしょう？」

「あの……ですが……姫様をお任せするには、あの方は不心得が過ぎて……」

侍女頭が上品な眉間にぎゅっとしわを刻む。先ほど、リーナを泣かせたガーヴィスのことを思い出したのだろう。

見る見る怒りの形相になった彼女に、リーナは言った。

「夫婦げんかがこじれてしまったの。意地を張ってしまって、悪いことをしたわ。でも今日からは仲良く過ごしましょうと謝ってきます」

あえて、やや大きな声でそう口にした。周囲に聞かせるためだ。

「謝る？　泣かせたのはあの方なのに？　どうして姫様はそのようにお優しいのか……ああ、もう！　私は、姫様にあの方を近づけたくありません。もしまた、姫様に無礼を働いたらと思うと、イライラしてしまって！」

侍女頭はガーヴィスに対してまだ激怒しているらしい。

リーナと楽しく出かけると言ったくせに、号泣させて帰ってきたのだから当たり前だ。

「ガーヴィス様はわかっていないのですわ！　姫様がどれほどマグダレイに尽くしてお

いでか。ユアン様のことだって、どれほどに心を砕いて大切に育てておられるのか。本来なら姫様ほどの方を妻に迎えられたことを、伏《ふ》してありがたがるべきなのです！　なんと無礼な……無礼さにかけてはうちの主人以上ですわ、あのような不心得な男は放っておおきなさいませ！」

だんだん怒りが激しくなってきた。侍女頭は思い出し怒りをする性格なので、あまり刺激しないほうがいい。微笑みかけると、侍女頭が、我に返ったように周囲に目を走らせる。

「警備の皆様は、持ち場に戻ってくださいませ」

次々に集まってくる兵士たちに、侍女頭が厳しい口調で命じた。リーナの寝間着姿をさらすわけにはいかないと考えたのだろう。

――いいのよ。皆、私がガーヴィス様のお部屋に行こうとしている様子を見て頂戴《ちょうだい》。今夜はいくら恥をかいても構わないわ。

ガーヴィスがリーナと寝室を共にしないのは、いつでも別居できるように、『夫婦関係はない』と言い張るためだったのだ。

そのことに気づいた今、大人しく引っ込んでなどいられない。この屋敷の皆に『奥様は旦那様の部屋に通っておられた。夫婦仲は間違いなくあった』と証言してもらおう。

リーナはガーヴィスの部屋にさっさと入って、扉を閉め、室内を見回した。

何もない。趣味のものすらない。本もなくて、書類が山積みになっているだけだ。

だが、一つだけ不似合いなものが置いてあった。ユアンが握りしめたままハイハイして、腕が取れてしまった小さなお人形だ。

中途半端に縫ってあって、糸も針も付いたままだった。

なぜ侍女に修理を任せなかったのか、と思った刹那《せつな》、ふたたび目に涙が滲《にじ》んだ。

彼は、ユアンのお気に入りの玩具を、自分の手で直してあげようと思ったのだろう。

ガーヴィスは優しい父親だ。この前初めて熱を出したユアンを、時間が許す限りずっと抱いてあやしてくれた。泣いたり吐いたりしても嫌がらず、驚くほど優しく世話してくれた。

もちろんユアンもガーヴィスが大好きだ。まだ物事などわからない歳なのに、ガーヴィスが来ると、いつも満面の笑みで彼の足元へ這《は》いずっていく。

——ユアンと私を、どうしてそんなに簡単に切り離せるの……

リーナは意を決して、広い寝台に潜り込む。

ほとんどガーヴィスの匂いなどしない。普段は長椅子で寝ているのだろうか。彼のことなど何も知らない。

知っているのは悲しいことばかり。

父母に傷つけられ、壊れてしまった、という事実だけだ。

横たわってじっとしていたリーナは、寝台の脇の机に、輝く何かが置いてあることに気づいた。

――金細工に、釉薬……お花……？

嫌悪感で、ぶわっと鳥肌が立つ。女物の装飾品だと直感したからだ。

――何、これ、どうして女性のものがお部屋に……嫌……っ……！

自分の嫉妬深さに歯噛みしつつ、リーナは鬼の形相で、置かれていた装飾品を手に取る。

月明かりに浮かぶ白い花の髪留めを目にした瞬間、動けなくなった。

震える手で、見覚えのある髪留めを手に取る。

ずっと大事にしていた母からの贈り物。どこかでなくしてしまい、皆の手を煩《わずら》わせるのが申し訳なくて諦《あきら》めた、あの髪留めとそっくりだ。

そっと裏を返すと、見覚えのある文字が刻まれていた。

『私のリカーラへ』

王家御用達の宝飾職人の文字だ。間違いない。髪留めの留め具を外すと、その裏の角度を変えないと見えない位置に、小さな王家の紋章がはっきりと刻まれている。

職人は『目につくところに刻印すると、盗人が潰《つぶ》してしまうことがあるのですよ』と言い、こうやってすぐには見つけられないところに入れてくれたのだ。

――間違いないわ。お母様のくださった髪留め……どうして……ガーヴィス様のお部屋に？

リーナの宝飾品はすべて目録に書き留めてある。この髪留めには『紛失、捜索不要』と記録した覚えもある。間違いなく、マグダレイ赴任時の所持品には含まれていないのだ。

――慰問《いもん》活動の時に落として、誰かに拾われて、持ち去られてしまったのだと思っていたわ。

必死に思い返す。もしかして、病院で落とした時に、ガーヴィスが拾ったのだろうか。

だが、彼のような黒い髪で赤い目の、美しい男に会った覚えなんてない。

――いえ……違うわ……私……

リーナは必死に、最後に間違いなく髪留めを付けていた時のことを思い出す。

戦争が末期にさしかかり、とても多くの怪我人が王都に移送されてきていた。移動に耐えられただけ運が良いとされた重傷の人々が多くいた。

リーナも父王の厳命で『王女だからと手を抜かず、まともに看護の手伝いをしてこい』と言われて、看護師見習いとして、何日も病院に泊まり込んだ。

あの頃、ちょうど母が重い病で寝たきりになっていて、リーナは母が心配で、それでも王女の責務は果たさねばならなくて……

だから、母が『貴方に似合いそうな愛らしい品を』と、自《みずか》ら意匠《いしょう》を描き起こしてくれた、可愛らしい髪留めを付けて出かけたのだ。心だけでも母の側にいられる気がしたから。

——私が、あの病院で付き添っていたのは、目の周りにぐるぐるに包帯を巻かれた、ボロボロの兵士さん……だった……

その兵士は、『人身売買が行《おこな》われている疑いがある』とされた某所への突入の際に、建物内に軟禁されていた子供たちを助けようとして、斬られたのだと聞いた。

だから背中の傷は、敵に背を向け、逃げようとしたせいではないのだと。

彼が守ろうとした子供たちは、戦乱のどさくさに紛れ、他国や地方に売り飛ばされる予定だったらしい。救助されたあと、駆けつけた騎士団に救助され、無事に孤児院に収容されたと聞いた。

——名前は不明だと聞いたわ。私には伏せられていただけかもしれないけれど……いえ、よく考えたら、あの時私が看護した兵士は、戦場ではなく、人質が取られた事件の突入作戦で重傷を負ったと聞いた気がする。

病院長に『勇敢な男なので、もしもの時は王女殿下が看取ってやってくれ』と頼まれたのだ。

とても悲しい頼みだったが、勇気ある者に栄誉ある最期を迎えさせるのも王女の務めだと、涙を堪えて懸命に看護した。

結果的に彼は持ち直して、ほっと胸を撫《な》で下ろし、リーナは王宮へ戻ったのだが。

——突入作戦ってなんだったのかしら？　あの時は深く考えなかった。国内も混乱していて、不正や裏切りも横行していて、大変な頃だったから。

今更気づいたが『一般の兵には任せられない危険な任務』を請け負うのは『粛清騎士団』以外に考えられないのではないか。

リーナの心臓が、不穏な音を立てて高鳴った。

——あの人が……ガーヴィス様……のはずが……いえ、でも……。

あの兵士が、包帯を目の周りに巻かれていた理由は、武器に塗られた毒の後遺症で光に敏感になり、目に光が入るだけでもがき苦しむからだと聞いた。

同時に、そのせいで喉の粘膜も爛《ただ》れていて、声もまともに出ていなかった。

『生きているのが不思議だ』と医者が言うほどの重症患者だったのだ。

付き添いを命じられたリーナにできるのは、ただその哀れな兵士の汗を拭い、異変があったら医者を呼びに駆けつけることだけ。

日中カーテンを開けては駄目、目の周りの包帯も医師の許可なく取るな、と言われて、やっと物の輪郭が見える程度の暗い部屋で付き添っていたのだ。

——でも……あの兵士さんは髪の色が、もっと薄くて……暗い部屋でも、黒髪と金髪の違いくらいはわかる。だけど、ガーヴィス様は、粛清騎士だから、秘密任務で髪の色を変えることくらい、あるかもしれない。

リーナは震える手で、まだ濡れた髪を一つに編み、毛先にその髪留めを留めた。

懐かしいしっくりした手触りと重みに、留める時のパチンという音。間違いなく母がくれた大切な髪留めだ。

——本人に、あとで伺ってみよう。もしあれがガーヴィス様ならば……どうしてこれをずっと持っていたのか聞いてみよう。

リーナは勇気を出して毛布を被った。人の寝台に忍び込むなんて、礼儀がなっていない以前の問題だが、なりふり構っていられない。

夫を取り戻さなくては。呪いなんてものに、愛する夫を奪われたくない。そう思いながらリーナは目を瞑った。

ユアンを愛する気持ち、そしてガーヴィスを好きだという気持ちは、お人形のリーナを生きた人間にしてくれた。人前で怒ったのも、恥をさらしたのも、泣いたのも、全部結婚したあと、初めて経験したことばかりだ。

今だって苦しくて、腹が立って、不安で、ちっとも幸せではないけれど、それでも、彼への怒り、苛立ち、敬意、思慕《しぼ》、恋心、そのすべてがリーナを人間にしてくれたのだと実感する。

ユアンを産む前の、お人形のようだったリーナなら、ガーヴィスのことを諦《あきら》めていたはずだ。この人は仕方ない、切り捨てようと、一人で決めてしまっただろう。

――『死んでも振られたくない』なんて。とても新鮮だわ。きっとおばあさんになっても、この必死な気持ちは忘れないのでしょうね。

そう思いながら、リーナはため息を吐いた。諦《あきら》めない自分が新鮮で、今まで気づかなかった色々な力が溢《あふ》れてくるようだ。

うつらうつらしながら、どのくらいの時間が経ったのだろう。足音が聞こえ、無造作に扉が開く音が聞こえた。

がちゃりと金具のようなものを投げ捨てる音が聞こえる。続いて、大きなため息も。

――戻っていらっしゃったわ……！

リーナの全身に緊張が漲《みなぎ》る。

椅子に腰を下ろすどさりという音が聞こえ、ふたたびため息が聞こえた。

――寝台にはいらっしゃらないのかしら。

そう思い、リーナは慌てて咳払いをしてみせた。すぐに、部屋の空気がスッと変わる。

張り詰めた空気と共に、低い声が届いた。

「誰だ」

足早に歩み寄ってくる足音がして、あっという間に毛布が剝《は》ぎ取られる。

「な……なに……を……え……？」

絶句したガーヴィスを見つめ、リーナは寝間着一枚の姿で身を起こした。

「お帰りなさいませ」

ガーヴィスは、口をかすかに開けてリーナを見つめている。赤く輝く美しい目には『信じられない、なぜここに』という表情が浮かんでいた。

ガーヴィスは、口に出さず後ずさりする。

『傷つけた相手と、顔を合わせたくなかった』、ガーヴィスの顔は、はっきりとそう語っていた。

――まあ、可愛らしいこと、本当にユアンそっくり。

彼の怯えた表情を見ていたら、ふとそんな思いが浮かんだ。

今の彼は傷ついた狼《おおかみ》のように見える。

本当なら、一人になりたいし、そっとしておいてほしいに違いない。

だがリーナのほうも譲れない。どうしても引き下がれない。理不尽な主張に負け、このまま距離を取って他人になるのだけは嫌なのだ。

悪逆な彼の両親が掛けた呪いから、夫を取り返したい。

「リーナ様は……何をなさっているのですか……」

「ガーヴィス様と仲直りに参りました」

「望んでおりません」

やや掠《かす》れた声で言い、ガーヴィスが身を翻《ひるがえ》そうとした。

「ガーヴィス・アルトラン卿」

リーナは冷ややかな声で夫を呼び止める。自分でも驚くくらい、厳しい声だった。

ガーヴィスは、動きを止めてリーナを振り返る。無理もない。こんなに威張った強い声で呼ばれたら、誰でも足を止めるだろう。

——ああ、私の今の声は、お父様そのものだったわ……似たくないのに！

そう思いつつ、リーナは氷のような声で続けた。

「貴方は私の話も聞かず、なんでも勝手に決めてしまって、どういうつもりなの」

ガーヴィスの顔に怯《ひる》んだような色が浮かぶ。

　リーナは寝台を下り、ゆっくりと彼に歩み寄った。

「答えなさい」

　父の尊大な態度を思い浮かべながら、つんと顎《あご》を上げて命じる。

「は……」

　ガーヴィスが、反射的に騎士の礼をとる。膝を折り、手を胸に当てて、完全な服従を示した。

　――なんて美しい騎士の礼かしら……お手本のよう……

　うっとりしかけて、慌てて気持ちを引き締める。

　粛清騎士団において、王家への忠誠は絶対だ。抗《あらが》うならば逆徒として処刑されるか、独力で王家を討つか、その二択しかない。とりあえず今の彼には、反逆の意思はないようだ。

「私は、あと半日で出産を終えねば母子共に死ぬと言われながら、命がけでユアンを産んだのです。本当にもう駄目だと思ったのですけれど、その時に貴方は何をしていましたか？」

「そ……それは……」

　思い出したら腹が立ってきた。怒りは十二分に継続できそうだ。

「あのような思いをさせられて、なお、私は貴方に踏みにじられねばなりませんか?」

ガーヴィスがびくりと肩を揺らす。

「呪いとやらが本当にあるなら、あの時私は、ユアンと共に天国に旅立っていたはずですね」

「誠に……申し訳……」

ガーヴィスの秀麗な額《ひたい》には汗が浮いている。

ぐうの音も出ない、という表情に胸が痛んだ。

好きな人を意地悪な言葉で問い詰めたいわけではないのに……と躊躇《ちゅうちょ》する。

けれど、このまま彼と離れるなんてできない。

「仮に貴方との離縁が許されても、私はまた陛下の命令どおりに嫁《とつ》がされます。王家の血を継ぐ子を増やすのが、王女の義務ですから。貴方に未練を残したまま、好きでもない男の子を産んで死ぬかもしれないのよ。わかっているの?」

自分の言葉のひどさに、もうやめて、解放してあげたら、と気弱なリーナが囁《ささや》く。

ガーヴィスは本当に呪いを信じていて苦しんでいる。自分とユアンを危険にさらしたくないと、本当に思っているのだから……と。

——だけど、ガーヴィス様が、一生このままなんて私は嫌。

そう思いながら、リーナはそっと膝を突いてガーヴィスの顔を覗《のぞ》き込んだ。

「わかりますか？　どの未来を選んでも、幸せだけの人生は私にはありません。それが王家の道具の定めだから。ならばせめて私は、貴方の側にいたいのです。貴方の呪いとやらに負けるのなら、私に王女の資格がなかったのでしょう、王家の祝福を得られなかったということです。ならば私は、その運命を受容します。意に添わない人生よりはずっとましですから」

ガーヴィスの視線が困り果てたように左右に揺れた。

必死の言葉は彼の壊れた心に届いたのだろうか。

「男は……他にも……おります……俺より、ずっとまともな男が。ユアンのことも大切に育ててくれる、心ある男が……」

汗だくで言うガーヴィスの顔は、泣きそうに見えた。

——嘘よ。あんなに可愛がっているのに、他の人に任せたいはずがないでしょう。

苦しげなガーヴィスの顔に心が痛む。同時に、狂おしい希望も覚えた。

この男を捕まえられるかもしれない、と。

「知っています。素敵な殿方はたくさんいると。でも、それはガーヴィス様ではないわ」

ガーヴィスが顔を上げた。何を言われているのかわからないという表情だ。

リーナが初めて愛した人は、とても賢いのに、自分のことになると認知が歪んでしまう。そのことがたまらなく悲しい。

「どんな男性も貴方ではないの。私は貴方が良いのです。ユアンを私と同じくらい愛してくださるのは、ガーヴィス様だけだから。そうでしょう？」

ガーヴィスが、かすかに唇を震わせた。

「俺は……貴女とユアンを災厄に巻き込みたくない。目に見えないものだからこそ、恐ろしくて恐ろしくて、たまらないのです。共に暮らせる日々を幸せに感じる一方で、恐ろしい。普段は抑えられていても、一度恐ろしくなると、頭の中が滅茶苦茶になる」

リーナは、ゆっくりと瞬きをした。

――未来がわからないのは、ガーヴィス様が呪われているからではなく、皆等しく同じなの……

そう思いながら、リーナは噛んで含めるように告げた。

「未来がどうなるかわからないのは、本当に恐ろしいことだわ」

もう少しで、ガーヴィスを取り戻せる。リーナは勇気を出して膝立ちになり、ガーヴィスの頭をぎゅっと抱きしめた。

「けれど不安な時は、不安だという言葉を聞いて寄り添うくらいはできます。だから貴方は、私の側にいて頂戴《ちょうだい》」

気づいたら、ガーヴィスを抱きしめる腕が震えていた。

——もう、他に言うべきことが……ない……。ガーヴィス様が、私とユアンの側からいなくなってしまったらどうしよう。もしガーヴィス様が私とユアンを好きではなくて、全部、私の思い違いだったら……本当に怖い……怖くて……私……

「俺のもたらす災厄は、恐ろしくないと……？」

腕の中のガーヴィスが不思議そうな声を上げた。抱きしめているから顔は見えない。

「ええ。私も、貴方も、ユアンも、明日どうなるかなんてわからないわ、皆、平等なのよ。それならば、私もユアンも、あ、愛する、貴方の側にいたいのです」

これでガーヴィスは納得しただろうか。背中に汗が伝う。

——お願い、私たちの側からいなくならないで……

多分、この夫を愛し始めたのは、彼が躊躇《ちゅうちょ》せずに自分とユアンを庇《かば》ってくれたことがきっかけだ。

そのあと『ユアンを守るためならば、自分を顧《かえり》みずに逃げろ』と言ってくれた時に、はっきりわかった。

ガーヴィスは心が壊れていても、きっと、信用に値する魂を持った存在なのだ、と。

信用できる人間なんて、滅多《めった》に出会えない。

だから愛した。もう心は変えられない。

「リーナ様は俺の呪いには負けないのですか?」

「ええ、呪いには負けない。貴方の可哀相なご弟妹は、貴方のせいで事故に遭ったのではありません。そのような運命だったのです。罪なき子供たちですから、きっと天国で、神様が慰《なぐさ》めてくださっているでしょう」

そう答えた時、リーナの背中に腕が回った。

——え……っ……?

ガーヴィスから抱きしめられるのは、初日に嫌がらせ目的の女に漂白剤を掛けられそうになった時以来だ。

目を丸くしたリーナの腕の中で、ガーヴィスが低い声で言った。

「仰《おっしゃ》るとおり。きっと俺のせいではないのです。わかっているのに、俺はそう考えられない。幼い頃から、念入りに心の根を腐らされております。だから一生、呪いがあることを心のどこかで信じて、怯えながら生きてくのでしょう。それでも……」

息を呑むリーナに、ガーヴィスは続けて言った。

「そんな俺でも、ユアンの世話は……きっと、できますよね」

リーナは、ゆっくりと頷いた。

ほんの短い時間、共に暮らしたくらいで、彼の心の傷を癒《い》やせないのは当然だ。

もしかしたら一生癒《い》やせないかもしれない。

けれど、痛みと恐怖以外の感情に目を向けさせる手伝いならできるはずだ。

ガーヴィスにはユアンがいる。日に日に大きくなり、父母を見るとにこにこ笑ってくれるあの子が。どうか、ユアンを抱きしめる幸せだけは手放さないでほしい。

「ガーヴィス様は、何も悪くありません。悪いのは貴方に嘘を教えたご両親なのよ？」

「ありがとうございます。そのとおり、父は俺への憎しみで心を歪め、母は父からの見えない虐待で心を病んだ。あの夫婦の鬱屈《うっくつ》のはけ口が俺だったのです。俺の心の大半は両親と過ごした幼い頃に腐りましたが、まだ腐っていない部分も残ってはおります」

リーナを抱く腕が緩んだ。リーナもゆっくりと、ガーヴィスを抱く腕を解く。

「きっと、俺は、普通の男のように常に心健やかではいられない。ですが、恐怖に崩れた時は、リーナ様が俺の頬を叩いてでも目を覚まさせてくださる気がしました」

ガーヴィスは膝立ちのリーナを見上げて、そう言った。

「今日も、理解不可能な、哀れな狂気の果てに貴女たちを捨てようとした俺を、ひっぱたきに来てくださった。そうですね、リーナ様」

そのとおりだが、そんなに気の強い女は、理想の貴婦人の姿とかけ離れすぎている。どうでも良い他人からは『おしとやか』と思われているのに、なぜ肝心のガーヴィスにだけは正体を見透《みす》かされてしまうのだろう。

「初夜のことは……ごめんなさい。でも、もう叩かないわ！　あのあと、とても反省したの。どんなに腹が立っても、殿方を平手打ちにするなんて、なんて可愛くない女だろうって……あの……」

思い出したら顔が熱くなってきた。

時折、父譲りの半端ない気の強さが顔を出してしまうのだ。

——わかっているの、残念だって。せっかく顔だけは優しいお母様に似たのにって！　絶対に納得できないと思った時だけ、自分でも絶句するほどのとんでもない行動力を発揮してしまう。

「リーナ様は、ずいぶんと男の趣味がお悪いようだ」

自嘲《じちょう》混じりの笑みを浮かべ、ガーヴィスが言った。

赤い美しい瞳はまっすぐにリーナを見上げている。リーナは吸い込まれるように、その目を見つめ返した。どんどん頬が熱くなっていく。

「悪くありません！　なんてことを仰《おっしゃ》るの？　私は、あの、ええと……」

具体的な例を挙げようとして、親しく接した大人の男性は父しかいないことに気づく。

ずっと侍女たちの集団に囲まれ、異性が近づかないよう守られて生きてきたので、異性と親しくなる経験なんて皆無だ。リーナは熱い顔で素直に謝った。

「……殿方なんてお父様しか知らないから比べられないわ。ごめんなさい。でもガーヴィス様がとても好きなの。だから寝台に隠れて待っていたのです」

ガーヴィスが呆《あき》れたように息を吐く。

「だ、駄目……だった……？」

「いいえ」

長い指で頬を撫《な》でられ、リーナは頬を染める。

その時、三つ編みにした髪の先に付けている髪留めの存在を思い出した。

「ガーヴィス様、一つお伺いしたいことがございます、あの……」

三つ編みの房《ふさ》を持ち上げ、リーナは白い花の髪留めを指さした。ガーヴィスが形の良い目をかすかに見開く。

「これは、私が病院に落としていったものですか？　私は昔、ガーヴィス様を看病したことがあるのではないでしょうか？　いえ、詰問《きつもん》ではないのです。ただ知りたいだけで」

ガーヴィスの赤い瞳が、白い花の髪留めを映す。

「貴方は五年ほど前に王都のヘルベルカ病院に運ばれた、目に包帯を巻かれていた兵隊さんですか？　貴方の背中には傷痕がおありですが、あの時の兵隊さんと同じ傷のように思えてならなくて」

ガーヴィスが髪留めから視線を逸らし、何かを考え込むような表情になる。しばらくして彼は、小さな声で答えた。

「……そうです」

「私たちは会ったことがあるのね？」

ガーヴィスは無言で頷いた。リーナは己の三つ編みを握りしめ、髪留めを突き出しながらガーヴィスに尋ねた。

「どうしてこれを持っていたの？　拾ったあと、返し方がわからなかったからですか。貴方がずっと手元に置き続けていた理由がわからなくて……盗むのなら、王家の紋章やお母様が入れてくださった言葉は真っ先に消すはず。そもそも、貴方が泥棒するとは思えないし」

「……お守りに……したかったのです」

ガーヴィスの声は消え入りそうだった。リーナは黙って彼の言葉の続きを待つ。

「あの時リーナ様は、母の手で地獄に引きずり込まれそうな俺を、何度もこの世に呼び戻してくださった。だから、また同じように死にかけても、これを持っていれば髪留めの持ち主である貴女が、俺を引き戻してくれるように思えて。……だが、俺がしたことは泥棒です。どうかお沙汰《さた》を」

リーナは震える手でもう一度三つ編みを持ち上げ、髪留めを見つめながら、首を横に振った。

「いいのよ……だって、もし私が髪留めを探してほしいと病院に問い合わせていたら、貴方はすぐに返してくれたでしょう？」

悲しげに頷いたガーヴィスに、リーナは微笑んだ。

「これは、貴方のお守りになった？」

「ええ……それを持っていたお陰で、母に連れていかれなかった。心の支えになりました」

ガーヴィスの言葉に、リーナは言葉にできない喜びを噛みしめる。

自分は、彼の中で、多少は特別な存在だったのだ。そう思ったら、ときめきが止まらなくなった。

「役に立ったなら良かったわ。お母様が亡くなったあとは、なかなか年相応の可愛い装身具は身につけられなかったの。だからその髪留めもきっと、お留守番になっていたと思……」

言いかけたリーナの身体が、ふたたびぐいと抱き寄せられた。体勢を崩して、リーナはガーヴィスの胸にもたれかかる。

「お部屋にお送りいたしますので、お戻りを」

「い、いや」

リーナは慌てて首を横に振った。みるみるうちに顔が熱くなったが、勇気を出して続けた。

「仲直りの証拠がなければ帰れません」

「証拠とは？」

ガーヴィスの腕の力が強くなる。リーナは彼の背中に腕を回し、震え声で答えた。

「ほ、本当の夫婦だって証明してもらうまでは、帰りません。こ、こんなに、必死に……必死、なのに、貴方に振られ続けるのは嫌なのです！」

「そういえば、初夜も王家への忠誠心を見せろと俺にお命じになりましたね」

ガーヴィスは思い出したように言って口元をほころばせた。

——言ったわ……！　最悪なことに……！

またもや泣きたくなる。なんと可愛らしさの欠片《かけら》もないことだろう。ちょっとくらい愛らしく振る舞えばよかった。

　だがリーナを抱きしめるガーヴィスの手つきは妙に優しかった。ガーヴィスはリーナの長い髪を指で梳《す》き、そっとリーナの頭に頬ずりをする。恋人のような仕草に、広い背中に回した腕が震えだした。

「俺を動かす術《すべ》を心得ていらっしゃって、心から感心いたします」

「う、動かす術《すべ》……なんかじゃ……」

　ガーヴィスの言うとおりなので、何も言い返せない。リーナは知恵の回る可愛くない女なのだ。だがガーヴィスはリーナの背中を優しく撫《な》でながら続けた。

「貴女のような聡明《そうめい》な妻を得られたことに心から感謝します」

　驚きに、リーナの身体がこわばった。耳を疑う。今聞こえた言葉は夢なのだろうか。夢にまで見た甘い言葉に、リーナは放心したように尋ねた。

「本当に？」

　ゆっくりとリーナの身体を離し、ガーヴィスが顔を覗《のぞ》き込んできた。

　赤い目にはリーナの顔が小さく映っている。

　吸い込まれるように美しい目を見つめているリーナの頬を、ガーヴィスがそっと包み込んだ。

「ガーヴィス様……あの……」

返事はなく、代わりにリーナの唇に、滑らかな唇が押しつけられた。

何をされているのかわからず、リーナはされるがままに唇を委ねる。しばらく寄り添い合ってはっと気づいた。

今、生まれて初めて唇に接吻《せっぷん》されているのだ。

結婚式は他人同士のようだったし、一度だけ肌をかわした夜も口づけはされなかった。

——私たち、一度も、接吻《せっぷん》すらしたことがなかったなんて……

嬉しくて自然と涙が出た。

これまで過ごしてきた中で、一番ガーヴィスに近づけた気がする。

しばらくして、唇は離れてしまった。うっとりと身を任せていたリーナは、あまりの名残惜しさに眉尻を下げる。

「証拠をお見せします」

囁《ささや》かれた優しい声に、リーナの身体がぞくりと震えた。

「俺の心が、リーナ様のものであるとお確かめください」

リーナの唇がふたたび塞《ふさ》がれ、軽々と寝台に乗せられた。

そのまま押し倒され、ガーヴィスがのし掛かってくる。唇を奪おうとする性急な仕草に、リーナの身体の奥がとろりと熱を帯《お》びた。

寝台に横たわったリーナの唇が、ガーヴィスの舌でこじ開けられた。口の中を舐《な》められるなんて考えたこともなかったけれど、彼にならば何をされてもいいと思える。口腔《こうこう》を貪《むさぼ》られながら、リーナはガーヴィスの髪をそっと撫《な》でた。

不思議なことに、ガーヴィスの色々なところに触りたくなったのだ。愛しくて、自分の指で触れて、あらゆる彼を確かめたい。

勇気を出して舌先を舐《な》め返した時、ガーヴィスの動きが止まった。

どくん、どくん、と、大きな心臓の音が彼の身体から伝わってきた。途端に、逞《たくま》しい身体が燃えるように熱くなる。

ガーヴィスはゆっくりと唇を離し、リーナに言った。

「リーナ様、お召し物を脱がせてもよろしいでしょうか」

率直に尋ねられ、リーナはこくりと頷いた。

起き上がり、ガーヴィスに手伝われながら薄手の寝間着を脱ぎ捨て、下着も同じく脱いだ。隠すものなどなく、肌はすべて彼の視線にさらされている。

けれど構わない。

恥《は》ずかしい気持ちよりも、ガーヴィスともっと触れあいたいという気持ちが勝《まさ》った。

ガーヴィスも同じように服を脱ぎ、一糸纏《まと》わぬ姿になって、リーナを抱き寄せた。薄暗い部屋で、ガーヴィスの均整の取れた肉体がよく見える。

胸も二の腕も傷だらけで、赤黒い痕が身体中に残っていた。

ずっと戦争に出ていたのだから当然だろう。

でも、ガーヴィスはとても綺麗《きれい》だった。

――ああ、なんて美しい方……

リーナは誘われるように手を伸ばし、傍《かたわ》らの夫の首筋にぎゅっと抱きついた。

――そういえば、閨《ねや》の指南書には女から抱きついては駄目だと書いてあったわ。

思い出して唇だけでかすかに笑う。

――今更遅いわね。私、兵士の皆様に寝間着姿をさらしたあげく、夫の寝台に勝手に潜り込む女なのですもの。お作法の先生なんて、私のはしたなさに気絶するわ。

考えれば考えるほど、おかしくて笑いが収まらない。

リーナは微笑んだままガーヴィスに言った。

「いらしてくださいませ」

大胆な誘いの言葉に、ガーヴィスの喉がかすかに上下した。

そのままリーナの身体は、ガーヴィスの裸体に組み敷かれる。

――私はきっと、貴方への恋を自覚してから、ずっとこうやって抱き合いたかったのね。

王女の人生に恋なんてない。国と使命のためだけに命を使わねば。

ずっと、自分自身に言い聞かせていたけれど、一度生まれた恋心を消すのは無理だった。

愛しい気持ちは抑えきれないものだ。

たとえ相手への無理強いになるとしても、リーナは、ガーヴィスに思いをぶつけずにいられなかった。

「リーナ様、今からおみ足に触れても……」

言いかけたガーヴィスの目を見つめ、リーナは優しく言った。

「好きにしていいわ」

リーナの言葉が意外だったのか、ガーヴィスが目を丸くする。

だがすぐに、彼は淡く微笑んだ。

「……そうですね。体操を教えているわけではなかった」

ガーヴィスの口から出た冗談に、リーナのほうこそ驚いてしまった。

柔《やわ》らかな笑顔のガーヴィスとしばし見つめ合ったあと、リーナも小さく声を上げて笑いだす。

「ええ、それは今度教えて」

冗談めかして答えると、リーナの唇がそっと塞《ふさ》がれた。触れあっているだけで愛しいと思える接吻《せっぷん》に、身体中がうっとりとほぐれていく。

ガーヴィスとこんな風に話して笑って、抱き合える日が来るなんて。

夢見心地のリーナの脚の間にガーヴィスの大きな身体が割り込む。膝頭に、ガーヴィスの手が掛けられた。

リーナは両腕で乳房を隠し、かすかに身体をこわばらせる。

——平気、一度したから……

そう思って唇を噛んだ時、違和感に気づく。

ガーヴィスの形の良い頭が、大きく淫《みだ》らに開いた脚の間に吸い寄せられていったからだ。

「あ、あの……あ……っ……」

リーナの頭から、様々な思いが吹っ飛んで、羞恥《しゅうち》一色に染まる。

——見ないで……！

リーナはごくりと息を呑み、むき出しの秘部に目を落とす夫に、震え声で懇願《こんがん》した。

「そ、そんなところは、ご覧にならないで……っ！」

ガーヴィスは、リーナの戸惑いなどお構いなしに、内股に唇を近づける。

「だ……駄目……」

そんな場所に口づけをしては駄目だ。口づけは鎖骨《さこつ》より上か手の甲だけに許すもののはず。

混乱したリーナの頭の中に、作法の教本の内容がむなしく流れて消えていく。

「いけません、ガーヴィス様……っ……」

リーナの心臓が、怖いくらい大きな音を立て、鼓動を速める。

「そんな、あ……」

脚を閉じることもできない。リーナにできるのは、ただ首を横に振ることだけだ。

抵抗むなしく、ちゅ、と軽い音を立てて、ふっくらした腿《もも》に口づけを落とされる。リーナの肌が羞恥《しゅうち》に染まった。

「いけません、駄目」

リーナは肘《ひじ》を突いて半身を起こした。

腿《もも》に唇を這《は》わせるガーヴィスから逃れようと、必死に後ずさろうとする。

震えるリーナの脚に器用に腕を絡め、ガーヴィスが顔を上げた。

「どうして離れようとするんです？」

不思議そうな問いに、リーナは無意識にいやいやと首を振りながら言った。

「だ……だって……そんなところに……口づけ……」

無表情にじっとリーナを見据えていたガーヴィスが、顔を上げ、口元をほころばせる。

「好きにしていいと仰《おっしゃ》ったではありませんか、たった今」

「言ったけれど……」

「では、なぜ嫌だ、駄目だなどと」

「だ、だって……わ、私……濡れ……」

正直に答えようとした刹那《せつな》、自分の言葉のあられもなさに気づく。身体中が燃えるように熱くなった。

「濡れている？」

「そ、そう……あ、あの……あ……」

恥《は》ずかしくてどうしようもなく、脚の震えが止まらない。大きく曲げられ秘部を開かれて、そんな姿勢でじっと見られているなんて。そう思うと、羞恥心《しゅうちしん》と裏腹に身体の奥から蜜が溢《あふ》れ出してくる。

「それは良かった、今日はあの薬はありませんので」

ガーヴィスはからかうように言うと、いきなりリーナの茂みに顔を埋《うず》めた。

文字どおり、全身の血が逆流する。

「な……っ！」

もがくリーナの脚が、鋼のごとき力で囚《とら》われる。

「嫌！　駄目、舐《な》め……あぁっ」

ガーヴィスを振りほどこうとしたリーナの身体が、ビクンと跳ね上がる。

舌先が不浄の場所を舐《な》め上げたからだ。

ぐちゅっという小さな音と共に、下腹部に異様な熱が広がる。

「だ……め……」

懸命に身体を支えていたリーナの腕から力が抜けた。

ふたたび寝台に倒れ込み、リーナは必死に脚を閉じようとする。

「あぁ……っ、駄目……駄目ぇ……っ」

舌先が、固く閉じた花心を執拗《しつよう》に行き来する。

「舐《な》めないで、駄目、おねがい……やぁん……っ、ああ……っ、あ……」

身をくねらせても、懇願《こんがん》しても、舌先は弱々しい小さな花を嬲《なぶ》り続ける。

ガーヴィスの舌が動くたびに、リーナの身体が震え、むき出しの乳房が硬く尖《とが》り始めた。

「ひ……っ、駄目……舐《な》めるの……駄目……あぁんっ……ああ」

大きく脚を開いた姿勢のまま、リーナは両手で顔を覆《おお》った。足の間に陣取ったガーヴィスの身体は、吸い付くように秘裂を舐《な》め続け、離れようとしない。

「あ、あ、……ほんとうに……駄目なの……あぁ……っ……」

リーナは息を弾ませ、ガーヴィスの頭をどけようとした。だが、やはり力ではまったく敵《かな》わない。それに、我慢しようとしても、舐《な》められている場所に蜜が滲《にじ》み出すのがわかる。

「おねがい、ガーヴィスさまぁ……汚れますから、やめて……やめ……あぁん……っ」

熱い雫《しずく》が、舌先の刺激に答えるように恥《は》ずかしい場所からどろりと溢《あふ》れた。

リーナの息が熱く曇る。

「あぁ……もう……本当に……ガーヴィス様が、よごれちゃ……っ」

こんな恥《は》ずべき真似はやめさせなくては駄目なのに、淫《みだ》らな舌先に囚《とら》われて、身動きすらできなくなってしまった。

「んっ……そんな音立てないで……っ、おねが……、っ、いやぁぁ！」

突如走った強い刺激にリーナの身体がピクリと跳ねた。

執拗《しつよう》にリーナの秘裂を舐《な》めていた舌が、ずぶりと身体の奥に入り込む。

「ひぃっ」

強すぎる刺激に、リーナの背が反り返る。舌先は、一度しか雄《おす》を受け入れたことのないリーナの蜜洞をざらりと舐《な》め上げた。

「や……っ……あ……なにし……あ……っ」

強い快感が、舌で弄《もてあそ》ばれている恥部を焼く。舌がぐちゅぐちゅ音を立てて動くたびに、花襞が鋭敏に収縮する。

耐えがたい性感に、リーナの目尻から涙が伝い落ちた。ますます硬くなった胸の先端に冷えた夜の空気が触れ、身体中が火照《ほて》っていることを否応《いやおう》なしに実感する。

「いや……ガーヴィス様……これ、嫌……本当に、駄目……っ、あぁんっ」

自分の意思では溢《あふ》れ出す蜜を我慢できない。くたりと力の抜けた熱い身体を揺すり、リーナは懇願《こんがん》した。

「……わかりました」

秘部を嬲《なぶ》っていた唇が離れる。ガーヴィスは大きな手で口元を拭い、弛緩《しかん》したリーナの身体に覆《おお》い被さってきた。

火照《ほて》ったリーナの乳房に、汗に濡れた胸板が押しつけられる。

あっと思う間もなく、濡れほころびた秘裂に、昂《たかぶ》る熱杭が押し込まれた。

「ああああっ」

舌先の愛撫でぬるついた蜜洞は、容易にガーヴィスの肉楔を呑み込む。

「動いても？」

耳元で問われ、リーナは大きな背中に縋《すが》り付きながら、無言で頷く。ガーヴィスの手がリーナの脚に掛かり、片方を肩の上に持ち上げた。

付け根まで呑み込まれた肉杭が、ずるずると前後に動き始める。

数回、熱い粘膜を擦られただけで、リーナの身体はぞくぞくと震え始めた。

「あ……あ……っ……あぁ……っ……」

ゆっくりとした抽送《ちゅうそう》に、リーナの息がいやらしく弾む。

耐えがたいほどに恥《は》ずかしい音が結合部から響く。濡れて、絡みついて、欲しがっている雌《めす》の出す蜜音だ。生々しく粘着質なその音に、リーナの興奮と羞恥心《しゅうちしん》がますます高まる。

「……っ、あ……いや……こんな音……っ」

「可愛い音だ。それにさっきから、すごく締め付けられて気持ちがいい」

リーナの耳を軽く噛み、ガーヴィスがそう囁《ささや》きかける。

「ちが……っ……締め付けて、な……やぁぁんっ……あぁっ、あ……」

ガーヴィスの言葉に煽《あお》られるようにリーナは腰を揺らした。

――どうしよう……気持ちいい……身体が勝手に、動いてしまう……

ガーヴィスが、不器用に身体を揺するリーナの手首をそっと握った。

大きく開かれた脚に、ガーヴィスの硬い下生えが擦りつけられる。

熟れきった花芽が、初めての刺激にびくびくと蠢《うごめ》く。不慣れなリーナの身体は、それだけで軽く達してしまった。

「ひぁあ……っ!」

口の端から涎《よだれ》が一筋伝い落ちる。ぐずぐずに濡れそぼった顔で、リーナは必死に訴えた。

「いや、この、ずりずりって……きもちいいから、駄目……」

「違う……これでいいんです。貴女のここも、こんなに蕩《とろ》けて、俺をしゃぶり尽くしてる。合格だと仰《おっしゃ》っておいでですよ」

いつしか抽送《ちゅうそう》はリーナの身体をゆさぶるほどの強さになっていた。

「これで、俺が貴女の夫になった証拠になるでしょうか、リーナ様」

「い、今、聞くのは、駄目……あ……」

意地悪すぎる質問が否応《いやおう》なしに羞恥心《しゅうちしん》を煽《あお》る。

「まだ足りないと」

「そんなこと、言ってないわ」

「残念ですね、不合格なんて」

からかわれているだけだとわかっているのに、リーナには何の余裕もない。

「違う……不合格じゃ……」

敏感になった柔《やわ》らかな花襞に、ごつごつとした男の形が刻み込まれる。表面に浮く血管の形すらわかるくらいに、リーナの蜜洞はそれを咥《くわ》え込んでいた。

「あぁ……やだ……やぁ……また変に……なっちゃ……」

脚を肩に抱え込まれたまま、リーナはいやいやと首を振った。ぐちゅぐちゅという蜜音に煽《あお》られ、ガーヴィスの肌の熱にさいなまれて、リーナの官能が臨界点まで膨れ上がる。

「ああ……やぁあぁ……」

長大な肉杭を呑み込んだまま、リーナの蜜窟が痙攣《けいれん》する。びくびくとのたうつリーナの身体を力いっぱい抱きしめ、ガーヴィスが苦しげな声で言った。

「もう二度と貴女を抱けないと思っていました、リーナ様」

先ほどまでリーナをからかっていたのとは違う、切なげな声音だった。

「だから今は嬉しい。俺は貴女が愛おしくてたまらない。俺にとって、貴女は世界一美しくて、世界一可愛い」

「ガーヴィス……様……」

快楽によるものではない涙が、リーナの目に溢《あふ》れる。

「私も、私も好き……好きなの……」

力の入らぬ手で夫を抱きしめた刹那《せつな》、一番深い場所で欲まみれの熱が弾《はじ》けた。内股をぶるぶると震わせながら、リーナの身体がその熱液を受け止め、飲み干そうと蠢《うごめ》く。

夫の手が、朦朧《もうろう》とするリーナの乱れた髪をなでつける。

汗ばんだ胸に力いっぱい抱きしめられ、幸せで身体中が溶けそうだった。

「まだ『証拠』が足りないなら、何度でも提出いたします」

冗談めかしたガーヴィスの言葉に、リーナはほんのかすかに唇を尖《とが》らせた。

幼い頃、人前では絶対にしてはいけませんと言われた、リーナの悪い癖だ。でも、すねた気持ちが、リーナにそんな顔をさせた。

「そうしていただこうかしら」

つんとすましたリーナの言葉に、ガーヴィスが笑った。彼が笑ってくれたことが目もくらむほどに嬉しくて、リーナの口元もほころぶ。

——ガーヴィス様は、もうどこにも行かない……私とユアンを捨てたりしない。

その事実が、リーナの心を甘い蜜で満たしてくれた。

第五章

心結ばれてから数日。

リーナの心は生まれて初めてと言っていいくらい、幸せだった。

夜の湯浴みを終えたユアンは、まだ寝ないとばかりにリーナの腕の中でぐずっている。

侍女たちはリーナの『できるだけユアンの面倒を見たい』という気持ちを汲《く》んでくれ、二人で過ごす時間をなるべく作ってくれる。

本来なら、王族の女性は、こんなにも我が子に時間を割かない。

リーナの母も、そうだった。

だが今では、女性王族のお手本と呼ばれていた母の寂しさがうかがい知れる。

なぜならば、母が贈ってくれるドレスや装身具は、どれもリーナによく似合っていたからだ。

きっと我が子たちに会えない間も、母はリーナとマリスのことを考えてくれていたのだろう。リーナが、ユアンのことを考え続けているように。

物思いにふけっていたリーナの腕の中で、ユアンがじたばたと暴れ出す。

リーナはふわふわした焦げ茶の髪を撫《な》でながら、ユアンの小さな頭にキスをする。

——とっても重たくなったわ。いつか私では抱っこできないくらい大きくなるのね。ユアンも、ガーヴィス様のようになるのかしら。今のユアンは、可愛いお人形のようなのに。

けれどどんなに大きく素敵な青年に育っても、おじさんに、おじいさんになったとしても、母の命ある限り、この子はずっと愛しい宝なのだろうと思える。

今朝は初めて、親子三人で庭を散歩した。

ユアンを柔《やわ》らかな芝生の上に立たせてあげようとしたのに、怖がって足を付けず、ガーヴィスと二人で笑ってしまった。

もちろん、無理に立たせたりせずにずっと抱いていたが、ユアンは両親の『意地悪』に抗議するように、ずっとガーヴィスの肩にしがみついていた。

ユアンに話しかけるガーヴィスはとても優しく、愛情に満ちていて、改めてとても幸せな気持ちになれた。

リーナは父にあんな風に話しかけられたことはない。ユアンがうらやましいほどだ。

ユアンには赤ちゃんのうちから、たくさん色々な体験をさせてあげたい。

何気ない日常のために、たくさん時間を作ってあげたいと思う。

根気よくあやしているうち、ユアンは腕の中でスヤスヤと寝息を立て始めた。

「リーナ様、ユアン様は私が見ておりますので」

当番の侍女がそっとやってきて、小声で耳打ちしてくれた。リーナは頷き、侍女にユアンを預けて一人浴室へ向かった。

――仕事がどれだけかかるかわからないから、先に入浴を済ませてしまおう。

身を清めおえたリーナは、ユアンの様子を覗《のぞ》いた。控えの間の広い寝台で、侍女に添い寝されてぐっすりと眠っている。リーナは安心して執務用の席に腰を下ろした。

領主夫人としての仕事はまだまだ山積みだ。ガーヴィスが保安面を引き受けてくれる分、リーナは事務作業に集中できる。

――バリアン商会からのお返事が来ているわ。『ミンダーソン病院の営業を一時休止。再開は、診療費の見直しを図った上で、来年を予定。内装工事中』……動いてくれるつもりはあるのかしら？　どちらにせよ仮設病院の運営は、この先半年は続けると通達を出しておかなければ。

次は侍女頭の報告書だ。フィオナの見習いの評価が書いてある。言葉遣いや作法はまだまだ課題が山積みだが、ユアンの相手とお世話は満点だと記されていた。

――フィオナさん、もう実家から戻ったのよね？　ずっと頑張っていたから、少しお休みしたほうがいいわよね。お父様とお母様にも会いたかっただろうし。

そう思いつつ、リーナは着実に仕事を進めていった。積んであった書類がどんどん減っていく。

最後に手に取ったのは警備部からの報告書だ。

物見遊山《ものみゆさん》で敷地に侵入しようとした観光客がいたこと、根拠のない借金の申し込みをしに来た人間がいたことなどが書かれている。

――王宮にいた頃もよくあったわ。普段立ち入れない場所は、珍しいのでしょうね……

書類を置こうとしたリーナは、最後のほうに書かれた備考に手を止める。

『ロッティと名乗る人物から、リーナ様にお目に掛かり、リーナ様宛の投書が複数あり。美しい品物を集めるのが趣味なので、リーナ様にお目に掛かり、収集品を増やしたいとの旨が記載されていた。

侍女頭殿に確認し、投書は処分』

――美術品を譲ってくれということかしら？　私は、装身具くらいしか持っていないけれど。侍女頭が手紙を処分しろと言ったのなら、私が見なくて良いのでしょうね。

侍女頭は陳情書《ちんじょうしょ》の仕分けに慣れている。彼女が悪戯《いたずら》と判断したのなら無視して平気だ。

書類に目を通していたリーナは、最後の手紙に目を留めて微笑んだ。

『リーナさまへ。わたしは　りょうしゅさまが　かっこよくてすきです。でも　つよいところはみたことがないです』

子供からのお手紙だった。素直な意見に思わず笑ってしまう。

きっと『救国の騎士様なんて言われてるけど、物静かなお方だよな』という大人の軽口を素直に受け止めて、そのまま書き送ってきたのだろう。

——ガーヴィス様のお強いところ、私も存じ上げないけれど、それでいいわ。

リーナは彼に戦ってほしくない。戦争は嫌だ。夫や子供が危険な目に遭うなんて耐えがたい。ようやくサンバリスとの戦争を終えて得た平和を決して手放すわけにはいかない。

そう思った時、足音が聞こえ、少し離れた場所で扉が開く音がした。

——ガーヴィス様がお戻りになったんだわ！

寝間着に上着を羽織った姿で、リーナは部屋を出た。

衛兵の視線もまるで気にならない。足が雲を踏んでいるようにふわふわと感じる。扉を叩くと、ガーヴィスが顔を出す。しなやかな指がリーナの手首を掴《つか》み、あっという間に扉の内側に引っ張り込んだ。

よろける間もなく、リーナの身体はガーヴィスの胸に抱き留められていた。

「そのような姿で廊下に出られてはなりません」

厳しい声で言われ、リーナはガーヴィスの腕の中でかすかに唇を尖《とが》らせた。

「廊下に出なければ会いに来られないわ」

「呼びつけてくだされば、すぐにお部屋に参りますのに」

リーナは頬を火照《ほて》らせ、小声で言い返した。

「だって、私のお部屋には侍女たちが何人も控えていてよ」

言い終えたあと、なんと露骨な言葉を口にしてしまったのかと気づく。

「で、でも、いいわ、私のお部屋に来てくださっても……」

そう言ってはみたものの、もちろん本気ではない。二人で過ごせるほうがありがたい。人目がある場所で、彼とこんな風に抱き合えないからだ。

まだかすかに濡れているリーナの髪を、ガーヴィスが大きな手で撫《な》でた。

「ユアンは？」

「侍女に預けて参りました。最近は離乳食を始めたでしょう？　よく食べてくれるからお腹が満たされて、朝までぐっすり寝てくれるようになっ……」

言いかけたリーナの唇が、ガーヴィスの唇で塞《ふさ》がれた。

何を言い訳していたのかもわからなくなり、リーナは従順に目を閉じる。しばしの口づけのあと、唇を離したガーヴィスがかすかに笑い声を立てた。

「貴女の部屋に伺うなんて、冗談ですよ」

リーナにも、彼の声が甘い艶を帯《お》びたのがわかった。

「ユアンの弟妹をお作りになるのがリーナ様のお仕事ですから、こうして参られたのですよね」

ガーヴィスの言うとおりだ。だが素直に頷こうとして、動きを止める。

ちくりと心を刺されたような気がしたからだ。

——どうして私は違和感を覚えたの？　ガーヴィス様の仰《おっしゃ》るとおりなのに。

戸惑うリーナの唇がもう一度塞《ふさ》がれた。滑らかな唇の感触に酔いそうになる。先ほどガーヴィスの言葉に感じたかすかな棘《とげ》も忘れ、リーナは口づけに身を任せた。

——私……ただユアンの弟妹ができればいいわけじゃないのよね……

乱れた心がかすかな抗議の声を上げた時、リーナの身体がふわりと抱き上げられた。

「ねえ、もしかして、初めての時に私が言ったことを怒っているの……？」

ガーヴィスの腕の中で、リーナは尋ねた。

初夜での自分の発言は高飛車で可愛くなく、我ながら、めまいがするほどひどいものだったと思う。ガーヴィスは傷ついたし嫌な気持ちになっただろう、とも。

そこまで考え、ふと思った。

今までの自分なら、こんなことすらガーヴィスに聞けなかった。

ただ顔色をうかがい、彼が振り向いてくれないかと手をこまねいていただけだったから。

――私は今、本当に……幸せなんだわ……

気づいたらちょっと照れくさくなってしまった。無言で俯《うつむ》いたリーナに、ガーヴィスが寂しげに答えた。

「ええ、思い出したらふと悲しくなってしまって」

「そんな……！」

リーナははっと顔を上げ、凍り付く。まさか、彼はいまだにリーナの言葉に傷ついていたなんて。青ざめたリーナの様子に気づいたのか、彼は寂しげな顔のまま口を開いた。

「本当に真面目でいらっしゃいますね」

「え……？　どういう意味かしら」

「俺の冗談を毎度真に受けてくださって、俺の話し下手は、将軍閣下のお墨付きなのですが」

言われた意味がようやく咀嚼《そしゃく》できた。単に、からかわれただけなのだ。

みるみる真っ赤になったリーナに、ガーヴィスが優しく微笑みかける。

「種馬扱いでも、それはそれで悪くはありません」

「なあに、種馬って」

聞いたこともない言葉だ。尋ねたリーナを抱いたまま、ガーヴィスが軽く咳払いした。

「いえ、失礼。リーナ様に聞かせる言葉ではありませんでした」

不思議に思うリーナを抱え、ガーヴィスは足早に寝台に歩み寄る。リーナの身体を寝台に下ろすと、彼は笑ってリーナの髪を撫《な》でてくれた。

赤い顔のままじっと見上げると、ガーヴィスがそっと唇を寄せてくる。リーナは素直に顔を上げ、愛しい夫の接吻《せっぷん》を受け止めた。

このあとのことを想像すると、なんだかお腹の奥が熱くて落ち着かなくなってくる。

「なんだか今日は貴女が欲しくてたまらなかった」

ガーヴィスの言葉に、心臓がどくんと大きな音を立てた。これ以上熱くならないだろうと思える身体が、火が点《つ》いたようにますます熱を帯《お》びる。

真っ赤な顔のリーナの寝間着の裾《すそ》に、ガーヴィスの手が滑り込んできた。

「下着を脱いでください」

直接的な願いに、リーナはごくんと息を呑んだ。だが、抗《あらが》えずに素直に頷き、言われたとおりに穿《は》いていた下着を脚から抜き取った。

「お待ちになって、今、寝間着も……」

ガーヴィスの手が、リーナの寝間着を脱がせてむき出しのお尻を撫《な》でた。恥《は》じらいに身を硬くしたリーナの前で、ガーヴィスが服を脱ぎ捨てる。

「ガ、ガーヴィス様……あ……」

内心慌てふためくリーナに、ガーヴィスがとんでもないことを頼んできた。

「このまま、俺に乗っていただけますか?」

「え、乗る……って……あの……っ」

「俺をまたいでください。これをリーナ様自身に呑み込んでいただきたいのです」

勃ち上がった肉槍に手を添え、ガーヴィスが言った。

あまりの恥《は》ずかしさに、目の前がぐらりと揺れる。

ガーヴィスは笑顔のまま、クッションを背に上半身を倒してしまった。

——なんて恥《は》ずかしいことをおねだりなさるの!

だが、なぜか、抗《あらが》う気持ちは起きない。リーナはおずおずとガーヴィスの腰をまたぎ、言われたとおりに身体をゆっくりと沈めた。

「あ、あの、こうでいいの? ……あ……」

ガーヴィスの分身に手を添えたまま、リーナはぎこちなく己の腰を落とす。秘裂にあてがった杭の先が、ずぶずぶと蜜窟を満たしてゆく。

「もう濡れていたのですね」

やはり今日のガーヴィスは意地悪だ。そう思いながら、リーナは慎重に、夫のすべてを身体に収めた。つながった場所はリーナの意思とは裏腹に、ビクビクと収斂《しゅうれん》を繰り返す。

――変なことを仰《おっしゃ》るから、入れただけで……私……

動けないリーナの腰を、ガーヴィスの手が支えた。

「では、未来の王家の血を引くお子様を作るために、俺を搾り取ってください」

「な……っ……」

やはりガーヴィスは若干、根に持っていたのだ。

だが、かすかに身じろぎしただけで下腹部が甘く疼《うず》いて止まらない。このまま身体を離すのは無理だ。リーナは息を弾ませ、唇を噛んでガーヴィスに反論した。

「違うと言ったでしょう！」

ガーヴィスは答えずに、リーナの腰を支えた手を動かす。身体を揺すぶられ、リーナの身体の芯に耐えがたい熱が生じた。

「あ、あ……違うって……あ……っ」

「何が違うんですか？」

「だ、だから……あぁ……」

答えようにも、はしたない声が抑えられない。リーナをつなぎ止める腕は緩まず、快楽から逃れる術《すべ》はなかった。

接合部を不器用に擦り合わせながら、リーナは必死で理性をかき集めた。

「違うの、私が望むのは、貴方の……あ……」

息を乱しながらリーナは懸命に言葉を継いだ。ガーヴィスの意地悪な手が身体を揺るせいで、絶頂感が高まる一方だ。

「あ、揺らすの、駄目……あぁあっ」

脚の間からは、ずぶずぶと淫《みだ》らな音が聞こえてくる。ガーヴィスは、何も言ってくれない。

リーナの熱い頬に、涙が伝い落ちた。恥《は》ずかしくて気持ちよくて、何も考えられない。

「貴方の子がいいのです。王族を増やしたいのでは、なくて……」

ようやく言い切った時、ガーヴィスが軽々と半身を起こした。なかば腰を抜かしているリーナを抱きしめ、耳元で囁《ささや》きかける。

「それは良かった、可愛い俺のリーナ様」

艶めかしい声に、リーナの下腹部が強く収斂《しゅうれん》した。初めての体位で乱された身体は、たやすく絶頂に押し上げられる。

ビクビクと隘路《あいろ》を震わせながら、リーナはガーヴィスの胸にもたれかかった。達してしまったせいか頭がぼうっとする。リーナを抱きしめ、ガーヴィスがこれまでの余裕が失せた声で告げた。

「リーナ様、俺はまだ果てておりません」

ガーヴィスは、リーナとつながり合ったまま、ぐったりした身体を寝台に組み敷いた。脚を大きく開かれ、リーナはのし掛かるガーヴィスを見上げる。

「え……あの……あ……」

弛緩《しかん》した蜜路の中で、肉杭が今までよりも硬く反り返るのがわかった。

脚を大きく開かされ、繰り返し蜜音を立てて貫かれるうち、リーナの身体がふたたびうずき始めた。

「リーナ様、貴女はなんて綺麗《きれい》なお身体をなさっているんだろう」

ガーヴィスの大きな手が、ひくつく下腹をそろりと撫《な》でた。

「あん……っ、ん、う……」

目がかすむほどの快楽に、リーナはぎゅっと唇を噛んだ。ガーヴィスに抱き寄せられ、背中に力いっぱい縋《すが》り付く。抽送《ちゅうそう》は激しさを増し、リーナの秘路は雄《おす》を搾り取るように収縮した。

——ああ、私、ガーヴィス様のことしか考えられなくなっているわ……

リーナを貪《むさぼ》っていたガーヴィスが、苦しげな声をかすかに漏らす。同時に、咥《くわ》え込んでいた熱杭が中で白濁をほとばしらせた。

あとを引く余韻《よいん》と共に、吐き出された欲が腹の奥にじわじわと広がる。リーナは汗に濡れた唇で、ガーヴィスと口づけをかわし合った。

夫の匂いに、ふと可愛いユアンのことを思い出す。ユアンは彼が授けてくれた、リーナの宝だ。

——私たちの子は王家の道具じゃない。昔の私が間違っていた……だってユアンに、王家のためだけに生きてほしいなんて絶対に思わないもの。あの子が幸せになれるように、私が盾になってあげたいって、今では思っているもの……

改めて己の間違いに思いを馳《は》せ、胸がちくりと痛んだ。じっと動かないリーナの頬を撫《な》で、ガーヴィスが優しい声で告げる。

「すみません、あまりに貴女の反応が全部可愛くて、意地の悪いことばかりを」

——やっぱり、からかい半分でいらしたのね。

正直なガーヴィスの言葉に、リーナはかすかに唇を尖《とが》らせた。

けれど、彼が本気で気分を害していなくて良かった。

これからはもう、あんな言葉は絶対に口にしない。リーナはガーヴィスの引き締まった顔を両手でそっと引き寄せ、甘い口づけをかわし合った。


自室に戻ろうとしていたのに、ガーヴィスに抱かれたあと、そのまま寝入ってしまったようだ。夫の寝台で目を覚ましたリーナの耳に、ユアンの大きな泣き声が届いた。

——あら、ユアンが泣いている……侍女はどうしたのかしら？

そこまで考えて、今朝はガーヴィスの部屋でずいぶん寝過ごしてしまったことに気づいた。

普段は侍女が、朝の執務をしているリーナのところに、目覚めたユアンを連れてきてくれる。

ユアンはいつも起きればすぐに母が抱っこしてくれるのに、今朝はいなくて、悲しくて大泣きしているに違いない。

――いけない。ユアン……母様がいなくてびっくりしたわよね……

リーナは身体に残る甘い余韻《よいん》を振り払い、起き上がろうとした。

その時寝室の扉が開き、ガーヴィスが片手にユアンを抱いて部屋に戻ってきた。彼は身支度を済ませ、領主の服装に身を包んでいる。寝起きのユアンはまだ髪の毛が逆立っていた。

「我々の王子様をお連れしました」

きっと、泣き声を聞きつけて、侍女から預かってきてくれたに違いない。

リーナは慌てて投げ出された寝間着を纏《まと》い、寝台を出て、短い手を伸ばしてくるユアンを抱きしめた。

ガーヴィスがユアンの背後に立ち、もしゃもしゃになった髪を丁寧になでつけてくれる。

「ごめんね、ユアン。黙ってお出かけしてしまって。お父様のお部屋にいたの」

リーナはユアンを抱いたまま、ガーヴィスと微笑みをかわし合った。

「世界一の美女を毎朝独占して、ユアンは幸せ者ですね」

ガーヴィスはそう言って、ユアンの頭を優しく撫《な》でてくれた。ユアンはようやく泣き止み、リーナの長い髪を小さな手で弄《いじ》り始める。

「何を仰《おっしゃ》るの。ユアンが変な勘違いをしてしまうわ！」

リーナは思わず噴き出す。だが、王宮で同じく『美しい』と褒め称《たた》えられていた時と違う。夫に美しいと言われるのは、心が溶けてしまいそうなくらい、嬉しくて幸せだった。

「本当のことです。……ああ、あまり貴女を引き留めていると、侍女の皆様に叱《しか》られる」

ガーヴィスがそう言って、リーナの腕からユアンを抱き取った。

「俺の部屋には浴室がございません。ですが、湯をくみ置いてありますので、それで身体を清めてください。終わりましたら、リーナ様の私室に参りましょう。ユアンの着替えとリーナ様のお支度を済ませねば」

リーナはガーヴィスの言葉に素直に頷く。ユアンが腕の中にいて、夫が側にいてくれる。これ以上はもう何もいらないし、仕事も頑張れる。リーナは心の底からそう思えた。

だが、幸福な時間はそれだけでは終わらなかった。

今朝のガーヴィスは『少し時間が取れる』と、リーナの私室を訪れたあとも、残ってユアンの相手をしてくれたからだ。

これまでのガーヴィスなら、自由時間が取れても仕事に赴いてしまったのに。

彼は変わった。リーナのほうを向いてくれたのだ。そう思うと、とても嬉しい。

「リーナ様、素晴らしいですわ。あれほどに気持ちをこじらせておいでのガーヴィス様を懐柔《かいじゅう》してしまわれるなんて」

侍女頭が、ガーヴィスの広い背中を見ながら、リーナに小声で耳打ちしてきた。

「まあ……ち、違うわ、そんなこと……」

リーナは頬を赤らめて首を横に振る。こんな言葉がガーヴィスの耳に入ってはと慌ててしまったが、彼はユアンをあやすのに夢中なようだ。

ガーヴィスは先ほどから床に座り込み、ユアンのあんよの練習に付き合っている。

ユアンはお父様が大好きだ。ガーヴィスの姿を見つけるだけでニコニコ笑い、抱っこされれば心底嬉しそうな顔をする。

きっとユアンには、父が自分を心から慈しんでくれることが、ちゃんとわかるのだろう。

「まっすぐ立てるようになったな」

ユアンの身体を巧みに支えながら、ガーヴィスが端整な顔をほころばせた。

「う、あぅ……あ……！」

ぺたりと座り込んだユアンが、床で拾った小さな糸くずをガーヴィスに差し出した。

「宝物を見つけた？　素敵な糸だね」

言いながら、ガーヴィスはユアンが食べてしまわないように、糸くずをそっと取り上げる。そして、ぽかんとしているユアンの気を引くように明るい声を上げた。

「さ、ユアン、もう一度立ってみよう」

ユアンは父に手を取られて短い足を踏ん張り、満面の笑みを浮かべた。

元から表情の豊かな子だが、最近はますますそれがはっきりしてきたように思う。

「すごい、ユアン、長く立てるようになった。嬉しいね」

ガーヴィスはユアンを膝の上に抱き取り、愛おしげに頬ずりした。

夫と息子の楽しげな様子を見ているだけで、胸に甘い感情が満ちてきた。

――たとえ記憶に残らなくても、お父様があんなに可愛がってくださったことは、きっと心のどこかに残るのでしょうね。良かったわね、ユアン。

「大分歯が生えてきたな」

のんびりしたガーヴィスの言葉に、リーナは微笑みかけてギョッとなる。抱っこされたユアンが、手加減なしでガーヴィスの指をガジガジと噛んでいたからだ。

――あんな生えたての薄い歯で噛まれたら、絶対に指が痛いわ！

乳母《うば》からも『授乳の時に噛まれてしまうので、離乳食を増やしてお乳の回数を減らしましょう』と提案されているところだ。

「ユアン、いけないいわ、お父様の指を噛んでは。いいこと、噛んでは駄目よ」

慌ててユアンに声を掛けると、ガーヴィスが優しい声で言った。

「いいのです、手は綺麗《きれい》に洗いましたから」

「いけません、お怪我をなさってまで、ユアンをあやさなくてよろしいのです。歯固めの玩具は用意してありますから、ね、フィオナさん」

部屋の隅にちょこんと佇んでいたフィオナが、はっと我に返ったように顔を上げた。

顔色は悪くないものの、表情がひどく冴えない。

「あ、は、はい……なんでしょうか」

考え事にふけっていたのか、リーナの話が耳に入っていなかったようだ。利発なフィオナらしくない。気がかりに思い、リーナは立ち上がってフィオナに歩み寄った。

「元気がないわ、どうしたの？」

「……いえ……なんでもありません……」

返事をした時の目は虚《うつ》ろで、明らかにいつもの明るいフィオナではない。今も、もぞもぞとスカートを直し、どうしても膨らんでしまうポケットの部分を押し込もうとしている。

一体ポケットに何を入れているのだろう。

――このところ元気がないのよね。一昨日《おととい》なんて、給水設備のあるあたりをぐるぐる回っていて、警備の方に『落ちたら危ない』と叱《しか》られたと聞くし。どうしたのかしら？

しばらくそっとしておこうと思っていたが、やはり心配だ。

重ねて問いかけようとした時、ユアンをあやしていたガーヴィスが立ち上がる。

彼は手を伸ばしてフィオナのスカートを掴《つか》んだ。

「ここに何かを隠しているな？　どうした、様子がおかしいようだが？」

侍女頭が慌てて制止の声を上げた。

「ガ、ガーヴィス様、いけませんわ、女の子を驚かせるような真似をなさっては」

リーナも、侍女頭に同意だ。礼儀正しい彼が突然女の子の服に触るなんて、一体どういうことだろう。その時、フィオナが大きな目を潤《うる》ませた。

「はい……これを隠していました。領主様、どうか私を捕まえてください」

歯切れ悪く答えながら、フィオナがポケットから、何枚ものハンカチと小瓶を取り出した。

ガーヴィスがその小瓶を受け取ると、フィオナは俯《うつむ》いてしまう。

異変を察した侍女頭が慌てて駆け寄ってきて、フィオナの肩を揺すって問いかける。

「何なのですか、そのおかしな瓶は！」

「それは、毒です……多分、とても危険な毒だと思います」

フィオナの乾いた声に、部屋にいた侍女たちがざわつきだした。

「いつ入手した？」

ガーヴィスが侍女頭に肩を抱かれたフィオナに問う。フィオナは小さな声で答えた。

「この前、実家に、ユアン様にあげる玩具を取りに帰った時です」

――そういえば、何日か前に、ちょっと家に戻ってくるって……

固唾《かたず》を呑んで見守るリーナの前で、フィオナががたがたと震えだし、ぺたんと床に尻餅をついてしまった。リーナは慌ててフィオナの傍《かたわ》らに膝を突き、揺らぐ身体を支えた。

その時、ガーヴィスが鋭い声を上げた。

「ニコライ！　部屋の配管が外れない。リーナ様のお部屋に来て、手伝ってくれ」

――どうなさったの？　工事なんてしていないのに……

しばらくして応《こた》えがあり、ニコライが面倒臭そうに頭をかきながら現れる。

「はぁ？　力仕事は下男に頼んでくれよ」

長い髪は結んでおらずボサボサで、あくび交じりで眠そうだ。服もよれよれである。のそのそとリーナの部屋に入ってきた彼は、そのまま扉にドスンと寄りかかり、腕組みをする。

「はい。出入り口は押さえたよ」

そう言って、ニコライが薄く笑った。話が通じている。どうやら今のガーヴィスの発言は、彼らの間の合い言葉だったようだ。

「今から誰か尋問するの？　何なら手伝おうか？」

ニコライの言葉で、動転していたリーナは我に返る。

これから、フィオナと話をするのだ。そのやり取りを誰にも聞かれないよう、扉をニコライに見張らせたに違いない。

「尋問ではない。質問対象を傷つけたいわけではないんだ」

「はいはい、了解。ガー君はずいぶん優しくなっちゃったねぇ」

ガーヴィスの言葉に、ニコライがゆらりと敬礼をしてみせた。同時に彼の痩身《そうしん》が得体の知れない冷気を纏《まと》う。リーナには想像できないほどの集中力で耳を澄まし、扉の外の様子をうかがっているのだとわかった。

「それでフィオナ殿、この薬は誰に渡されたんだ？」

真っ青な顔になったフィオナが、小さな声ではっきりと答えた。

「父です。リーナ様以外の全員に飲ませろと言って渡されました」

いつになく硬く、何かを読み上げるような口調だった。

リーナに抱かれたユアンが、不安そうにじっとフィオナを見つめる。

「私は、父の言いつけに従って、毒を飲ませることにしたんです」

　フィオナが語る意外な話に、リーナの脚が震えだす。今の話は、リーナの知っている
フィオナの言葉と思えなかった。聡明《そうめい》で自分の考えをはっきり持った彼女が、なぜ父親
に言われただけで、あっさり『毒を飲ませる』という恐ろしい話を受け入れたのだろう。

「それで、今もその毒を俺に飲ませたいのか」

「は、はい」

「ユアンにも君の手で、この毒を飲ませられるのか？」

　ガーヴィスの冷たい問いに、フィオナの肩がびくんと揺れる。

「……っ、はい、も、もちろん……あ……あぁ……」

　答えたあと、小さな手を上げフィオナが震える手で顔を覆《おお》った。

「ユ、ユアン……様には……飲ませ……られ……ません……」

　しゃくり上げながらフィオナが答える。

　初めてフィオナが見せた涙だった。ガーヴィスは床に膝を突き、彼女の肩に指先をそっ
と置いて、静かな声で語りかけた。

「この部屋からは誰も出さない。どんなに信頼できる侍女たちであっても、外と連絡を
取らせない。だから、もっとしゃべっても大丈夫だ」

　ガーヴィスの言葉に、顔を上げたフィオナがどっと涙を溢《あふ》れさせる。

「ほ、本当ですか……本当に、私の話、他の人に聞かれませんか?」

「ああ、ニコライ以上に見張り上手な男を俺は知らない」

ガーヴィスが請け合うと、フィオナが気が抜けたようにしゃくり上げ始める。

フィオナは誰かに脅されていたのだと、リーナははっきり悟った。言葉を失ったリーナの前で、フィオナが涙を拭い、顔を上げた。

「……私を捕まえてください。私がしゃべったことが知られたら、父が殺されるかもしれないんです。バリアン商会に見張られているから。本当は、この毒も、バリアン商会に雇われているという男の人に渡されました」

フィオナの言葉に、部屋の中にいた全員が凍り付いた。

「私が行儀見習いに来させられたのも、父が、バリアン商会から『リーナ王女のもとに娘を送り込め』と脅されたからだと思います。父が急に、学校を休め、行儀見習いに上がれって言い出した理由も、そう考えれば、納得がいくんです……」

フィオナの震え声の訴えに、ガーヴィスが尋ねた。

「なぜリーナ様以外の人間に毒を盛れと命令したのだろう」

ガーヴィスの問いに、フィオナも首をかしげてしまった。

「それは……わからないです。でも、リーナ様には飲ませないようにって……」

確かに気になる。順当に考えれば、バリアン商会が真っ先に排したいのは王族のリーナのはず。なぜリーナ以外を、と命じたのだろう。

強い違和感を覚えながらも、リーナはガーヴィスとフィオナの会話を見守る。

「この領主館に、バリアン商会の間諜《かんちょう》が入り込んでいる可能性はあるか？」

しばらく黙ったあと、フィオナが涙に濡れた顔を上げ、しっかりした口調で答えた。

「ないとは言いきれません」

リーナは無意識に指を祈りの形に組み合わせた。フィオナはまだ十三歳だ。脅されて、どれほど恐ろしかったことだろう。

誰に監視されているかわからない恐怖のもと、親の命と引き換えに毒を飲ませろと命令され、行動せねばならないなんて。

しかし彼女の賢さは、恐怖で折れることはなかったのだ。

作戦を遂行《すいこう》するように見せかけて領主館の中をうろうろしたり、ポケットを不自然に膨らませたりして、『味方の大人』に問い詰められる機会を待っていたのだ。

リーナはざわめく胸を押さえ、フィオナに尋ねた。

「エルソン様は、なぜ抗《あらが》わないのですか？　エルソン様の財力があれば、優秀な私兵を雇い、バリアン商会の妨害から身を守るくらい造作もないことのはず」

リーナの問いに、フィオナが絞り出すように答えた。

「母が、バリアン商会に囚《とら》われているからです。旅行に出ているというのは嘘で、ずっと、捕まっているそうなんです。どこに囚《とら》われているのかわからず、父にも救出できません」

その答えに、ガーヴィスが深刻な顔で腕組みをする。

もし、今の話が事実だとすれば、あまりに短絡的に思える。

バリアン商会は、マグダレイの街で数百年掛けて築いた経済基盤をうち捨て、別の土地にでも移住するつもりなのだろうか。

違和感を覚えつつ、リーナは口を開く。

「バリアン商会の人間は、なぜ、今、私以外に毒を盛ろうなんて思ったのでしょうか」

フィオナはまだ十三歳だ。いくら親を人質に取られたとはいえ、怖がって何もできない可能性のほうが高い。なのに、なぜ、バリアン商会は彼女に毒を渡したのだろう。

その瞬間、部屋の空気がピンと張り詰めた。

窓の外から『どんっ』という、異様な低い音が聞こえたからだ。

かなり遠いが、普段は決して聞こえないはずの音。王都にいたリーナは、祭典の時以外はほぼ耳にしたことがないはずの……

「大砲の……音、ですか……？」

リーナはそっと窓の外に視線を投げかける。

聞き間違いかと思ったリーナの耳に、立て続けにどん、どん、と低い音が届く。一つではなく複数の砲撃が重なり合うような音だ。

異変にすくんだリーナの目の前で、ガーヴィスが立ち上がった。

「様子を見て参ります」

部屋を飛び出したガーヴィスに続き、ニコライが足早に出ていく。リーナは急いで彼らのあとを追った。

「お待ちください、ガーヴィス様」

ガーヴィスとニコライは、用具室に走り、常に準備されている武器を身につけ始めた。

胸が氷を押し当てられたように冷たい。不安と恐怖が足元から這《は》い上がってくる。

「砲撃音はマグダレイの中心街のほうから聞こえました。あのあたりには騎士団の本部も役所も公共施設も、商会の本部も多くある。最重要拠点です。状況確認をして参ります」

ガーヴィスが用具室を出て玄関に向かう足を止めずに続けた。

「あ、危ないわ。どうして……二人きりで……」

「俺たちの動き方は特殊です。下手に大勢付いてこられても困る」

感情のうかがえないガーヴィスの言葉に、リーナは唇を噛みしめた。

その時、玄関から番兵が転がるように駆け込んでくる。

「領主様！　中心街のほうからおびただしい量の黒煙が上がっております！」

リーナの背筋に汗が伝った。慌てて建物の外に飛び出すと、確かに森の向こうの空に、不吉な煙が上がっている。リーナの足が震えだした。

――こんな……戦争のような……！

「うわぁ、ヤバいくらい燃えてるね。どんな火薬を使ったんだろ？」

空を見上げながら、ニコライがあっさりとした口調で言った。人生の大半を戦場で過ごした彼には、珍しくもなんともない光景なのだろう。

リーナは呆然と空を見上げる。胸に湧き上がったのは、恐怖ではなく、怒りだった。

――これもバリアン商会の仕業《しわざ》なの？　だとしたら、なんという真似を！

気づけば掌《てのひら》に爪が刺さるくらいに拳を握りしめていた。

自分の統治者としての力不足が、このような『舐《な》めた真似』を許したのだと思うと、悔しくて目もくらむ思いがする。

リーナは、傍《かたわ》らのガーヴィスを見上げ、きっぱりと言った。

「私は今から、敬愛基金病院と仮設病院を回って、状況の確認と支援活動に当たります」

リーナの言葉に、ガーヴィスが鋭く言い返す。

「なりません、危険です！」

リーナはガーヴィスの目を見据え、はっきりした口調で続ける。

「今、マグダレイ向けの医薬品は、王都からの供給しかなく不安定です。物資の欠乏を防ぐために、私の名義で買い入れます。王女から暴利を貪《むさぼ》る度胸がある商人は、そうそういないでしょう、今後もロドン王国で商売をしたいのならば、それなりに『良心』を見せてくれるはずよ」

ガーヴィスが悲しげに首を横に振った。

「だからといって、なぜリーナ様が危険な場所へ」

「ガーヴィス様同様、私もマグダレイの統治を任されていますから」

どんなに危険でも、幼い子を抱えていても、王女である限り行かねばならない。それが、父の娘として生まれたリーナに課せられた義務なのだ。

「ガーヴィス様は、現地の救援作業を指示していただけますか？　まだ危険な状況かもしれませんから、ご自身および同行者の安全を第一に。私は……このような時に私情を持ってはならない立場ですが、貴方に安全でいてほしいのです」

「俺も同じです！　ですからどうか、現場に向かわれるのは……」

焦りを滲《にじ》ませるガーヴィスに、リーナは微笑みかけた。そんな風に言ってもらえるなんて、ここに来た頃は考えられなかった。

だから、今は心の底から幸せだ。

――ガーヴィス様は戦いの経験を積んでいらっしゃるから、うかつに危険な場所に行ったりはなさらないはず。ニコライ様もいらっしゃるし、大丈夫よね。

そうとでも言い聞かせなければ泣き伏してしまいそうだ。

だが、悩んでいる時間はない。リーナは未練を振り切るように、ガーヴィスに背を向けた。

「ではお二方とも、どうかご武運を……」

言い終えるなり、リーナは勢いよく私室に駆け込んだ。

外から大きな音がして怖いのか、ユアンは侍女頭の腕に抱かれて泣いている。

「ユアン、お父様とお母様は、お出かけしなければならなくなったわ。いい子で待っていてね」

頬ずりすると、ユアンがぷっくりした手で、リーナの服をぎゅっと掴《つか》んだ。不安な時に、母が来てくれて安心したに違いない。

「んまっま」

ユアンが頭をすり寄せてくる。愛おしさが込み上げると同時に、涙が出そうになった。

いくら『王族』として振る舞わねばならないとしても、本当は、ユアンと離れたくない。なぜ、まだ一歳にもならない子を、危険な状況下で人に預けねばならないのか。母親なら赤ちゃんを優先しても許されるはずなのに。そう思うと胸が張り裂けそうになった。

——自分を哀れんでいる時間はないわ。ユアンのことは、皆が守ってくれるはず。

唇を噛みしめた時、不意に、フィオナの声が響いた。

「私、街で戦いが始まったら、どこに逃げればいいかわかります！ ここで生まれ育ったから、抜け道も危ない場所も隠れられる場所も全部知っています。だからもし何かあったら、私がユアン様をお守りして逃げます！ リーナ様がお戻りになるまでユアン様を守りますから！」

リーナは驚いてフィオナを見つめた。恐ろしくてひどい目に遭わされているのに、フィオナはもう泣いていなかった。

むしろ、誰よりも落ち着き払って見える。彼女は生まれた時から、マグダレイの戦火を見てきたからだろう。

フィオナはここに来た当初から頓珍漢《とんちんかん》で、そのかわり嘘を言わない娘だった。

ユアンには毒を飲ませられないと涙を流したフィオナのことは、信用できる。

——何があっても、フィオナさんと侍女たちなら、きっとユアンを守ってくれるわ。私は……マグダレイのために働かなくては……！

リーナは自分に言い聞かせながら、甘えてしがみつくユアンを、そっとフィオナの膝に座らせた。

「ありがとう、フィオナさん。それに皆も……ユアンを、よろしくね」

それ以上言葉が出てこない。母の抱っこを求めて火が点《つ》いたように泣き出したユアンを置いて、リーナは部屋を走り出た。

——絶対に帰ってこなくては。ユアンを置いていけないもの。

溢《あふ》れる涙を拭いながら、リーナはあとを追ってきた護衛の騎士たちに告げた。

「診療機能の弱い仮設病院の支援に、先に向かいます」

騎士たちや駆けつけた役人が、痛ましげな眼差しをリーナに向けてきた。

どうしても涙が止められないが、王女としての働きを見せねばならない。リーナは涙を流したまま、供の者たちに告げた。

「行きましょう、皆様はどうしても危険な場合は撤退してください」

◆

リーナからの出動命令を受けて半時間ほどあと。

ようやく到着した砲撃現場はひどいありさまだった。

ここはマグダレイの中心部、役所や大商人の事務所、その他の公共施設が建ち並ぶ、海に近い経済区域の一角だ。被害の様子に、ガーヴィスは唇を噛みしめる。

ニコライは動じた様子もなく、走り回る人々を眺めていた。

彼の腰には粛清騎士団用の鋸刃《のこば》の剣がつるされ、背中には弩《いしゆみ》が背負われている。ガーヴィスも同様だ。お互いに見慣れた姿だった。その他にも短剣や投げ刀、毒薬なども所持してきた。

——武器を使い果たす羽目にならないといいが。

そう思いながら、ガーヴィスは周囲を見回す。砲撃は現場到着時にはやんでいた。

敵は突然一気に襲ってきて、十分間ほどの砲撃のあと退却したようだ。

奇襲者たちを追っていった者もいるとは聞いたが、状況が混乱しすぎていて、まだ何も把握《はあく》できていない。あたりには瓦礫《がれき》の粉塵《ふんじん》が舞っていて、咳《せ》き込んでいる者の姿が散見された。

――戦場と同じ光景だな……

日頃『領主』として頻繁《ひんぱん》に通った場所の凄惨《せいさん》なありさまに、ガーヴィスは何も言えなくなる。

建物の中には小さい子供もいたかもしれない。

昔から子供が戦争に巻き込まれることだけは嫌だったが、ユアンを授かった今では、嫌を通り越して耐えがたい。

自分の立場も忘れて、取り残された子供がいないか探しに行こうかと思った時、ニコライの声で我に返った。

「ざっと見たところ、全壊した建物はないね。被害は最悪とまではいかずに済みそう。とはいえ全員が無事とは思えないけど。もうちょっとあっちも見てみよう」

惨劇《さんげき》に慣れきったニコライの声音に、ガーヴィスも現実を受け入れられた。

瓦礫《がれき》の撤去はもう他の人間が始めている。言われたとおり、全壊した建物はない。砲撃の威力が弱かったのだろう。大型戦艦に搭載《とうさい》された迫撃砲であれば、この程度の被害では済まない。

――そうだ、俺には右往左往する前に、やるべきことがあるはずだ。

拳を握ったガーヴィスに、ニコライが尋ねてきた。

「ガー君、襲撃者は対哨戒船《しょうかいせん》用の小型迫撃砲を使ったみたいだね。えっと、見たところ、十台くらいその辺にうち捨てられてる。砲身が熱くて運べなかったのかな？」

「元から、犯行後は捨てて逃げるつもりだったんだろう」

「もったいないよ。この十台で船一隻《せき》買えるし。バリアン商会の奴らがやったのかな？　だとしたら、いくら金持ちとはいえ無計画だなぁ」

眉根を寄せたニコライが、はっとしたように大きな建物を指さした。

「ね、ガー君、あのでっかい病院は今も営業していないのかな？　さっきからいろんな人が開けろって叫んでるけど、誰一人出てこないよ？」

ニコライが指さしたのは、ミンダーソン病院の建物だった。

奇跡的にこちらは無傷だ。「怪我人を受け入れてくれ」と玄関前で叫ぶ人々がいるが、中から応《こた》えはないようだ。

「最近はまともに営業していないと聞いた。医師も出勤していないのかもしれない」

砲撃でボロボロになった建物たちからは、大量の怪我人がどんどん運び出されていく。敬愛基金病院か、西カステール地区の仮設病院へ、と言いかわす声が聞こえた。

若い女性の泣き声がリーナの声と重なって胸が痛む。

――リーナ様は無事だろうか。ユアンは泣きすぎて戻したりしていないかな。

気を緩めると、心が家族のところへ流れ出しそうになる。

今までのガーヴィスなら何の迷いもなく戦場に赴き、心揺れることもなく、粛々《しゅくしゅく》と仕事に当たっていたのに。

「まずどこから行こうか？　救援活動はマグダレイ騎士団に任せて、どこかに行った襲撃犯をとっ捕まえて拷問しようか？」

ニコライが腕組みをして問うてきた。

「いや、襲撃犯探しにはマグダレイ騎士団が当たっているはずだ。救援を最優先に」

言いながらあたりを見回したガーヴィスははっとなった。

バリアン商会の建物も被害を受けていることに気づいたからだ。襲撃犯は、バリアン商会にまで被害を及ぼしている。

ガーヴィスの脳裏に、ふと、とある疑問が浮かんだ。

「ニコライ、君は、こちらに来てから、バリアン商会の当主の姿を見たことがあるか？」

「ないよ。その人、会議にも一度も来ないじゃん」

ガーヴィスは、着任当初は彼に何度か会っている。非協力的だが、会話の通じない相手ではなかった。ということは、リーナの着任前後から彼は姿を見せていないのだ。

違和感を覚えた時、奇襲を免《まぬが》れたミンダーソン病院の建物から逞《たくま》しい男たちが走り出してきた。

どうやら、病院の職員のようだ。白衣を着て、身分証を胸に留めている。台車を引いて、ひどく慌てているように見えた。

ガーヴィスは彼らに違和感を覚える。まるで軍人が白衣を着ているかのように見えたからだ。

言葉で説明するのは難しい。だが、ガーヴィスの目には、彼らの動きが『訓練された兵士のもの』にしか見えなかった。一瞥《いちべつ》すると、ニコライも据わった目で彼らを睨《ね》めつけていた。

「ガー君……あれ……何？　どうする？」

やはり同じ違和感を抱いたようだ。ガーヴィスは少し考え、静かに告げた。

「俺はマグダレイ騎士団の権限を持っている。あの荷の中身を検《あらた》めよう」

ガーヴィスは、ニコライと共に荷車を引く職員を追いかけ、人通りの少ない路地にさしかかったところで、低い声で呼び止めた。

「すみません、お急ぎのところ。その荷物は何ですか」

白衣の男たちが驚いたように振り返る。私服姿の二人を見て、非番の騎士だと思ったようだ。

「あ……これは、マグダレイ騎士団の方ですね、今、病院の支部に薬を運ぶ途中なのです」

ガーヴィスは荷車を一瞥《いちべつ》する。ずいぶん大きな薬だ。

「支部というのはどこに？」

「マグダレイ港の側にある診療所ですよ」

確かにミンダーソン病院の派出診療所が、港の側にある。

元は、港湾労働者に急病人が出た時に診察を行《おこな》うための設備だった。

もちろん今はミンダーソン病院同様、まともに機能していない。バリアン商会が『安い金額では診察しない』と言い張り、医師を派遣しないからだ。

「ミンダーソン病院の関連施設は現在、まともに運営されていないはずでは……」

言いかけた瞬間、凄《すさ》まじい勢いで短刀が繰り出された。

最小限の動きでかわしながら、やはりこの箱の中には何かある、と確信する。

ガーヴィスは身体を捻《ひね》って、短刀で刺そうとしてきた男の背中側に回り、首筋に渾身《こんしん》の肘《ひじ》打ちを叩き込む。一瞬にして呼吸を絶たれた男が昏倒した。運と打ち所が良ければ、何事もなく回復するだろう。もう一人の男は、ニコライの短剣に一刺しで仕留められ、壁に寄りかかったままずるずると崩れ落ちるところだった。

――やはりこいつらは、戦闘の玄人《くろうと》だ……

「殺した？」

ニコライの問いに、ガーヴィスは首を横に振った。

「一人は取り調べのために生かしておく」

「あっそ、了解。ね、その箱に何が入ってるの。妙に重そうで嫌な感じ……」

ニコライが珍しく『殺し』に執着せず、白衣の男たちが輸送していた箱を指さす。確かに、妙に重そうだ。

「開封して確認しよう」

ガーヴィスはそう言って、慎重に蓋《ふた》を開けた。直後に息を呑む。座位で詰め込まれた男性と、小分け袋に詰め込まれた大量の金貨が見えたからだ。

「刺殺だね、血が抜けきってるみたい。別の場所で始末されたのかな」

「待て、ニコライ……これは、バリアン商会の当主だ……」

口にして、間違いないと確信する。ガーヴィスは愕然として、背後のミンダーソン病院を振り返った。

――あの病院が、奇襲を掛けてきた犯人たちの根城だったんだ……

襲ってきた者たちは、おそらくミンダーソン病院の建物に潜《ひそ》んでいたに違いない。

最初の砲撃はおそらく建物の窓から。大混乱し逃げ惑う人々に、今度は病院から運び出した武器で容赦《ようしゃ》ない砲撃を加えたのだ。被害を広げるために。

――ミンダーソン病院は広い。隠れ家として利用可能だろう。

「お金いっぱい入ってる。この箱、どこかに持って逃げる途中だったんだね」

ニコライが遺体の脇に詰め込まれた金貨に目を留めて言う。その時、マグダレイ騎士団の騎士たちが、ガーヴィスの姿を見つけて走ってきた。

「皆、聞いてほしい。バリアン商会の当主が殺されて、どこかに運ばれる途中だった。運搬しようとしていたのは、そこに倒れている男たちだ」

ガーヴィスの説明を聞き、騎士が尋ねてきた。

「見かけない顔ですね。白衣……ということは、ミンダーソン病院の職員たちでしょうか？」

「いや、かなり戦いに慣れていた。白衣を着て職員の振りをしていただけだろう」

ガーヴィスの言葉に、騎士が頷く。

「一人はまだ生きているはずだ。回復後に尋問を頼む。その箱の中の金貨には手をつけず、当主殿の遺体を収容してくれ」

「かしこまりました」

騎士たちに命じ終えたあと、ガーヴィスはニコライを振り返った。

「俺たちは、マグダレイ騎士団の本部と合流しよう」

騎士団の仮本部になった八百屋に到着したあと、時間はあっという間に過ぎた。

死傷者を運び出し、瓦礫《がれき》の撤去を手伝い、襲撃者の捜索をしているマグダレイ騎士団の報告を聞きながら指示を出して……慌ただしく動き回っているうちに、数時間以上経っていたようだ。

空はすでに、日が傾き始めている。

「襲撃犯たちが見つからない？」

マグダレイ騎士団の責任者の報告に、ガーヴィスは眉をひそめる。

彼は深々と頭を下げ、深刻な口調で続けた。

「はい、初めから犯行後は街に紛れるつもりで、市民の服装をして犯行に及んだのでしょう」

「まだ捜索中なんだな。わかった。ところで、バリアン商会の船は全部押さえたのか？」

「もちろんです。港の船はすべて出港禁止にし、騎士団が港の警戒に当たっています」

その時、報告を遮《さえぎ》るように女性の大きな声が聞こえた。

「それでいい、よくやった！」

騎士団の号令に慣れたガーヴィスでも驚くほどのよく通る声だ。

ギョッとして顔を上げると、背の高い女性が腕組みをして傲然《ごうぜん》と佇んでいる。

美しい女性だった。滑らかな肌は真っ黒に焼け、はち切れそうに豊かな胸の前でがしっと腕を組んでいる。

豊満で妖艶《ようえん》な体形に見えるが、実際は違うのがわかった。

鍛え上げられ、胸筋が発達したおまけで胸が大きく見えるだけだ。

——強そうなご婦人だな……

突然割って入ってきた屈強な美女は何者だろう。そう思いつつ、ガーヴィスは女性に尋ねた。

「初めまして。領主のガーヴィス・アルトランです。貴女は？」

「アタシはビオン商船団の副団長、エレーヌ・ビオン・ダルスールだよ」

女性の名乗りを聞いた瞬間、頭の中で突然、様々な情報がつながった。

——聞いたことがある名だ。エレーヌ・ビオン・ダルスール……エルソン殿の奥方か？

ガーヴィスが領主に赴任してから、エルソンは妻帯で公式の場に出てきたことがない。

『妻は旅行に出かけていて』と謝罪を受けたことを覚えている。

ビオンという姓には覚えがある。海運会社を経営している家だ。マグダレイでも指折りの富豪であり、マグダレイの港にいくつも武装帆船を所有しているとも。

まさか、ダルスール家の奥方が、武装商船団《かいぞく》の頭《かしら》だとは思わなかった。

「貴女がエルソン殿の奥方か！　初めまして。ガーヴィス・アルトランです。ところで奥方は、バリアン商会に人質に取られていたのでは？」

慌てて尋ねると、エレーヌがあっさり答えた。

「捕まってたよ、ミンダーソン病院の最上階にね。だけどさっき全員出してもらった。ありがとね。それより、港からの船は定期船も含めて全部止めたんだね？　いや、港以外も見張っときな。小舟で沖まで行って、他の大型船に乗られたら困るしさ」

エレーヌの言葉に、騎士の何人かが慌てて走っていった。

「貴女は、今回の襲撃を起こした犯人を知っているのか？」

慌てて尋ねると、エレーヌが頷いた。

「事件の全体像はわからないけど、大砲を撃たせたのはロッティ・バリアンって男。当主の異母弟だよ。あいつが、自分の兄貴がしこしこ買いためた武器を勝手に奪って、今回の大騒動を突然起こしたんだ。お家騒動のなれの果てって言えばいいのかなぁ……」

ロッティという名前だけはガーヴィスも聞いたことがある。

酒場女との火遊びで生まれた子で、紛糾の末にバリアン家に引き取られ、当主となった兄の補佐をしていたはずだ。

――ロッティ殿に関しては、いい噂は知らないな。最近バリアン商会の当主が通商理事会の会議に顔を出さなくなったのは、義弟との諍《いさか》いが原因だとは聞いた。それが原因で、当主殿は異母弟に殺されたのだろうか？

ガーヴィスは慌ててエレーヌに尋ねた。

「バリアン家の事情を詳しくご存じなのですか？　今回の惨事の理由も？」

「アタシが知ってるのは、一ヶ月くらい前にロッティがおかしくなったってこと。バリアン商会が、通商理事会で浮いた存在っていうか……方針が合わない家だった、というのは知っているよね？　兄のほうは裏で後ろ暗い商売に励んでて、弟のほうは、そもそも家業もまともに手伝わず、ずっと父親にもらった金で国中をふらふらしてたんだけどね」

――なるほど、当主の弟のことがほとんど話題に上《のぼ》らなかったのは、不在だったからなのか。

頷くガーヴィスに、エレーヌが続けた。

「だけど、ロッティが、怪しげな奴らにそそのかされて、通商理事会の関係者を誘拐して、恐喝を始めちまったんだ。兄貴のほうは、弟に巻き込まれて、一緒に犯罪者になっちまったわけ」

「奥様も、そいつらに誘拐されたの？」

ニコライが不思議そうに尋ねた。

「まあ、そうね。ロッティをそそのかした奴らは、私を普通の奥様と思ったようだから。娘をさらわれちゃたまらないから、私が人質になってけん制しようと思ったのよ。ついでに内情も探ってやれれば一石二鳥《いっせきにちょう》かなって」

「そっか……普通の奥様だと思われたんだ……見る目ないね、そいつら」

ニコライが感心したように呟いた。

「ロッティ殿がおかしくなったというきっかけに心当たりは？」

「うーん……領主様に言うのもなんだけど、リーナ様がお綺麗《きれい》すぎたんじゃないのかね……」

何の話だ、と眉根を寄せたガーヴィスに、エレーヌが少し困った顔で告げた。

「一目惚れしちまったのかもしれないよ、アンタの奥様に」

「な……一目惚れ……？」

ガーヴィスは慌てて当時の状況を思い返す。

あの日は、リーナが到着するなり漂白剤投げつけ騒ぎがあって、周囲の誰が、どのような目でリーナを見ていたか、確認する余裕がなかった。

大量の人間が『リーナを見たい』と押しかけてきて、安全確保のための警備策をとるので手一杯で、一人一人身元の確認まではできていない。

「ま、いいや。ちょっと、ミンダーソン病院の中に一緒に来てくれる？　見せたいものがある。それを見れば、ロッティがヤバいことはすぐにわかってもらえるから」

眉根を寄せたガーヴィスに、エレーヌが真剣な表情で告げた。しばしの逡巡《しゅんじゅん》の後、ガーヴィスとニコライは彼女のあとに続いた。

病院の敷地は広く、建物も王都の大病院に引けを取らぬ広さだ。だが人の気配も明かりもない。中を歩き回っているのは、調査中の騎士たちばかりだ。証拠品を運び出し、人質が捕まっていないかを捜索しているらしい。

騎士たちが、ガーヴィスの姿を見つけて「あ……」と戸惑った声を上げた。

「何があった？」

不審に思って尋ねると、傍《かたわ》らを歩いていたエレーヌが、騎士たちに告げた。

「領主様にあの部屋をお見せしたいんだ。口で説明するより見てもらうのが早い」

騎士たちがエレーヌの言葉で、さっと道をあける。

ガーヴィスたちは、足早に階段を上っていくエレーヌのあとを追った。

「私の他にも、何人かさらわれてきてる人がいたんだ。皆顔見知りで、通商理事会の関係者ばかりだったよ。人質は全員、最上階に捕まってたの。階段への道は全部警備員に塞《ふさ》がれてね。一つの階を広い牢《ろう》にされていたと考えてくれ」

息も切らさずに足早に階段を上がりながら、エレーヌが続けた。

「この階は入院設備だから個室や水場もある。生活はまともにできたんだ。その中の一室、一番広い特別病室をロッティが自分の『物置部屋』にしていた」

病室には鍵がない。万が一患者が内側から施錠して、病室内で急変した場合、大変なことになるからだろう。牢《ろう》として使うための改築はなされていなかったようだ。

「ロッティの物置はそこだよ」

最上階にたどり着くと、エレーヌが廊下の突き当たりをしゃくって見せた。入院病棟らしく、規則正しく扉が並んでいる。

マグダレイ騎士団による調査が済んだためか、どの部屋も扉が開け放たれていた。

「見てよ、ロッティが作った『祭壇』。ついさっき私も見せてもらって、ギョッとしたさ。ロッティの奴、毎日あの部屋に入っていって、何をしてるんだろうと思っていたけど……」

――祭壇……？　一体何が？

エレーヌに促《うなが》され、中を覗《のぞ》き込んだガーヴィスは息を呑んで後ずさった。

そこに置いてあったのは女物の衣装や装飾品の山。髪留めや腕輪、首飾り、それに少女のものと思われるドレスも飾られている。

――これは、蝶《ちょう》の標本？

部屋の隅の目立たない場所には、小さく区切られた棚がある。

中には希少な品種とおぼしき、美しい蝶《ちょう》が不揃いに陳列されている。

それらの蝶《ちょう》の標本の大半は、壊れていた。丁寧に修繕されているが、羽根や身体に欠損があり、つなぎ止めるための針が無数に打たれている。

痛々しい蝶《ちょう》たちに、ガーヴィスは眉をひそめる。

――宝物庫のようだが……これは……

ガーヴィスは息を呑んで、部屋の中央に置かれたものを見上げた。そこには、金の髪で、全裸の美しい女性が描かれた絵が置いてある。

一糸纏《まと》わぬ姿で水に浮いているのは、リーナにそっくりの女性だった。

最近流行の写実画だ。専門家に描かせたものに違いない。

だが絵の中の女性の肌には血色がなく、死人のようで不吉な印象だ。同時にその絵には、非常に性的な雰囲気が漂っている。足の間には綿密に和毛《にこげ》が描き込まれ、とろりと半開きの目には、良く見れば人の影が映っている。ぼやけた輪郭で顔はわからないが、肌色の男の上半身だ。

性交の直後のありさまを描いた絵……のようだ。画家は才能があるのだろう。絵画に興味がないガーヴィスにすら、絵の主題を理解させ、強い不快感を抱かせたのだから。

ガーヴィスはあたりに並ぶその他の品物を手に取る。

――このドレス、それに飾り物……王家の銘が刻んである。リーナ様が慈善活動の一環で、競売に掛けられたお品だろうか？

王族や貴族は、高価な所持品を競売に掛け、売り上げをすべて慈善団体に寄付することがある。

美貌の王女で、国民から愛されているリーナの競売品であれば、財産を擲《なげう》ってでも買いたいという人間がいるくらいだ。

ここにあるリーナの身の回りの品は、競売品を購入した人間から、ロッティが大枚を叩《はた》いて買い取ったものかもしれない。

ロッティは妾腹とはいえ裕福だ。彼の父が亡くなった時、遺言でかなりの額の遺産を相続したと噂に聞いている。それが兄との諍《いさか》いの遠因だったとも。

——祭壇……なるほどな……

その部屋は、エレーヌの言うとおり、リーナへの歪んだ思いを捧げる淫靡《いんび》な祭壇のようだった。

衝撃で呆然としていた頭が、怒りで染まり始める。

ガーヴィスにとって、リーナは神聖で尊い存在であり、我が子の母なのだ。断じて他の男の劣情の対象になどしたくない。

歯を食いしばった時、外から数人の男たちが駆け込んできた。

「領主様はこちらにおいでですか！」

街の状況確認のために出払っていた騎士たちだ。ガーヴィスがミンダーソン病院に向かったことを仮本部の人間から聞いて、追いかけてきたらしい。ひどく慌てた様子だった。

「どうした？」

「仮設病院に立てこもり犯が。リーナ様および患者数十名が人質に取られており、騎士団員が中に入れません」

報告を聞いた刹那《せつな》、ガーヴィスの身体からすうっと血の気が引いた。

思わず息を呑んだ時、聞き覚えのある男の声が、ガーヴィスの頭の中に囁《ささや》きかけてきた。

――お前のせいじゃないの？

ガーヴィスは父の声に凍り付く。最近は聞こえなかったのに……。

――お前が愛したから、王女殿下は災厄に見舞われたんじゃないのか？　もう生きてはいないかもしれないね。お前がいなければ、幸せなままでいられただろうに。

「ガー君、仮設病院に行こう！」

声を掛けてきたニコライが不審そうに顔を覗《のぞ》き込んでくる。

「ね、ガー君、どうしたの？」

ニコライに反応すら返せない。拳を握ったガーヴィスの頭の中に、次に母の声が囁《ささや》きかけてきた。

――可哀相に、お前が来なければこの街だって焼けなかったかも。ああ、なんて気の毒な。

リーナのお陰で安らいでいたはずの心に、じわじわと腐った闇が広がり始める。

父母の言葉は間違っている。この世に呪いなどない。わかっているのに、どうして自分は歪んだ両親の呪いに耳を傾けてしまうのだろう。

「何してるの？　お腹でも痛いの？」

「い、いや」

——そもそもこの街の全員をお前が不幸にしているんだよ。可哀相、せっかく戦争が終わったばかりなのに。お前さえ、マグダレイに来なければ。

ぬるりとした声が脳に絡みつく。足を止めたガーヴィスを、ニコライが焦れたように急かした。

「早くってば、置いてくよ！」

何も答えないガーヴィスの襟首を掴《つか》んで、ニコライがドスの利いた声で言う。

「どうしてビビってるの？　リーナ様が危ないから急がなきゃ駄目じゃん！」

ニコライが珍しく『殺すこと』以外に強い感情を見せた。

「なんで、家族を、最優先で助けに行かないの？」

息もできないくらいにガーヴィスの襟首を締め上げながら、ニコライが呻《うめ》くように言った。

「ニコライ、何を……言って……」

「僕は十五年前に、村を焼きに来た兵隊を一人も殺せなかった。蹴り飛ばされて気絶して、目が覚めたら全部終わってた。だから弱かった自分が許せない。僕はもう、どんなに強くなっても家族を取り返せないんだよ。間に合ううちに、ちゃんと敵をぶっ潰《つぶ》して、頼むから」

ニコライの話は、戦場で夜の寒さをしのぎながら、何度も聞かされた。

『僕が弱かったから、家族が殺されて燃やされちゃった』

苦しい戦いに赴くたび、ニコライは虚《うつ》ろな目でそう繰り返していた。

これまでのガーヴィスは、ニコライの話をただひたすら聞き、慰《なぐさ》めを口にしてきた。

ニコライも自分も同病を相憐れむ同士なのだ、お互いに一生変われないままなのだろうと思っていたからだ。

だが、壊れているはずのニコライから『お前の家族を助けに行け』と言われ、強く頬を打たれた気がした。

今までのニコライなら、きっと、こんな言葉は口にしなかっただろう。自分の家族が殺された苦しみを思い出した瞬間、現実から逃避し、最悪は殺害衝動に身を委ねていただろう。

だが、今日の彼は違った。過去を語りながらも、ガーヴィスに『助けに行こう』と告げたのだから。

ガーヴィスがリーナの助けを借り、少しずつ闇から這《は》い上がってきたように、ニコライもまた、ただ壊れたままではいなかったのだ。

ニコライは自分の力で、少しずつ『壊れていない』人間になろうとしている。

長年助け合ってきた同僚の何を見ていたのだろう。ガーヴィスはずっと、自分しか見ていなかったのだ。

――お前が招いた災厄、お前が不幸の源なんだ、お前が行ったら仮設病院の人間も皆殺しだよ。

喚《わめ》く両親の声は頭から消えない。

――この惨劇《さんげき》が俺の呼び寄せたものだったら、取り返しが……いや……違う。違うんだ、悪いのは、この場に砲弾を浴びせかけた人間だ。

だんだん頭がはっきりしてきた。

ガーヴィスは傍《かたわ》らの忌まわしい絵を見つめる。

――こんなものは、リーナ様の姿ではない。俺のリーナ様は……もっと……

確かにリーナは瑕瑾《かきん》なく美しい。リーナ以上に完璧に美しい人間を知らないと言ってもいいほどだ。だが彼女の本当の美しさは、妖精めいた容姿にはない。

リーナの美点は、心の強さだ。情けない夫の心を取り戻すためなら、怒りをぶつけるために寝台に潜り、隠れて待っている。そういえば、新婚初夜も平手打ちされた。

そしてリーナは『粛清騎士』ではないガーヴィスの価値を認めてくれた、初めての人だった。

『小さな子供たちを守ってくださった、勇敢な貴方を尊敬します』

薄暗い病院で微笑みかけてくれた『うら若き王女様』の顔を、今でもはっきりと覚えている。

たおやかな容姿に秘められた芯の強さと苛烈さこそが、リーナの美しさだ。

リーナはいつも自分の意思で判断し、生きている。たとえ父王の厳しさに潰《つぶ》されそうになっても負けず、自分の人生を生き切ろうとしているのだ。

だから美しく、尊くて、愛おしい。

『未来は誰にもわからない、けれど私はその運命を受け入れる』そう言い切ったガーヴィスの女神は、この絵に描かれているような、血の気のない人形のような女ではない。

――もう、いい。すべての災厄が俺のせいでもいい。俺は世界よりリーナ様とユアンのほうがずっと大事だ。

お前が悪いのに。お前のせいで。お前さえ生まれてこなければ。頭の中にがんがんと響き続けていた、父と母の声が遠ざかっていく。

両親に刻み込まれた身勝手でおぞましい憎悪を実感しながら、ガーヴィスは生まれて初めて、彼らが吐き続けた呪詛《じゅそ》の言葉を肯定した。

――お父様、お母様……貴方たちを地獄の底に落としたのは、きっと俺の存在なのでしょう。けれど、俺は貴方たちの怒りと呪いのすべてをあるがままに認め、リーナ様とユアンのために生きます。

そう思った時、ずっと胸に刺さっていた棘《とげ》が、するりと抜けた。もういいのだ。人生をかけて憎まれていたとしても、それは……父母の問題なのだから。

──のんびり考え事をしている暇はないな。

もし、仮設病院でリーナたちを襲った犯人がロッティだとしたら……そこまで考えた時、頭の中で、カチリ、と音がした。久々に聞こえた。心の中の剣の留め金を外す音だ。

──ロッティだとしたら、俺とユアンのリーナ様に、指一本触れさせない。

その時、ふたたび、別の騎士が一人階段を駆け上がってきた。病院を出ようとしていたガーヴィスは足を止める。

「何があった」

「バリアン家の当主の遺体を運んでいた男が目を覚ましました！」

乱れた息を整えた騎士は、青ざめた顔でガーヴィスに告げた。

「自分が捕縛されたことと、仲間が全滅したことを知り、自白しました。奴らはサンバリスの『継戦派』に金を積まれて、バリアン商会に近づいたようです。兄のほうはどうにも日和見《ひよりみ》なので、マグダレイの社交界から除け者《の》にされているロッティのほうを取り込んだ、と……」

サンバリスは長年の戦争の結果国力を衰退させ、ロドン王国に敗北宣言を出した。

だが強硬派の一部には『まだ戦争を続けるべきだ』と主張し、裏社会に潜って戦争の再開を願っている『継戦派』がいて、両国を悩ませ続けている。

歴史上、どのような敗戦にもつきものの話だし、サンバリス王家は継戦派を厳しく処分すると宣言している。けれど愚かな人間の勝手な行動を抑えることはできないのだ。

――やはり火種だらけだったな、この街は……！

「王都へ新たな使者を送り、現状を報告してくれ」

ガーヴィスはそう言い置いて、ニコライと共に病院を飛び出した。

第六章

病院内には、突然の砲撃で大怪我をした人たちが運ばれてきていた。

現場の状況はわからないし、犯人たちが捕まったという知らせも届かない。怪我人は次々に運ばれてきて、院内はひどく慌ただしい雰囲気だ。

額《ひたい》に汗を浮かべて走り回る事務長を呼び止め、リーナは告げた。

「仮設病院の周囲は、私の護衛に警護させました」

リーナの護衛としてついてきた騎士たちは優秀だ。この状況の中、リーナの周囲だけを守らせるわけにはいかない。

襲撃者が病院を襲ってきたら、武器を持たない患者や職員が危険な目に遭う。

「今回の件は、サンバリスの敵襲ではありません。軍艦の大型迫撃砲は使われていないと報告がありました。砲撃は内陸部より行《おこな》われ、犯人は捕縛を恐れて逃亡中のようです」

仮設病院の事務長はリーナにそう告げると、汗を拭った。

「わかりました。重症者から先に手当を。諸事の支払請求は私のところに持ってきてと指示してください。現金のみで取引すると売り渋る者には、王家専用の三号手形を切ります。即時換金用で、額面が割り引かれることもありません。その場合は署名が必要なので私に報告に来てください」

お金のやり取りに詳しいリーナに、仮設病院の事務長がびっくりした顔になる。

貴族の令嬢は、通常、財務会計の話などしないからだ。

――私は、十二の頃から野戦病院に行かされて、お父様の代行をしてきたの。『現金でしか薬は売りません』と言い張る面《つら》の皮の厚い商人なんて見慣れていてよ！

そう思いつつ、リーナは説明を続ける。

「敬愛基金病院に薬を分けてもらいに行く時も、事務局に同じように説明をしてください」

この状況ではあらゆる物資が不足する。病人に使う包帯やら医療器具、寝具、衛生用品、それに病院に収容しきれない患者を保護するための設備に払うお金。医者や看護師を近隣の都市から呼んだ場合はその人件費も掛かる。

経費については当座の対応はできた。あとは一刻も早く、不安な思いをしている人たちを看護しなくては。

そう思い、リーナは軽症患者向けの手当道具を抱えて待合室へ走った。

怪我の具合を聞き取りながら、椅子を撤去した待合室の床に座り込む人々に手当てをして回る。

赤ちゃんや子供の泣き声が聞こえるたびに、ユアンの声に聞こえて心が痛い。

重症患者が担架《たんか》で運び込まれるたびに、心配で胸が締め付けられる。

――ユアンは大丈夫！　皆が付いていてくれるのだから。私は皆を手当てしなくては。

迷子になって泣いている子供をなだめていた時、不意に悲鳴が上がった。

血まみれの男が看護師を羽交い締めにしている。その周囲にいた男たちが不意に立ち上がり、座り込んでいる患者たちを恫喝《どうかつ》し、部屋の隅へと追い払い始めた。

――何が起きたの？

看護師を脅している血まみれの男は、どう見ても怪我人だ、ひどい血の量で服が真っ赤に染まっていて……そこまで考え、リーナははっとなる。

もしかしたらあれは返り血、もしくはあえて汚すためになすりつけた血かもしれない。その周囲で無抵抗の人たちを威嚇《いかく》している男たちはその仲間だろう。一般人の服装をしているので、やすやすとこの病院に入り込めたに違いない。きっと血まみれの男を怪我人と偽《いつわ》って入り込んだのだろう。

騒ぎを聞き、駆けつけてきたリーナの護衛たちに向け、血まみれの男が鋭い声を上げた。

ている。

「入ってきたら、人質も患者も殺す」

羽交い締めにされた看護師の首筋には、鋭い短剣の刃が食い込み、赤い血が滲《にじ》み出している。

――何をしているの……なんてことを……！

王宮騎士たちも怪我人が集まる場所で人質を取られては動けないようだ。

拳を握りしめた時、信じられない言葉がリーナの耳に飛び込んできた。

「敬愛基金病院にはいなかったな。こっちにいるのか、リーナ王女……どこだ！」

妙に粘《ねば》つく声音で名を呼ばれリーナはゆっくりと立ち上がる。

襲撃者たちの目的は自分だったのだろうか。だとしたら何のためにこんな真似をするのだろう。眉をひそめた時、傍《かたわ》らの怪我人が驚いたように声を上げた。

「あ……あれ、バリアン商会の次男坊じゃないか。なんであんな真似をして！」

血まみれの男を見据える怪我人は震えていた。リーナは慌てて小声で尋ねる。

「あの方をご存じなのですか？」

「ええ、あいつはバリアン商会の先代が外にこさえたドラ息子ですよ。まともに働かないで、親父の金でフラフラしていた……」

怪我人が言い終える前に、血まみれの男がこちらを向いて叫んだ。

「リーナ王女はここにいるのか！」

腕は看護師を捕らえたままだ。切っ先は彼女の首から離れておらず、襟元は赤く汚れ始めている。

――なぜ私を探しているの？　だけど躊躇《ためら》っている暇はない。刺激したら、看護師さんが……

リーナは覚悟を決めて立ち上がった。

「私です」

そんなに声を張ったつもりはないのに、静まりかえった病院内では声が怖いくらい良く通った。看護師を捕まえたまま、血まみれの男が言う。

「本当だ、本当にいた」

その声の喜ばしげな響きが不気味で、リーナは眉間にしわを寄せる。まるでずっと探していた珍しい虫を発見したかのような声音だったからだ。

「リーナ王女は病院を慰問《いもん》して回るって聞いた。本当に怪我人がたくさんいたら、病院に来るんだ、すごいな、お前らの教えてくれたとおりだった！」

血に汚れた男は不気味に笑い、周囲の男たちに語りかける。リーナは彼を睨《にら》み付け、冷たい声で命じた。

「その女性を放して」

男が看護師を突き飛ばし、血で汚れた手でリーナの腕を勢いよく引いた。

嫌悪感で顔が歪みそうになったが、リーナは無言で男の様子を確かめる。

——やはり怪我がないわ。この血は返り血か偽装。ここに入り込むために、こんな風に血まみれになったのね。卑劣《ひれつ》な……

リーナの冷たい眼差しに気づいたのか、男が言った。

「お久しぶりです、リカーラの姫君。とはいえ、初対面の時は見物に集まった民衆の一員に過ぎず、名乗れませんでしたが……俺は、収集家のロッティ・バリアンと申します」

——しゅ、収集家ですって……こんな場所で、なぜそんな名乗りを？

不気味な台詞《せりふ》に、リーナの二の腕に鳥肌が立つ。

「下がりなさい」

氷のようなリーナの声に、男がますます顔を歪めて笑みを深めた。近づいてくる顔が気持ち悪くて、リーナは思い切り顔を背ける。

「貴方たちは、一体何をしているの」

「兄貴が、俺の蝶《ちょう》を踏み潰《つぶ》したんです」

「ちょ……蝶《ちょう》……？」

リーナは身体を引きずり寄せようとする男に抗《あらが》いながら考える。バリアン商会の当主は、弟とのもめ事が続いていて顔を出さないと聞いた。

「新しい領主様は、前の老いぼれ領主様と違って厳しいでしょう。夜警なんてして、この街のことを色々嗅ぎ回って……だから兄貴は追い詰められていたんですよね」

ロッティの血で汚れた顔から、笑いがすうっと失せる。

「兄貴は焦って、俺に八つ当たりするようになった。武器の売買が王家にバレたらバリアン商会は終わりなのに、お前は何の役にも立たないって。そう言って、俺の蝶《ちょう》を踏み潰《つぶ》してくれやがった。俺の蝶《ちょう》たちが何をしたというんだ。万死《ばんし》に値する」

――な、何を言っているの……？

血まみれの男……ロッティから目を逸らし、リーナは必死に考えを巡らせた。

――武器の売買がバレるですって？　もしかしてバリアン商会は、武器を他国に密輸していたということ？

ロドン国内で開発された武器は、製法の持ち出しは厳禁である。国力をかけて開発した兵器を、他国に譲り渡す行為は、国家への裏切りに等しいからだ。

リーナは顔を上げ、ロッティの赤褐色に汚れた顔を睨《にら》みすえた。

「バリアン商会は、武器を不正に輸出していたのですか？」

「ええ。だから兄貴は、王家にバレる前に逃げようとしてたんですよ。そこに助けに来てくれたのが彼らです。兄貴はこれ以上の厄介事《やっかいごと》はごめんだ、と彼らを遠ざけようとしましたが、俺は、彼らの助けを借りることにしました。……踏み潰《つぶ》された蝶《ちょう》のお返しです。兄貴が困ることは、なんでもしてやろうと思って」

ロッティが、一般人の装いをした男たちを指し示してにやりと笑った。外見上は普通の男たちだが、やはり、佇まいが異質だ。

父王の側で多くの武人を見てきたリーナの目には、彼らがひどく物騒な男たちに見えた。

――彼らが、目障りなガーヴィス様に毒を盛れと指示したのかもしれないわ。ロッティ殿は、あんな策略にまで頭が回るように思えないもの。この男たちにはこの男たちの思惑があるのでしょうね。

膨らんでいく恐怖を抑えながら、リーナはまっすぐに姿勢を正した。

「この方たちは、どなたなの？」

リーナの問いに、周囲の男たちがどっと笑い出す。教えるわけないだろ、と揶揄《やゆ》が聞こえ、リーナは悟られないよう歯を食いしばった。

――余裕だこと。私を嬲《なぶ》っていられるゆとりがあるんだわ。

ロッティはリーナの問いなど耳に入っていない様子で、自分の話をまくし立て続けた。

「だけど兄貴が潰《つぶ》した蝶《ちょう》より、ずっと綺麗《きれい》な生き物を見つけたんですよ。初めて見た時は、目を疑った。奇跡かと思いました」

言い終えたロッティが、ぐいと距離を詰めてくる。リーナの全身に悪寒がよぎった。

「俺はずっと、生き物で一番綺麗《きれい》なのは蝶《ちょう》だと思っていました。人間はどうにもアラが目立ちますから、魅力を感じなくてね。けれどリーナ様は、本当にお美しい。清らかな水で磨いた女神像のようだ。髪は黄金、瞳は緑柱石《りょくちゅうせき》、肌は白絹《しらぎぬ》……まさに、名工の手による芸術品のようだ……こんなに綺麗《きれい》で、ちゃんと生きているなんて珍しい」

『もの』を検分するような陰湿な視線を感じ、リーナの中に凄《すさ》まじい拒絶の念が込み上げた。

リーナの容姿が美しいと言われるのは、代々の祖先が、美貌の後継者を作るため『わざと』美しい男女の血を取り込み続けたからだ。

肌質や髪や目の色なんて、自分の意思で決めたものではない。造形の美は、生き様から滲《にじ》み出す本質的な美ではないのに。

「綺麗《きれい》な生き物を収集したいんです。貴女は俺の最高の収集品になる」

――ああっ！　怒鳴りつけて差し上げたいわ……っ！

リーナは怒りを必死に呑み込む。近くに患者がたくさんいるためロッティに余計な刺激を与えてはいけない。その一念だけがリーナを支えていた。

——多くの人を傷つけておきながら、この馬鹿者は何を言っているの……っ！　気持ち悪いし、理解もしたくない！

恐怖も頭から吹き飛んだ。怒りで凍り付いていた思考が凄《すさ》まじい勢いで回転し始める。怒れば怒るほど頭が冴えるなんて、本当に、父そっくりで嫌になる。

——検分されているようだわ。蝶《ちょう》と同じだなんて！　あ……検分といえば……そうだ！

リーナはロッティを睨《にら》み付け、静かに言った。

「私、本当にそんなに美しくて？　自然光の下でご覧にならなくていいのですか？　シミもしわもありますわ。だって私、最近、赤ちゃんを産んだのですもの。一気に老けてしまったわ」

ロッティの目が一瞬泳いだ。思わぬ反論をされて動揺しているのだ。リーナはさらにたたみかけた。

「こんな暗い場所で収集品の検分を終えてよろしいのかしら。私は高価な宝石を購入する時は、午前中の太陽光の下で確認をしてよ。こんな室内では不備が見つけられませんから」

ロッティがつま先をとんとんと鳴らす。リーナの意見を検討しているのだ。

とにかくロッティを病院から外に出そう。ここで暴れられたら患者たちを巻き込んでしまう。

「もう日が暮れます。収集癖だかなんだか存じ上げませんけれど、綺麗《きれい》な生き物を集めたいというなら、太陽があるうちに『私の品質』をご確認なさったほうがよろしいのではないかしら？」

ロッティが舌打ちし、リーナの手を引っ張って大股で歩き始める。どうやら、リーナの話に心動かされたようだ。怪しげな男たちが、同時にあとを付いてきた。

病院の外に出た時、ロッティが男たちに尋ねた。

「サンバリスへの船は？　船の甲板でゆっくり検分したい」

「港に接岸させると目立ちますから、北の端の浅瀬から小舟で乗り移ります。ロッティさんこそ、金貨と財産の目録はどうしました？　あれがなければ入国できませんよ」

「兄貴の死体と一緒にお前らの仲間が運び出した。約束の場所に届いているはずだ」

――とんでもない話をしているわね……

リーナは唇を噛みしめる。

ロッティの言葉に、男たちがしたり顔で頷き合った。

まるで、ロッティのその答えを待っていたかのようだ。

「では、小舟へ移動しよう」

「王女殿下はロドン王家への人質にちょうどいい。傷つけずに連れていけ」

男たちがロッティに背を向けて囁《ささや》きかわした。

「待て、人質だと……？　彼女は、私の新しい蝶《ちょう》だぞ！」

ぎょっとしたようにロッティが叫ぶ。同時に、男の一人が拳を振り上げ、ロッティを殴りつけた。暴力に慣れているとおぼしき凄《すさ》まじい力だ。ロッティは抵抗もできずによろめき、そのまま床に倒れ込む。

「バリアン商会の金を回収できたのであれば、もう用済みだ、行くぞ」

「誰も動くな！　動いたらこの女を殺すぞ！」

男たちが口々に叫び、リーナを追ってきた護衛を威嚇《いかく》した。

リーナの護衛たちは、どうすることもできずに焦りを滲《にじ》ませている。

男の一人がリーナの腕を強く掴《つか》んで歩き出した。リーナは歯を食いしばりつつ状況を確認する。

――七人もいる……どう誤魔化《ごまか》しても私の足では逃げ切れないわ……

断片的な会話でも状況は理解できた。彼らはサンバリスの息が掛かった人間だ。多分、敗戦を納得していない一派だろう。

どこかから赤子の泣き声が聞こえた。その声に、リーナの胸が軋《きし》んだ。

——ああ……ユアン……！

ユアンのところに帰りたい。抑え込んでいた悲鳴のような本音が溢《あふ》れ出した。

いくら己の人生に対して覚悟を決めていても、ユアンに会えなくなることだけは嫌だ。母になる前は、こんなにも強烈な未練は感じたことがなかったのに。

このままサンバリスに連れていかれ利用され、二度とユアンを抱っこできないなんて。怖い思いをさせ、大泣きさせたまま別れてしまったのに。

仮設病院の外は、荒れ果てた貧民街だ。

狭い路地が複雑に枝分かれし、どこをどう歩いているのかもわからなくなる。周囲の建物は皆汚れ、窓は破れて、ひどいありさまだった。

男たちはリーナを引きずるようにして、細い路地の一本へ入っていく。

——交渉を、考えたいけれど……彼らは私を連れて帰れば多大な褒賞を受けられるのでしょうね。だから、金銭を与える程度では、考えを変えさせるのは無理。私に何かしたら罰を与えると言っても、逃げ切ってしまえば意味がないと思われるわ。

路地を入って、十歩ほど歩いた。抗《あらが》うように足を止めても、あっさり引きずられてしまう。

――もう何も手がない。このまま貧民街に迷い込んで、どこかの海辺に連れ去られてしまったら、騎士たちは私を捜索することすらできないでしょう……

そう思った瞬間、男の一人が声もなく倒れ込んだ。

リーナは驚いて足を止める。男たちも同様だった。

地に倒れた男は呻《うめ》き声を上げ、もがいていたが、すぐに動かなくなる。目をこらしたリーナは男の首に細い針が突き刺さっているのを見つけた。

「路地の入り口に誰かいた！　始末してこい！」

二人の男が上着の隠しから短刀を抜き放ち、今歩いてきたほうへ戻っていく。どうやらうしろから誰かがこの針を飛ばしてきたようだ。その人物の姿は見えない。

「急ぐぞ！」

残りの四人は、倒れた男を無視してリーナの腕を引き、走り出した。

急かされてのろのろと走っていたリーナは、懸命に背後を振り返る。そして目を瞠《みは》った。声も聞こえなかったのに、短刀を持った二人の男は路地の角に倒れていたからだ。

「何が起きた？　もう一人様子を見てこい、追手かもしれないからな」

首謀者とおぼしき男が命じると、一番逞《たくま》しい男が駆け戻っていった。

全員が振り返り、走っていく彼を見送っていた時、背後から声が聞こえる。

「はーい、姫様、お待たせ」

聞き慣れた声と共に、伸びた手が驚くリーナの身体を引き寄せた。そのままリーナは、声の主の背後に庇《かば》われる。銀の長い髪がきらきら光るのが見えた。

「ニコライ様！」

リーナは思わず声を上げた。不意を突かれた男たちが気色ばむ。だがすぐに襲いかかってこないのは、ニコライが、見慣れぬ鋸《のこぎり》の刃のような、抜き身の長剣を所持していたからだ。

「貴様、何者だ！　一体どこから……っ！」

「この路地、ちょっと先で隣の路地とつながってるんだ。大回りして近づいてきただけだよ？」

そう答えると同時に、耳元でニコライの低い声が聞こえた。

「この先は、リーナ様は見ちゃ駄目」

囁《ささや》きと共にニコライは剣を納め、リーナを抱えて走り出した。頭を押さえられて顔を上げられない。

追え、という大声と共に、石畳を走る足音が響く。

「ニ、ニコライ様、あの……私を抱えていては」

戦えないのでは、と言いかけたリーナの耳に、ぎゃあっ、という短い悲鳴が届いた。

「き、貴様は、領……うぁぁ……っ……」

言葉に例えるのもおぞましい、何かが潰《つぶ》れるような音が聞こえる。

別の悲鳴と共に、重いものがどこかに叩きつけられる音や、肉を切り裂くような音。

命乞いの声が、耳を覆《おお》いたくなるような悲鳴と共に途絶える。

男たちは、何と戦って、次々に倒れていくのだろう。

――い、いや、怖い、何が起きているの。大きな怪物が人を襲って暴れているよう……！

短い悲鳴が何度か聞こえたあと、あっという間にあたりが静まりかえった。

「リーナ様、ご無事ですか！」

――え……あ……この声……は……

ニコライに抱えられ、震えていたリーナは、その声にはっとなった。

「ガーヴィス様、ガーヴィス様……っ！」

顔を上げようとすると、ふたたびニコライが頭を押さえようとする。

「見ないほうがいいって、リーナ様は」

リーナはニコライの手を振り払い、無理矢理彼の腕から逃れた。そして、ガーヴィスの背後の光景を見て言葉を失う。

ガーヴィスが血にまみれた鋸刃《のこば》の剣を手に佇んでいたからだ。

その周囲では、先ほどまで生きて動いて、リーナを脅していた人間たちが、真っ赤な潰《つぶ》れた果実のようになっていた。ある者は力いっぱい壁に叩きつけられ、ある者は二つに裂かれて。

全員、一撃で葬《ほうむ》り去られたようだ。皆武器を握ったまま事切れている。四人が束になってもガーヴィスに傷一つ負わせられないまま戦いは終わったのだろう。

――これが『救国の騎士』を敵に回した人間の末路……

凄惨《せいさん》な姿に絶句しかけたリーナは、慌ててガーヴィスに駆け寄った。

言いたいことは山のようにある。だがリーナは気力を振り絞り、王女の義務として口を開いた。

「救護、感謝いたします。街のほうは無事ですか」

ガーヴィスが頷き、リーナに膝を突いて騎士の礼をとる。

「無事ではありませんが、襲撃犯の人数は少なく、砲撃に用いられた武器もかなり小型の迫撃砲のみでした。死者の数はまだわかりません。怪我人はほぼ運び出され、治療を受けております」

「わかりました。ありがとうございます」

あとを追ってきたリーナの護衛たちが、血にまみれた路地を目にして、怯えたように立ちすくむ様子が見えた。

——私、私は、平気だわ。平気。

恐怖心が麻痺して、何も感じないことに気づく。

マグダレイの街は襲撃を受け、自分は知らない男たちに誘拐され、サンバリスの敵対勢力のもとに連れ去られる寸前だったというのに、心が異様に凪《な》いでいる。

ガーヴィスとニコライが来なければ、どうなっていただろう。おそらく父は卑劣な交渉になど応じない。リーナは王家から切り捨てられ、サンバリスで処分されたに違いない。

紙一重のところで助かったのに、心身ともに凍り付いたままだ。

とにかくこの場を処理しなければと、理性だけが働き続けている。

リーナは姿勢を正して、護衛たちに告げた。

「彼らは、この先の海岸に小舟を待たせているはず。急ぎ、それを取り締まってください。彼らはサンバリスの継戦派、もしくは継戦派に金で雇われた人間です。逮捕の上、聴取を」

「か、かしこまりました！」

護衛たちは赤く染まった路地を恐ろしげに振り返りつつ、路地の先にある海へと走っていった。

——早く、怪我人のところに戻らなくては。薬の調達も気になるわ。

まだまだ気は抜けない。王女には、気を抜ける日など来ないのだ。麻痺した頭のまま、リーナはガーヴィスの目を見つめて、口を開いた。

「では私は、仮設病院に戻ります」

しかし、背を向けようとしたリーナの膝から力が抜ける。

——あ、歩けない、立ち上がれないわ、どうして？

腰が抜けたのだと遅まきながらに悟る。早く義務を果たさなければと思うが、立ち上がれない。

無理矢理立ち上がろうとして転びかけたリーナの身体が、ガーヴィスの胸に抱き留められた。

温かい夫の身体を感じた瞬間、様々な安堵感《あんどかん》が一気に蘇《よみがえ》ってくる。

——わ、私……助かったの？ またユアンに会えるの？ ユアンのところに帰れるの……？

実感すると共に、全身の力が抜けた。

ガーヴィスは、リーナを助けに駆けつけてくれたのだ。彼が来なかったら、今頃は……ようやく凍り付いていたすべてが動き始める。

「リーナ様、仮設病院の状況は落ち着いております。一度、領主館にお戻りください」

ガーヴィスの言葉に涙がぼろぼろとこぼれ出す。

――う、嘘みたい……ガーヴィス様が、ガーヴィス様が、私を……助けに……

安心して泣くなんて生まれて初めてだ。恥《は》ずかしい。マグダレイに来てから、泣いてばかりいる。

「領主、なのに、ま、街に、なぜ、残らなかっ……」

嗚咽が止まらず、ガーヴィスの行動をたしなめることすらできない。広い肩にしがみついて泣き伏すリーナに、ガーヴィスが優しく告げた。

「ロッティ殿のことを関係者に聞いて、飛んできました。街には判断力のある騎士や役人たちがたくさんいますから、俺は、貴女を優先させてもらった」

「だ、駄目です……領主は……街のことだけを……」

「いいえ、意外と人に任せられるものです……貴女のこと以外は」

とても優しい声に、ますます涙が溢《あふ》れる。

ガーヴィスの胸に抱きしめられたまま、リーナは声を殺して泣きじゃくった。

本当は死ぬほど怖かった。怖すぎて涙が止まらない。

下手をしたらもう一生、ユアンに会えないままだったなんて。

「赤ちゃんのところに連れてってあげな。心配でしょ？」

ニコライの声が聞こえた。大丈夫、と答えようとしたが涙を止めることができない。

――ユアンに会いたい。ユアン、ユアン……

ガタガタ震え続けるリーナを軽々抱え、ガーヴィスが言った。

「ニコライ、すまないがあとを頼む」

そう言ってガーヴィスが歩き出す。もうすぐユアンに会えるのだ、と思いながら、リーナは夫の腕の中で涙を流し続けた。


屋敷に戻ったリーナは、ガーヴィスに支えられ、震える脚で私室に向かった。部屋からは明るい笑い声が聞こえてくる。こんな状況なのに、侍女頭まで笑っているようだ。

――ユアン、皆に遊んでもらっているのかしら？

我が子の安全を確信し、リーナはいてても立ってもいられず、階段を駆け上った。部屋の戸を開けると、見知らぬ女性の姿が目に飛び込んでくる。日に焼けた美しい女性だ。

「見張りの奴は当然脅してきたんだけどさ、アタシは、どいつもこいつもたいした迫撃砲じゃないねって言ってやったわけ！」

女性の威勢のいい言葉に、侍女たちがどっと笑いさざめく。

「お前ら同士で、そのご自慢の剣でチャンバラすればいいとも言ったかな？」

侍女たちはお腹を抱え、涙を拭って笑っていた。

皆、何を笑い転げているのだろう。リーナには何の話かよくわからない。

ユアンはフィオナに抱かれ、大人しく拳を舐《な》めて遊んでいる。フィオナはリーナの姿を見つけて、ユアンを抱いたまま駆け寄ってきた。

「リーナ様、お帰りなさいませ！」

笑いさざめいていた侍女たちが、リーナの姿を目にした刹那《せつな》、一斉に真顔になり、笑い転げて流した涙を拭い始めた。

「お帰りなさいませ、リーナ様。お怪我はございませんこと？」

キリッとした顔の侍女頭に尋ねられ、リーナは曖昧《あいまい》に頷いた。

――皆、笑うのをやめてしまってどうしたのかしら。

不思議に思いつつ、リーナは手渡されたユアンを抱きしめた。

「ええ、皆、不安な中、留守をありがとう。ただいま、ユアン」

頬ずりすると、ユアンはいつものように何かをしゃべりながら、リーナの顔にペタペタ触ってきた。涙のあとが不思議だったのだろう。小さな手の感触まで嬉しくて、目にふたたび涙が滲《にじ》む。

──良かったわ……ああ……良かった……！

リーナはユアンの頬に口づけをして、フィオナに微笑みかけた。

「ありがとう、フィオナさん。留守を守ってくれて」

フィオナも笑顔で頷き、申し訳なさそうに言った。

「母が無事だったんです！　それで、私を迎えに来てくれたんですけど……状況を話したら『街はもう大丈夫。ちょっとバカ話でもしていこうか。皆、気が滅入ってるんだろう？』って言い出して。騒がしくてすみません。うちの母、あの、えっと……船乗りなので声が大きくて」

「まあ、ありがとう。フィオナさんのお母様が、楽しいお話をしてくださったのね」

尋ねると、フィオナが一瞬目を逸らし、無表情に答えた。

「私にはよくわかりません。ユアン様はちょっとグズグズなさってましたけれど、母が来てからは皆が笑っていたので、一緒にニコニコご機嫌でしたよ」

──怖い思いはしなかったのね。ああ、良かった、ユアン、とてもとても会いたかったわ。

リーナはユアンを抱いたまま、背後で佇むガーヴィスに寄り添った。夫の温もりはとても安らげる。まだ街は安心できる状態ではないけれど、最低限の日常が戻ってきたのだと思えた。

「ただいま、ユアン」

ガーヴィスの優しい声に、ユアンがニコッと笑う。ユアンを抱いたままのリーナの背中に、ガーヴィスの力強い腕が回された。

——私は、ユアンとガーヴィス様と、ずっと一緒にいたいの。だから……何があっても、絶対に今日みたいに帰ってこなくては……！

むにゃむにゃしゃべっているユアンをあやしていたら、また目に涙が溢《あふ》れてきた。けれどその涙は、安堵《あんど》と幸福の涙だった。

◆

その日の夜。ロッティに取り入った継戦派の生き残りはすべて捕らえられ、高速連絡船で王都へと移送された。街では数人の死者が出てしまった。こちらも、遺族への支援をしていかねばならない。

バリアン商会の当主と異母弟はいなくなったが、彼らへの厳しい処分は免《まぬが》れないだろう。商会は解体され、清算金は、被害者への保証や街並みの復興に充てられるだろうとのことだった。

——エルソン殿も良かったな。奥方が無事に帰ってきてあんなに泣いて。

ガーヴィスはしみじみと思った。

マグダレイ生まれの壮年の騎士に聞いたところ、エルソンは幼なじみのエレーヌが昔から好きで、親の勧める名家のお嬢様たちとの縁談を蹴って、彼女に『結婚してくれ』と懇願《こんがん》したのだそうだ。

容姿と才覚に恵まれたダルスール商会のお坊ちゃまが、働き者ではあるが行儀の悪い、素行も乱暴な『海賊』の娘をなぜ求めるのか……と誰もが眉をひそめたらしい。

だが、夫婦仲はとてもいいようだ。それは話をしてくれた騎士も、他の皆も認めている。

エルソンは妻と、怖い思いをさせたフィオナを抱きしめ、人目も憚《はばか》らず号泣していた。

そして涙がおさまったあと、ガーヴィスに対し、マグダレイの受けた被害の回復と、不穏分子の洗い出しについて、『全面的な協力をする』と申し出てくれた。

——ダルスール商会が領主の側に付いてくれれば、通商理事会が味方になるも同然だ。だとすれば統治は今よりも相当やりやすくなる。

もう空は明け方近い。今日は一度領主館に戻って休もう。

――リーナ様は大丈夫だろうか。お助けするためとはいえ、血生臭い光景もお見せしてしまって、気分を悪くされたに違いない。明日の朝すぐに見舞いにあがろう。

そう思いながら足早に自室に戻る。

リーナの部屋の前で耳を澄ましたが、ユアンのぐずり声は聞こえない。夜泣きしているようなら侍女から預かって、寝付かせのお散歩に連れていこうと思ったが、大丈夫そうだ。

――さて、明日も忙しいから寝るか。

持ち出した色々な武器をまとめて長椅子の上に投げ出し、ガーヴィスは上着を脱いで伸びをした。体力に自信はあるが、久々の緊迫した空気に予想以上の負荷が掛かった。

部屋の側の水場に向かい、くみ置きの水で全身を清める。リーナには勧められたものの、温かいお湯がたっぷり入った浴槽が苦手なのだ。すぐのぼせてしまう。

――実家でも戦場でも水を被っていたからな。今更、お湯は……

ユアンを綺麗《きれい》にする時はもちろん、ほかほかの『お風呂』だが、自分は冷水浴がいい。

がしがしと髪を拭き、ガーヴィスは粗末な寝間着を纏《まと》って部屋に戻った。だが、寝室に入るなり立ちすくむ。毛布が膨らんでいたからだ。

「リーナ様」

わざとたしなめるような声で呼びかけると、毛布の膨らみがびくっと揺れた。

どうやら愛しい奥様は今宵も寝所でお待ちくださったようだ。そっと毛布をめくると
キラキラした金の髪が揺れ、リーナがむくっと起き上がった。

「お帰りなさいませ」

美しい白い顔には、かすかに毛布のあとが残っている。どうやらガーヴィスを待つ間、
ぐっすり眠っていたらしい。

昼間の事件は、彼女の深い心の傷にはなっていないようだ。それならば、良かった。

――こんなにお美しい顔をして、意外と豪胆でいらっしゃるからな。

微笑んで寝台に腰を下ろし、ガーヴィスはリーナに言った。

「今日くらいはゆっくりお部屋でお休みになっては？　この部屋は冷えますから」

だがリーナはその言葉に頷かず、ガーヴィスの腕にぎゅっとしがみついてくる。

「お礼を申し上げたかったのです」

「なんです、今更……俺に礼など水くさい」

思わず笑ったガーヴィスに、リーナは首を横に振った。

「あのような時に真っ先に助けに来てくださって、本当は……嬉しかったのです。街を

優先しろなんて言いましたけれど、本当に、貴方が来てくれて嬉しくて」

リーナの素直な言葉に、ガーヴィスの口元がほころんだ。

「俺でもリーナ様のお役に立てたのですね」

リーナはガーヴィスの言葉にしっかりと頷き、顔を上げ、潤《うる》んだ目でガーヴィスを見つめた。

「はい。私は王族の娘として、いざという時は犠牲になる立場であることを覚悟し、育って参りました。王家の血を引く息子である限り、ユアンにもそのような定めはあるのだろうと、心のどこかで覚悟はしていて……でも……」

リーナが唇を震わせる。美しい緑の瞳に、じわりと涙が滲《にじ》み出した。

その言葉に、胸を突かれるような思いがする。

彼女の言うとおり、王族は様々な特権を得る代わりに、国が傾く時は真っ先に責任を取らされる立場だ。今回のように、無辜《むこ》の人々を人質に取られ、身柄を要求されることだって頻繁《ひんぱん》に起きる。リーナはこれまでの『理想の王女』の人生を通し、自《みずか》らの立場をしっかりと理解してきたに違いない。

「貴女は俺がお守りいたします」

ガーヴィスの言葉に、リーナの白い頬にぽろっと透明な雫《しずく》がこぼれる。

「俺は最近まで、自分の戦闘力はただの道具だと思っていました。ですが今は違う。リーナ様をお守りできて嬉しい。苦しかったが、鍛えて良かったと」

言いながらガーヴィスはリーナの涙を指先で拭う。

「最近よくお泣きになりますね」

微笑みかけると、リーナは素直に頷いた。

「ガーヴィス様の前だと……き、気持ちが、緩みます……から……」

気丈で聡明《そうめい》な王女であっても、リーナはまだ十九歳の娘なのだ。散々迷惑を掛け大変な思いをさせた代わりに、彼女とユアンはガーヴィスが生涯守らねばならない。

たとえ自分が父母の憎悪と呪いを背負っているのだとしても、そのせいで……罪のない人々を苦しめるのだとしても、ガーヴィスは図々しく生き延びて、愛する家族を守る。

そう決めた。

リーナをそっと抱き寄せると、細い腕が首筋に回された。ねっとりした熱が、疲れ切っていたはずの身体に甘い火を灯す。

「俺はリーナ様が見せてくださる愛らしい顔が好きです」

ガーヴィスはリーナの寝間着の帯に手を掛ける。彼女は抵抗しなかった。ゆっくりと柔《やわ》らかな寝間着を脱がせると、闇を照らし出すような真っ白な裸身が露《あら》わになる。

脳裏に、ロッティの忌《い》まわしい絵がよぎった。あの絵は確かに形は似ていたけれど、リーナの美しさを少しも表していない。彼女は愛らしく高貴で温かな、ガーヴィスだけの永遠のお姫様なのだ。

もどかしい思いで纏《まと》っていた寝間着を脱ぎ捨て、リーナの身体を向かい合わせにして、膝に抱き上げる。

「あ……あの……」

リーナは真っ赤になって、豊かな形の良い乳房を両腕で隠した。

「お美しいのですから、俺には何も隠さないでください」

ガーヴィスの言葉に、リーナはますます赤くなり、腕を解いてガーヴィスの肩に手を乗せた。

そして、綺麗《きれい》な桃色に染まった頬で、ガーヴィスを見つめて微笑んだ。その笑顔は王族でも母親でもなく、恋をする娘そのもので、ガーヴィスは劣情と愛おしさが堪えきれなくなる。

痛いくらいに勃った分身に、リーナがそっと手を添えた。最近このような行為にも少しずつ慣れてきたのか、ぎこちない仕草で昂《たかぶ》りの先を蜜口にあてがう。

「んっ」

くちゅっという音と共に、淫泉が花開いた。ガーヴィスをゆるゆると呑み込みながら、リーナは小さく唇を噛みしめる。最近気づいたが、どうやら番《つが》いはじめのうちは『声を出さない』と思い決めているようなのだ。

——はしたないとでもお考えなのだろうな、最後はいつも泣いてよがっているのに……

不意におかしくなり、ガーヴィスは愛らしく尖《とが》った乳嘴《にゅうし》をきゅっとつまんだ。

「ひぁっ！」

「可愛いお声だ」

突然の指摘にリーナが身を震わせる。なかばまで呑み込まれていた剛直が強く締め上げられた。

もう、愛しくて、我慢できない。ガーヴィスはリーナの腰を掴《つか》んで、強く下へと引く。リーナの身体は沈み込み、一気に怒張を根元まで呑み込んだ。

「あぁあっっ」

ただ一度の刺激で、リーナの蜜窟は収斂《しゅうれん》し火照《ほて》り出す。

「や、やぁ……なんで……急にっ……」

リーナは耐えがたいとばかりにガーヴィスの首筋にしがみつく。豊かな乳房がぺたっと胸板に押しつけられて、ガーヴィスの劣情をますます煽《あお》り立てた。

「もう果ててしまわれましたか？」

こう見えても負けん気の強いリーナが、番《つが》いあったまま無言で首を振る。

「では腰を振って」

「あ、あ……駄目……」

リーナはガーヴィスの言葉に従い、艶めかしく腰を弾ませる。ぐちゅぐちゅという音と共に巧みに搾り取られて、あっという間に限界が近づいてくる。

「っ……は……こう……？」

首筋に顔を埋《うず》めたまま、リーナが必死に尋ねてくる。耐えがたくなり、ガーヴィスはリーナの腰を掴《つか》む手に力を込めた。

「ええ、そのとおり。とても……いいです」

「んっ……んぅ……っ……」

リーナが息を乱しながら身体を上下させる。雄茎を緩やかに攻め立てられ、ガーヴィスの息も荒く短くなっていく。

「ん……ッ！」

ガーヴィスに縋《すが》り付くリーナの身体が不意にこわばった。熱杭を呑み込んだ淫路が強く収斂《しゅうれん》し蠕動《ぜんどう》する。

「動けませんか？」

リーナに尋ねると、彼女は無言で小さく頷いた。その間にもリーナの中はびくびくと震え続け、絶え間なくガーヴィスを搾り取ろうとする。

「では俺のほうで遠慮なく」

そう言ってガーヴィスは、激しくリーナの腰を上下に揺すった。

「……っ、あ！　駄目……っ……」

リーナが身体を離し、肩に掴《つか》まったまま甘い抗議の声を上げる。

「そんな静かにイかなくていい。もっと気持ちよくなって」

ぐちゅ、ぬちゅ、といやらしい蜜音が部屋中に響く。

「あぁぁっ！　や、やだ、私、もう、ひっ……」

リーナが涙と汗で濡れた顔で、いやいやと首を横に振る。

だが、加減はできなかった。強引にリーナの身体を弾ませると、リーナの中がふたたび強くガーヴィスを食い締める。

「な、何回も、こんな、こんなの……う……」

「気持ちいいでしょう？」

喉に汗が伝うのがわかった。もう、自分もリーナに溺れて無我夢中だ。リーナは必死に身体を揺すりながら、蕩《とろ》けた顔で頷いた。

「俺ともう一度イきたいですよね？」

「……っ、いじわる……」

リーナがふたたびガーヴィスに縋《すが》り付く。華奢《きゃしゃ》な身体を抱きしめて、ガーヴィスはつながり合った場所を執拗《しつよう》に擦り合わせた。

「俺は一緒にイきたいです……リーナ様……」

「あぁ……いや……私また……っ！」

下腹部をヒクつかせるリーナをかき抱き、ガーヴィスは抑えきれない昂《たかぶ》りを彼女の中に注《そそ》ぎ込む。

「あ……ああ……好き……好き……っ……」

リーナが身体を震わせながら譫言《うわごと》のように繰り返す。

——可愛すぎますよ、俺だけの王女殿下……

ガーヴィスは執拗《しつよう》なほどに欲をほとばしらせながら、愛しいリーナの髪に口づけをした。

エピローグ

ロッティを謀《はか》ったサンバリスの継戦派が捕縛され、更なる賠償金が支払われて一年ほど後。

リーナは、二人目の子供に恵まれた。

――ユアンの時は死ぬかと思ったけれど、今回は安産で良かったわ……

無事に産後の処置が終わった。出血も今のところ見られない。リーナは、ほっとした気分で医者の出してくれた薬湯を啜《すす》る。

「お嬢様は元気そのものですよ」

赤ちゃんを取り上げてくれた医師の言葉に、リーナは笑顔で頷いた。

生まれたばかりの娘は、侍女や看護師に代わる代わる抱かれ、身体を綺麗《きれい》にしてもらい、色々と診察を受けている。何度も『お嬢様はとてもお元気ですよ』と励まされ、リーナはそのたびにほっとして、笑顔で頷き返した。

「リーナ様、赤ちゃんが綺麗《きれい》になりました」

手当てを受け、産湯《うぶゆ》を使わせてもらった娘は、ガーヴィスによく似ていた。

――ユアンも貴女も、お父様そっくりね……

身体の痛みも忘れるほどの、えもいわれぬ幸福感が込み上げてくる。髪の色は、ユアンよりも明るい金茶。リーナをじっと見上げてくる澄み切った目は、ガーヴィス譲りの美しい赤だ。

「元気に生まれてきてくれてありがとう」

娘に語りかけ、小さな頭にそっと頬ずりする。滲《にじ》んだ涙を拭い、リーナは侍女頭に頼んだ。

「ねえ、ガーヴィス様にこの子を抱かせて差し上げたいわ」

「さようでございますね。本当に待ち望んでおられましたから」

侍女頭は、ガーヴィスをかなり見直したようだ。二人目を身ごもっていたリーナへの献身ぶりが、厳しい彼女の目から見ても合格点だったのだろう。

「ガーヴィス様、お嬢様の処置が終わりましたわ」

侍女頭の手で扉が開けられるやいなや、ガーヴィスがよろよろと飛び込んでくる。どうやらリーナが産室に入ってから、ずっと扉の外で待っていたらしい。

――適度に休んでいてとお願いしたのに……

リーナはおかしくなって、口元を緩める。

だが、娘を真っ先に抱き上げるかと思いきや、夫は疲れ切った足取りで、リーナの枕辺にしゃがみ込んでしまった。

「どうなさったの？　赤ちゃんを私の次に抱っこなさるって、ずっと仰《おつしや》っていたでしょう」

あれほど楽しみにしていた我が子を抱こうとしないなんて。不思議に思って首をかしげたリーナの身体を、ガーヴィスが震える腕で抱きしめる。

「貴女がずっと叫んで苦しんでいたから心配していたんだ。良かった……無事で……」

思わぬ台詞《せりふ》に、リーナの目に涙が滲《にじ》む。

「ガーヴィス……様……」

疲れ切った重い片腕を上げ、リーナは夫の頭をそっと抱え寄せた。

「そんなに心配してくださったのね、ありがとう」

「……当たり前だ」

その答えに、えもいわれぬ幸福感が込み上げる。

「私は大丈夫です。さ、抱っこしてあげてくださいませ、『お父様』。この子は、いい子で安産で生まれてくれましたのよ」

リーナが促《うなが》すと、ガーヴィスは枕元の椅子に腰を下ろし、恐る恐る、生まれたばかりの娘を抱き上げた。娘は力強い手に抱かれて安心したのか、大きな目を閉じてスヤスヤと眠り始める。

ガーヴィスが、その愛らしい寝顔を見つめて、優しく微笑んだ。

「ああ……ユアンにそっくりだな」

感無量で、それ以上言えないらしい。

リーナは、涙目で微笑む夫を見つめ、笑みを浮かべた。

その時、にわかに部屋の外が騒がしくなる。

「もう肩車は限界なんだけど。ユアン様、最近重くない？」

「じゃ、そろそろ下ろしてください。ありがとうございました」

フィオナとニコライの声だ。どうやら二人でユアンの面倒を見ていてくれたらしい。

あの二人はここ半年ほど、ユアンを挟んでたまに会話をするようになった。

年は十歳ほど離れているが、友人になったのかもしれない。

たまに二人で領主館の庭にうずくまり、兎《うさぎ》の餌《えさ》用の草を摘んでいるのを見かける。

「ヤダ！　ヤダ！」

ユアンが駄々をこねる声が聞こえた。

「肩車は終わり！　お母様に会っておいで」

ニコライの声に重ねるように、フィオナの元気な声が響いた。

「はい！　じゃあユアン様、お部屋に入ったら『おかあさま、おなか、なおりましたか？』って聞きましょうね！　言えるかな？」

「……いえる！」

あっさり興味を逸らされたらしいユアンのいい返事が響いた。

フィオナは行儀見習いが終わった今も、何かとユアンを気にかけてくれる。今日も、リーナが産気づいたと聞いて、ユアンの面倒を見に来てくれたのだろう。

扉が開き、二歳になったユアンがちょこちょことやってくる。

部屋の入り口では、ここ数ヶ月でめっきり美しくなったフィオナが、拳を握ってユアンに励ましを送っていた。

その背後では、ニコライが腕組みして、ユアンの危なっかしい足取りを見つめている。

「かしゃま、おなか……なおっ……まっ、た、か？」

リーナの寝台のすぐ側に立ち止まり、ユアンが大きな声で言った。

フィオナに教え込まれた台詞《せりふ》が可愛らしくて、リーナとガーヴィスは同時に微笑んだ。

ガーヴィスは、リーナの腕に眠っている娘を抱かせ、ユアンの身体をひょいと抱き上げる。

「ほらユアン、ご覧。君の妹だ」

ユアンが、母の腕に抱かれた『妹』の姿をじっと見つめる。しばらく不思議そうにしていたユアンが、不意に微笑んだ。

「……あ！　カワ、イイ」

ユアンの言葉に、ガーヴィスが明るい笑い声を立てる。

「いつの間に覚えたんだ、『可愛い』なんて言葉。ユアンはお利口だな」

ガーヴィスは、感心したようにユアンの頭を撫《な》でた。リーナも同感だ。突然新しい言葉を口にすることが増えて、毎日驚かされる。

「貴方がいつもユアンに言っているからだわ」

「そうだな、この子にも毎日言うだろう、間違いなく」

リーナは甘い幸せに包まれたまま、眠っている娘に口づけた。

ユアンは母と妹を見て、大人しくニコニコ笑っている。

二年前に生まれたユアンも、娘と同じくらいの大きさだった。なのにユアンは、あっという間に赤ちゃんから一人の人間になった。

好みもはっきりし始め、言葉も少しずつ増えて。最近は、ガーヴィスが仕事で疲れ切っていると、自分の玩具を貸してくれることもある。

きっと『父様も玩具で遊べば楽しく元気になる』と思ってのことだろう。

成長するにつれ、ガーヴィスに似た優しい気性が現れ始めて、母としてはとても嬉しい。

ユアンやガーヴィスと過ごす日々の思い出は、リーナを幸せにしてくれる。

――この幸せは、私とガーヴィス様が二人で作ったものなんだわ。皆に助けられて、なんとか、無我夢中で……

投げ出さずにガーヴィスとの人生を積み上げてきて、本当に良かった。そのお陰でユアンに会え、今日また、新しい宝物にも出会えたのだ。

そう思いながら、リーナは、父の膝から器用に寝台に乗り移ってきたユアンを、赤子を抱いていないほうの腕で抱き寄せた。

「ユアン、この子を可愛がってあげてね」

母の腕に抱かれたユアンが素直に頷く。

――ああ、ユアン。貴方はどんなお兄様になるのかしらね？

明るい光が産室に差し込んでくる。その光は、リーナたち一家の幸せと、ロドン王国に訪れた平和を祝福しているかのようだった。

書き下ろし番外編

家族の幸福

どうやら、自分にも一つ才能があったらしい。

ガーヴィスは微笑む。

手元の画帳には、薔薇《ばら》を描き写した絵があった。

もちろん絵師や元から上手なものには敵《かな》わないが、ガーヴィスもちょっとずつ絵が上達しているのだ。

真剣にペンを動かせば動かすほど、少しずつ描き写すべきものの形が見えてくる。

——薔薇《ばら》も……最初に描いたものよりはよほど……

分厚い画帳をめくり、最初のページを確かめて、ガーヴィスは微笑んだ。

幼い二人の子供を抱えて、のんびり絵を描いている時間がほとんどないのが難点だ。

だがもう一枚描けば、また少しはましな絵に近づいていくだろう。その変化は吹けば飛ぶような小さなものだとしても。

ガーヴィスが絵を描き始めたきっかけは、押し花が好きな息子のユアンに『絵を描いて』と頼まれたことだった。

――押し花のページに、元の花の絵を描いてくれと……

ユアンは『父様はなんでもできる』と思っている。

その期待に応《こた》えたくて、ガーヴィスは必死で朝顔の絵を描いたものだ。

だが、一枚目を描いた時のユアンの表情は、微妙だった。

思い出すとつい笑ってしまう。

父にお礼を言わなければならないが、その父が描いた朝顔は、まるで潰《つぶ》れたラッパのようだったのだから、内心がっかりしていたのだろう。

あれ以降、息子を失望させてはならないと、暇さえあれば執務机で、花瓶に挿された花を模写している。

最近は花を描いてやると、ユアンが笑うことが増えた。

当初の絵はひどかったが、今は合格……ということらしい。

可愛いユアンが喜べば、もちろんガーヴィスだって嬉しくなる。

だから暇さえあれば、ひっそりと絵の練習に励んでいるのだ。

武器以外の道具なんてまともに使えないと思っていたのに、人間は変わるものである。

――ん……？


ふと窓の外を覗《のぞ》くと、日傘を差して歩く一人の貴婦人の姿が見えた。

周囲には何人もの侍女と護衛を従えている。

リーナだ。

ガーヴィス同様に多忙な彼女が、珍しく庭を散策しているらしい。

秋薔薇《ばら》が咲き乱れる庭を歩く姿は、それ自身が一輪の美しい花のようだ。

ガーヴィスは窓辺に歩み寄り、リーナたちに声を掛けた。

「俺も合流していいか」

リーナが振り返り、にっこりと笑う。

「貴方もお手すきでいらっしゃるの？」

「今ちょうど時間があって」

ガーヴィスは窓枠を乗り越え、リーナに歩み寄った。

「子供たちはお昼寝のお時間かしら？」

リーナに尋ねられ、ガーヴィスは頷いた。

「侍女たちに預けてきた」

よちよち歩きの妹と手をつないで寝ていたユアンの仕草を思い出し、ガーヴィスは笑みを浮かべた。

「では久しぶりに二人でお散歩ね」

リーナが微笑んで日傘をくるりと回す。

それを合図にしたように、侍女たちが頭を下げて近くの東屋《あずまや》へと歩いていった。

ガーヴィス一人がいれば、護衛としては充分すぎるからだろう。

「どのくらい時間があるんだ？」

尋ねると、リーナが小首をかしげて答えた。

「あと一時間くらいは。この次はエルソン様と復興支援の打ち合わせのお約束をしているわ」

「貴女も毎日忙しいな」

「いいえ、実際に街の治安を守ってくれる貴方のほうが大変よ」

そう言ってリーナは薔薇《ばら》の咲き乱れる生け垣の奥へと入っていく。

ガーヴィスはそのあとに続いた。

「マグダレイの復興予算の財源を、もう一度見直した方が良さそうなの。富裕層への特別課税を続けると、一部の商会はマグダレイから撤退しかねないわ」

「確かに、この街に住み続ける義理はない人間も多いからな」

「ええ。港の使用料を売上に比例して増やしたり、色々考えているけれど、商人たちが流出してしまってはいずれの政策も意味がなくなってしまうの」

ガーヴィスは頷いた。

「ここは文字どおり『商人の街』だ。交易によって発展してきた。商人たちに忠誠ばかり要求するのも限界がある」

商人は粛清騎士団にいた頃のガーヴィスや、現役団員のニコライのように『この仕事をする以外に選択肢がない』わけではない。

己の才覚さえあればどこでも稼げ、生きていける。

「でも私は、今日はその話を貴方としたいわけではないのよ」

ガーヴィスを振り返ったリーナがにっこり笑って日傘を畳んだ。

いつものように腕を差し出すと、リーナは華奢《きゃしゃ》な手を差しのべてガーヴィスにもたれかかってきた。

「二人でゆっくり薔薇《ばら》を見たいわ。子供たちが邪魔というわけではないけれど、貴方と二人きりになれるなんて滅多《めった》にないことだから」

リーナの白い頬は、淡い桃色に染まっている。

つられて赤くなりながら、ガーヴィスも頷いた。

「心配しないで。商人の流出の件は考えがあるの。結局、この街にいれば一番稼げる、税収を払っても懐が温まる、と商人たちに思ってもらえればいいのよ。お父様にお願いして特別免税を施行しようと思うわ」

リーナの美しい緑の瞳には、知的な光が浮かんでいた。

「輸出物にかける税金を他の街より安くするの。商売上手な商人ならば、復興税を上回る儲けを出せるように税率を調整するわ。この街を勝負の場所だと考えてもらって、より交易に励んでもらうのよ」

「俺は政策に関しては君にまるで敵《かな》わない」

心の底から褒め称《たた》えると、リーナは嬉しそうに笑った。

「……今日は仕事の話をしないなんて言いながら、貴方に褒めてもらいたくて最後まで話してしまったわ」

そう言って微笑むリーナは少女のようだった。

ガーヴィスはあたりの様子をうかがい、身をかがめるとリーナに口づけた。

リーナがそっと身を寄せてくる。

二児の母になってもリーナの身体は華奢《きゃしゃ》なままだ。腕の中に抱き寄せると、彼女はガーヴィスの背に細い腕を回してきた。

こんなに小さな身体で、リーナはマグダレイの統治を担っているのだ。もちろんガーヴィスもできることはすべて行《おこな》っているけれど、王女として厳しい教育を受けてきた彼女のように的確な政治的判断はできない。

愛しさと同時に敬意を覚える。

リーナは、どうしようもない夫だった自分に家族を与えてくれ、愛情を教えてくれた偉大な王女だ、と。

——俺には……本当にもったいない奥方様なんだ……

そう思った時、リーナが弾《はじ》かれたように唇を離した。

「ねえ、ガーヴィス。貴方は私をどう思っている？」

突然難しいことを聞かれ、ガーヴィスは素直に答えた。

「愛している」

「いつもそう言ってくれてありがとう……他には？」

——ほ、他に……？

普段はそんなことを聞かれないのに。

ガーヴィスは慌ててリーナを称《たた》える言葉を考えた。

「賢く気高い女性だと思って尊敬している」

しかしガーヴィスの答えにリーナは微笑まなかった。

「それだけ？」

「子供たちの母としても完璧な人だ。俺は貴女に一生頭が上がらないだろう」

「本当にそれだけなの？」

どうやら答えを間違えたらしい。最高の褒め言葉のつもりだったのに。落ち着きなく視線を左右に彷徨《さまよ》わせたガーヴィスに、リーナは言った。

「私は貴方に、立派な人だと褒められたいわけではないの」

「でもリーナ、貴女は本当に立派な人なんだ」

みるみるうちにリーナが膨れていく。

何を言えばリーナが喜ぶのか、まったく分からない。

自分は阿呆なのだろうかと絶望しながらガーヴィスは答えた。

「他に何があるだろう？　貴女を迎えたこの街は幸運だ……とか……第一王女殿下は聡明でロドン王国の誇りだ……とか……」

「もういいわ」

腕の中のリーナがくるりと背を向けてしまった。

ガーヴィスは焦って口走る。

「あと……貴女は可愛い」

——なんでこんなに単純なことしか言えないのだろうな？

俯《うつむ》くガーヴィスの前で、リーナがゆっくり振り返る。

——えっ？　ただの俺の感想でいいのか……？

焦りながらもガーヴィスは続けた。

「可愛いから、いくらでも貴女の時間を独占したくなるな。もちろん実行はしない、想像するだけだ。貴女の時間が誰にとっても貴重なことはわかっている」

「他には⁉」

先ほどまでとは明らかに違う、弾んだ声音だった。ガーヴィスは驚いて、まったく頭を使わない『素直な感想』を口にした。

「いや、とにかく可愛いから好きだ。結婚できて嬉しい」

——なんだこの感想は。俺は子供か……？

変な汗をかくガーヴィスに、リーナがぎゅっと抱きついてきた。

「え、えっ……なんだ、今みたいなのでいいのか？　何がいいんだ？」

「そうよ！　貴方って、子供たちにしか『可愛い』って言わないじゃない！　たまには私にも言って」

リーナはそう言うなり、背伸びしてガーヴィスの顎《あご》に口づけてきた。機嫌が完璧に直っている。驚きながらもガーヴィスは頷いた。

「えっ？　え……わかった……そうしよう。俺が知る大人の中で、君が一番可愛い」

ガーヴィスは恐る恐る身をかがめ、もう一度リーナに口づけをする。たっぷりと長い時間口づけたあと、機嫌を直したリーナが明るい笑顔で言った。

「嬉しい！　愛してるわ、ガーヴィス！」

日本屈指の名家“山凪家《やまなぎ》”の侍従を代々務める家に生まれた里沙《りさ》は、山凪家の嫡男・光太郎《こうたろう》への恋心を隠しながら、日々働いていた。だが二十四歳になった彼女に想定外の話が降ってくる。それは光太郎の縁談よけのため彼の婚約者のフリをするというもので…!? 内心ドキドキの里沙だが、仕事上での婚約者だと、自分を律する。そんな彼女に、光太郎は甘く迫ってきて——

B6判　定価：704円（10%税込）　ISBN 978-4-434-27986-7

本書は、2019年12月当社より単行本として刊行されたものに書き下ろしを加えて文庫化したものです。


この作品に対する皆様のご意見・ご感想をお待ちしております。

おハガキ・お手紙は以下の宛先にお送りください。

【宛先】

〒150-6008 東京都渋谷区恵比寿4-20-3 恵比寿ガーデンプレイスタワー8F
（株）アルファポリス　書籍感想係

メールフォームでのご意見・ご感想は右のＱＲコードから、
あるいは以下のワードで検索をかけてください。

アルファポリス　書籍の感想　検索

ご感想はこちらから

ノーチェ文庫

冷酷《れいこく》な救国《きゅうこく》の騎士《きし》さまが溺愛《できあい》パパになりました！

栢野《かやの》すばる

2022年6月30日初版発行

文庫編集ー斧木悠子・森順子
編集長ー倉持真理
発行者ー梶本雄介
発行所ー株式会社アルファポリス
〒150-6008 東京都渋谷区恵比寿4-20-3 恵比寿ガーデンプレイスタワー8F
TEL 03-6277-1601（営業）　03-6277-1602（編集）
URL https://www.alphapolis.co.jp/
発売元ー株式会社星雲社（共同出版社・流通責任出版社）
〒112-0005 東京都文京区水道1-3-30
TEL 03-3868-3275
装丁・本文イラストーすがはらりゅう
装丁デザインーMiKEtto
（レーベルフォーマットデザインーansyyqdesign）
印刷ー中央精版印刷株式会社

ISBN978-4-434-30477-4 C0193